RACHEL GIBSON
Nur Küssen ist schöner

Buch

Die hübsche Natalie Cooper hatte immer das perfekte Leben. Schon während ihrer Schulzeit in Truly, Idaho, allseits beliebte Cheerleaderin, hat sie den begehrtesten Jungen aus dem Footballteam geheiratet und eine süße Tochter bekommen. Doch dann kam der Tag, an dem sich alles veränderte. Ihr Mann ließ sie für eine 20-Jährige namens Tiffany sitzen und verschwand mit all ihrem gemeinsamen Geld, und plötzlich ist Natalies Leben alles andere als perfekt. Tapfer versucht sie trotzdem, sich und ihre kleine Tochter mit ihrem Fotoladen über Wasser zu halten, um nicht auch noch ihr Haus zu verlieren. Das Letzte, was sie braucht, ist ein neuer, stets missgelaunter Nachbar, der Kinder hasst. Bedauerlicherweise ist er dabei auch noch der unverschämt attraktivste Hüne, den sie je gesehen hat. Sie könnte sehr gut auf ihn verzichten. Wirklich ...

Weitere Informationen zu Rachel Gibson
sowie zu lieferbaren Titeln der Autorin
finden Sie am Ende des Buches.

Rachel Gibson

Nur Küssen ist schöner

Roman

Übersetzt
von Antje Althans

GOLDMANN

Die Originalausgabe erschien 2014 unter dem Titel
»What I love about you« bei Avon Books,
an imprint of HarperCollins Publishers, New York.

Dies ist ein Roman. Personen, Orte und Handlungen
sind frei erfunden. Ähnlichkeiten mit lebenden
oder verstorbenen Personen sind rein zufällig.

Dieses Buch ist auch als E-Book erhältlich.

Verlagsgruppe Random House FSC® N001967
Das FSC®-zertifizierte Papier *Holmen Book Cream* für dieses Buch
liefert Holmen Paper, Hallstavik, Schweden.

2. Auflage
Deutsche Erstveröffentlichung September 2015
Copyright © der Originalausgabe 2014 by Rachel Gibson
Copyright © der deutschsprachigen Ausgabe 2015
by Wilhelm Goldmann Verlag, München,
in der Verlagsgruppe Random House GmbH
Umschlaggestaltung: UNO Werbeagentur, München
Umschlagmotiv: FinePic®, München
MR · Herstellung: Str.
Satz: omnisatz GmbH, Berlin
Druck und Bindung: CPI books GmbH, Leck
Printed in Germany
ISBN: 978-3-442-48237-5
www.goldmann-verlag.de

Besuchen Sie den Goldmann Verlag im Netz:

Für die echte Bow Tie
Ich hab dich lieb bis zum Mond

EINS

Wir sind ganz allein. Nimm mich, und mach kurzen Prozess.

Blake Junger klammerte sich an die stabilen Armlehnen des Adirondack-Stuhls und drückte sich fester gegen die Rückenlehne. Sein Magen rebellierte vor heftigem Verlangen, während seine Muskeln sich verkrampften. Er atmete langsam und zittrig aus und richtete den Blick auf den ruhigen See. Stachelige Gelbkiefern warfen gezackte Schatten auf seinen Rasen, den feuchten, sandigen Strand und den hölzernen Ankerplatz, der auf dem Wasser trieb. Die Baumwipfel wiegten sich im ungewöhnlich warmen Oktoberwind, und der Duft des Kiefernwaldes, der so stark war, dass er ihn fast schmecken konnte, stieg ihm in die Nase. »Sie leben jetzt im Paradies«, hatte sein Makler zu ihm gesagt, als er vor gut einer Woche in das Haus in Truly, Idaho, eingezogen war. Es war gut dreihundertsiebzig Quadratmeter groß, aus wunderschön handgearbeitetem Holz, und in seinen raumhohen Fenstern spiegelten sich der smaragdgrüne See, der tiefgrüne Wald und der strahlend blaue Himmel. Es lag am Rand eines kleinen Eigenheim-Bauprojekts, auf dessen unerschlossener Seite sich zwei Hektar dichten Waldes erstreckten.

Er hatte dringend eine Wohnung gebraucht. Einen Rückzugsort. Eine Möglichkeit, einen Haufen Geld zu investieren und gleichzeitig von Steuervorteilen zu profitieren. Das Grundstück, das mehrere Millionen wert war, hatte er auf der Website eines Immobilienmaklers entdeckt und von der Pool-Veranda seiner Mutter in Tampa aus telefonisch ein Gebot abgegeben.

Er hatte seine Ausbildung für Winterkriegsführung an den eisigsten und rausten Orten des Landes absolviert, von denen ihm die Sawtooth-Gebirgskette in Idaho einer der liebsten gewesen war. Blake hätte sich überall niederlassen können, doch es gab zwei Gründe, warum er sich für dieses Grundstück am Rande der Wildnis entschieden hatte: erstens die Steuerabschreibung und zweitens die Abgeschiedenheit. Dass direkt hinter dem Haus ein See lag, hatte den Handel besiegelt.

Seine Eltern hatten ihn für impulsiv gehalten. Sein Bruder hatte es verstanden. Wenn Truly sich nicht als guter Ankerplatz erwies, würde er die Leinen wieder kappen und weitersegeln.

Du willst mich doch.

Lust und Verlangen, Hass und Liebe drückten ihm die Brust ab und schnürten ihm die trockene Kehle zu, und er schluckte, während er gegen den Drang ankämpfte aufzugeben. Einfach »Scheiß drauf« zu sagen und zu kapitulieren. Er mochte im Paradies leben, aber Gott hatte Blake Junger in letzter Zeit nicht viel Beachtung geschenkt.

Niemand erfährt davon.

Weniger als eine Handvoll Menschen wussten überhaupt, wo er lebte, und es gefiel ihm so. Aufgrund seiner Zeit als Scharfschütze auf irakischen Dächern hatte al-Qaida ein Kopfgeld von fünfzigtausend Dollar auf ihn ausgesetzt. Blake war sich sicher, dass die Prämie schon vor

Jahren abgelaufen war, doch selbst wenn nicht, fürchtete er sich in Idaho nicht vor Terroristen. Selbst viele Amerikaner glaubten, dass Idaho im Mittleren Westen lag, gleich neben Iowa. Er fürchtete sich viel mehr davor, dass seine wohlmeinende Familie aufkreuzen und in seinem Wohnzimmer kampieren könnte. Um auf ihn aufzupassen, damit er keinen Mist baute und irgendwo auf die Schnauze fiel.

Ich wärme dich auf. Danach fühlst du dich gut.

Blake richtete den Blick wieder auf die Flasche, die in nur wenigen Metern Entfernung von seinem linken Fuß auf dem Kabeltrommeltisch aus Holz stand. Die Sonnenstrahlen fielen auf den Flaschenhals und schienen durch die bernsteinfarbene Flüssigkeit. Johnnie Walker. Sein bester Freund. Die Konstante in seinem Leben. Das Einzige auf der Welt, worauf er immer zählen konnte. Der belebende Geschmack in seinem Mund. Das Brennen in Kehle und Bauch. Die Wärme, die sich in seinem Körper ausbreitete, und das leicht benebelte Gefühl im Kopf. Er liebte es. Liebte es mehr als Freunde und Familie. Mehr als seine Arbeit und die neuste Mission. Mehr als Frauen und Sex. Er hatte viel für Johnnie aufgegeben. Doch dann hatte Johnnie sich plötzlich gegen ihn gewandt. Johnnie war eine große Lüge.

Ich bin nicht der Feind.

Blake hatte sich schon vielen Feinden gegenübergesehen. Im Irak, in Afghanistan und mehr Drecklöchern, als er zählen konnte. Diesen Feinden war er entgegengetreten und hatte sie besiegt. Er besaß eine Militärtruhe, die voll mit Medaillen und Anerkennungsschreiben war. Er war zweimal angeschossen worden, hatte Schrauben im Knie und sich mehr Frakturen in Füßen und Knöcheln zugezogen, als er sich erinnern konnte. Er hatte seinem Land ohne Reue oder schlechtes Gewissen gedient. Als er sich vom Schlachtfeld zurückzog, hatte er geglaubt, den Feind dort zurückgelassen zu haben. Dass der Kampf für ihn beendet wäre, doch da hatte er sich geirrt. Dieser Feind war stärker und finsterer als jeder andere, mit dem er es zuvor zu tun gehabt hatte.

Du kannst nach einem Glas wieder aufhören.

Er flüsterte Lügen und quälte ihn den lieben langen Tag. Er hatte sich in seine Seele geschlichen. Ein Kopfgeld auf sein Leben ausgesetzt. Ein Kopfgeld, das er nicht ignorieren konnte. Vor ihm gab es kein Entkommen. Keine Freistellung. Keinen Ausgang. Kein Wegtreten. Kein Verstecken im Dunkeln, während er an ihm vorbeizog. Kein Einstellen des Zielfernrohrs, um ihn auszuschalten. Wie bei den Feinden auf dem Schlachtfeld würde es ihn das Leben kosten, wenn er ihn nicht vernichtete. Daran bestand kein Zweifel, doch das Problem war, dass er nach dem Geschmack dieses speziellen Todes in seinem Mund lechzte.

Du hast kein Problem.

Bei allem, was ihm in der schicken Entzugsklinik, in die sein Bruder ihn gezwungen hatte, eingebläut worden war, gab es eine Sache, die er wirklich glaubte: dass es ihn das Leben kosten würde, wenn er nicht mit dem Trinken aufhörte. Er hatte zu viel durchgemacht, um von einer Flasche Johnnie Walker ausgeschaltet zu werden. Zu viel, um sich von seiner Sucht besiegen zu lassen.

Das heftige Verlangen wälzte sich durch seinen Körper, und er biss die Zähne zusammen. Die Klinikärzte und Suchtberater hatten Vermeidung gepredigt, doch das war nicht Blakes Art. Er mied seine Dämonen nicht. Er trat ihnen entschieden entgegen. Er brauchte kein Zwölf-Schritte-Programm oder tägliche Treffen. Er war nicht machtlos gegen seine Sucht. Er war SO1 Blake Junger. Ausgeschieden aus dem SEAL-Team 6 und einer der todbringendsten Scharfschützen in der Geschichte der Kriegsführung. Das war nicht geprahlt, nur eine Tatsache. Seine Ohnmacht einzugestehen hieße, sich geschlagen zu geben. Es gab kein Aufgeben, kein Kapitulieren. Diese Worte gab es im Vokabular eines Junger nicht. Weder in seinem noch in dem seines Zwillingsbruders Beau. Sie waren zu Gewinnern erzogen worden. Dazu, sich und anderen alles abzuverlangen. In allem die Besten zu sein. In die Fußstapfen ihres berühmten Vaters Captain William T. Junger zu treten, der in den SEAL-Teams eine Legende war. Ihr alter Herr hatte sich in Vietnam und Grenada sowie bei unzähligen anderen Geheimaufträgen den Ruf eines knallharten Kriegers erworben. Er war den Teams und seinem Land treu ergeben und erwartete von seinen Söhnen, dass sie in seine Fußstapfen traten. Blake hatte getan, was von ihm erwartet wurde, während Beau sich beim Marine Corps verpflichtet hatte, nur um den alten Herrn zu ärgern.

Damals war Blake stinksauer auf seinen Bruder gewesen. Sie hatten ihr Leben lang davon gesprochen, gemeinsam in den Teams zu dienen, und nun war Beau Hals über Kopf zu den US-Marines gegangen. Im Nachhinein war es jedoch ein Segen, dass sie in verschiedenen Abteilungen gedient hatten.

Sie waren eineiige Zwillinge und einander so ähnlich, dass man sie kaum auseinanderhalten konnte. Sie waren nicht zwei verschiedene Seiten einer Medaille, sondern eine Medaille mit zwei identischen Seiten, und so war es keine Überraschung, dass sie sich beide in ihren jeweiligen Abteilungen freiwillig zur Scharfschützenausbildung gemeldet hatten. Keine Überraschung, dass sie sich beide aufgrund ihrer Treffgenauigkeit und ihrer tödlichen Schüsse einen Namen gemacht hatten, doch wenn es um reine Zahlen ging, hatte Blake mehr bestätigte Tötungen vorzuweisen.

Die Brüder hatten von jeher miteinander gewetteifert. Ihre Mutter behauptete, dass sie schon in ihrem Bauch um mehr Platz gerangelt hätten. Mit fünf war Beau der schnellere Schwimmer gewesen und hatte blaue Schleifen gewonnen, während Blake nur rote ergattert hatte. Zweiter zu sein hatte Blake jedoch nur angespornt, noch härter zu trainieren, und im Jahr darauf hatten die zwei auf dem Siegertreppchen die Plätze getauscht. Gewann Blake in einer Highschool-Saison mehr Ringkämpfe, trainierte sein Bruder, um ihn in der nächsten zu übertrumpfen, und da sie eineiige Zwillinge waren, stellten die Leute nicht nur bezüglich ihres Aussehens Vergleiche an. Beau war der Clevere. Blake war der Starke. Beau konnte schneller laufen. Blake war der Charmante. Einen Tag später wendete sich das Blatt, und Blake war klüger und schneller. Doch egal, wie oft die Vergleiche gegenläufig rotierten, Blake war stets der charmantere Zwilling gewesen. Diesen Sieg gestand ihm sogar Beau zu.

Wenn sie beide SEALs geworden wären, hätten die Leute ihre Leistungen verglichen, Zahlen, Missionen und Dienstgrade. Auch wenn die Brüder sehr stolz auf ihre Leistungen und darauf waren, durch ihre tödlichen Schüsse vielen Amerikanern das Leben gerettet zu haben, war der Tod von Menschen, selbst der von Aufständischen, die ganz versessen darauf waren, Amerikaner zu töten, schlicht und ergreifend nichts, worin sie wetteifern mussten. Keiner von ihnen hatte sich in die Schatten eines Drecklochs von Hütte oder eines Bergfelsens geduckt und abwechselnd geschwitzt wie eine Hure in der Kirche oder sich die Eier abgefroren und dabei gedacht, dass er den anderen übertrumpfen musste. Beide wussten, dass Zahlen eher eine Frage der Gelegenheit waren als von Können, auch wenn keiner von beiden das jemals eingestanden hätte.

Seit seinem Ausscheiden bei den Marines hatte Beau eine Personenschutzfirma aufgebaut. Beau war der Erfolgreiche. Der Sesshafte. Derjenige, der demnächst heiratete. Beau war derjenige, der seine Fähigkeiten eingesetzt hatte, um berufliche Chancen für andere Armeeangehörige im Ruhestand zu schaffen.

Und Blake war der Säufer. Seit seinem Ausscheiden aus der Navy vor einem Jahr war er derjenige, der seine Fähigkeiten genutzt hatte, um als Auftragskiller Geld zu verdienen. Er arbeitete für eine private Militär-Sicherheitsfirma und war derjenige, der von einem Krisenherd zum nächsten, von Geiseldrama zu Geiseldrama eilte, vom Land aufs offene Meer, und ein unbeständiges Leben führte.

Und Blake war derjenige, der eine Entziehungskur gebraucht hatte, um seinem größten Feind ins Auge zu sehen. Wie allen Feinden war er ihm entschieden gegenübergetreten, nur um festzustellen, dass eine Folgeerscheinung seiner Abstinenz war, dass ihm jederzeit ein Lichtblitz oder ein Geräusch den klaren, nüchternen Kopf verdrehen konnte. Dass ein Aufleuchten in der Sonne, der Geruch von Staub und Schweiß oder ein schrilles Pfeifen ihm einen Schauder über den Rücken jagen und ihn völlig außer

Gefecht setzen konnte. Ihn dazu bringen konnte, in Deckung zu gehen und nach etwas Ausschau zu halten, das gar nicht existierte. Diese Flashbacks kamen nicht oft und dauerten nicht länger als ein paar Sekunden, doch danach blieb er stets desorientiert und unruhig zurück. Wütend über seinen Kontrollverlust.

Er betrachtete die Flasche eingehend. Das blau-goldene Etikett und die Sonne, die durch die schottische Whiskey-Rarität hindurchschimmerte. Er hatte dreihundert Dollar dafür bezahlt und gierte danach. Er verspürte ein Ziehen im Bauch und die scharfe Kante des Verlangens, die ihm die Haut aufritzte.

Nur ein Schluck. Um das Verlangen zu stillen. Um ihm die Schärfe zu nehmen.

Blakes Fingerknöchel knackten, als er sich fester an die Armlehnen krallte.

Nur noch ein Glas. Morgen kannst du wieder aufhören.

Das Verlangen wurde stärker und drückte auf seinen Schädel. Sollte Tag zweiundsechzig nicht leichter sein als Tag eins? Sein Magen rebellierte. In seinen Ohren summte es, und er nahm die Kamera zur Hand, die neben ihm auf dem Sitz lag. Er schlang sich den schwarz-gelben Riemen um den Arm und richtete seine Nikon SLR auf Johnnie. Vor sechs Monaten hatte er in Mexiko City durch das Zielfernrohr einer TAC-338 mit Kammerverschluss geblickt und zwei korrupte mexikanische Polizisten im Fadenkreuz gehabt. Heutzutage zielte er mit der Kamera auf den Feind. Er sah durch den Sucher und nahm die Flasche ins Visier. Als seine Hände zitterten, griff er fester zu.

»Was machst du da?«

Blake fuhr herum und ließ vor Schreck fast die Kamera fallen. »Heilige Scheiße!« Hinter seinem Stuhl stand ein kleines Mädchen im rosa T-Shirt und mit einem langen blonden Pferdeschwanz. »Wo zum Teufel kommst du her?« Er hatte schwer nachgelassen, wenn sich eine kleine Göre unbemerkt an ihn heranschleichen konnte.

Sie deutete mit dem Daumen aufs Nachbarhaus. »Du hast zwei schlimme Worte gesagt.«

Er rieb sich mit der Hand das Gesicht und senkte die Kamera an ihrem Riemen vorsichtig auf seinen Stuhl. Das Mädchen hatte ihn zu Tode erschreckt, und das war gar nicht so leicht. »Und du hast unbefugt mein Grundstück betreten.«

Sie rümpfte die Nase. »Was heißt das?«

Er hatte nie mit Kindern zu tun gehabt und konnte nicht einmal ihr Alter schätzen. Sie reichte ihm etwa bis zum Bauchnabel und hatte große blaue Augen. »Unbefugtes Betreten?«

»Ja.«

»Das heißt, du bist in meinem Garten.«

»Ich weiß, dass das dein Garten ist.« Sie verdrehte doch tatsächlich die Augen. »Ich hab gesehen, wie du eingezogen bist.«

Eine anderthalb Meter breite Fläche aus Kiefern und Strauchwerk trennte die beiden Grundstücke, und er konnte durch die Bäume in den angrenzenden Garten sehen. Seine Nachbarin arbeitete in dem Blumengarten, den sie dem Wald abgetrotzt hatte. Während sie den Hintern in den rosa-violetten Blumen nach oben reckte, rutschten ihre Shorts gerade so weit hoch, dass man die nackte Rundung ihres Pos sehen konnte. Sie war ihm schon vorher aufgefallen. Er mochte ein Alkoholiker sein, der es im

Schweiße seines Angesichts auf zweiundsechzig Tage Abstinenz gebracht hatte, aber er war immer noch ein Mann. Ein Mann, der einen hübschen Hintern zu schätzen wusste, der in seine Richtung zeigte. Das Gesicht der Frau hatte er noch nie gesehen. Nur ihren blonden Hinterkopf und ihre süßen Pobacken.

»Wie heißt du?«

Er konzentrierte sich wieder auf das Mädchen und fragte sich, ob er sich schuldig fühlen sollte, weil er unanständige Gedanken über ihre Mutter hatte. »Blake.« Aber er fühlte sich nicht schuldig. Er fragte sich nur, ob er sich schuldig fühlen *sollte*. »Ist das deine Mom?«

»Ja. Sie ist heute nicht im Laden.«

Er erinnerte sich nicht, während der eingehenden Musterung des mütterlichen Hinterns eine Männerstimme aus dem Nachbarhaus gehört zu haben. »Wo ist dein Dad?«

»Der wohnt nicht bei uns.« Sie schlenkerte mit den Armen. »Ich mag keine Bienen.«

Stirnrunzelnd betrachtete er die kleine Kröte vor sich. Er hatte keine Ahnung, wie sie plötzlich auf Bienen kam, doch nach zweiundsechzig Tagen wälzte sich die Übelkeit durch ihn hindurch wie am ersten Tag. Er hatte das Gefühl, sich gleich übergeben zu müssen, und ließ die zitternden Hände auf seine Hüften sinken.

»Du bist wö-klich, wö-klich groß.«

Er maß über eins neunzig und wog hundert Kilo. In den vergangenen Monaten hatte er neun Kilo abgenommen. Bei einem der letzten Treffen mit seinem Zwilling hatte sein Bruder ihn als »Moppelarsch« bezeichnet. Damals hatten sie sich geprügelt. Sich gestritten, wer der bessere Schütze und der härteste Superheld war, Batman oder Superman. Beau war Superman gewesen, aber mit dem Übergewicht hatte er recht gehabt. Nach seinem Ausscheiden aus den Teams hatte Blake zwischen zwei Aufträgen zu viel Zeit totzuschlagen gehabt. Er hatte nicht mehr so viel trainiert und dafür mehr getrunken. »Wie alt bist du, Kleine?«

»Fünf.« Sie ließ die Arme sinken und warf den Kopf zurück. »Ich bin nicht klein.«

Hinter ihm flüsterte Johnnie: *Ich bin noch hier. Ich warte.* Blake ignorierte das Flüstern. Er musste joggen gehen oder schwimmen. Er musste sich auspowern, aber das hieß nicht, dass er kapitulierte und Johnnie gewinnen ließ. Nein, ein Krieger wusste, wann er sich zurückziehen musste, um später zurückzukommen und umso härter zuzuschlagen.

»Ich bin ein Ferd.«

Blake bewegte den Kopf, während der Schmerz in seinem Schädel pochte. »Was zum Teufel ist ein Ferd?«

Wieder verdrehte sie die Augen, als wäre er schwer von Begriff. »Ein Feeerd.«

Blake sprach perfekt Englisch, gebrochen Arabisch und fließend getrennten Infinitiv. Aber von einem Feeerd hatte er noch nie etwas gehört.

»Ich heiße Bow Tie.«

»Bow Tie?« Was zum Teufel war das für ein Name?

»Ich hab goldblondes Fell mit weißen Flecken.« Sie warf wieder den Kopf zurück und stampfte mit dem Fuß auf. »Meine Mähne und mein Schweif sind weiß. Ich bin schick.«

»Meinst du ein ›Pferd‹?« Himmelherrgott. Sie verwandelte das Pochen in seinem Kopf in einen stechenden Schmerz. »Du bist ein Pferd?«

»Ja, und ich bin wö-klich schnell. Willst du mich galoppieren sehen?«

Er hatte nie etwas mit Kindern zu tun gehabt. Er wusste nicht mal, ob er Kinder mochte. Aber er war sich ziemlich sicher, dass er dieses Kind nicht mochte. Sie hielt sich für ein »Ferd«, konnte manchmal das R nicht aussprechen und sah ihn an, als wäre *er* schwer von Begriff. »Negativ. Du solltest jetzt nach Hause gehen.«

»Nein. Ich kann noch bleiben.«

»Du warst jetzt lange genug hier. Deine Mutter fragt sich bestimmt schon, wo du steckst.«

»Meine Mom hat nichts dagegen.« Sie scharrte mit einer Sandale auf dem Boden und lief los. Sie rannte im großen Kreis um Blake herum. Sie galoppierte tatsächlich Runde um Runde. Und mit ihrem wippenden Kopf und dem Pferdeschwanz, der hinter ihr herwehte, ähnelte sie wirklich einem kleinen Pony.

Immer wieder rannte sie um ihn herum und blieb ein paarmal stehen, um hochzusteigen und zu wiehern. »Hey, Kleine«, rief er ihr zu, doch sie warf nur den Kopf zurück und galoppierte weiter. Johnnies Verlockung setzte ihm übel zu, und Blakes Verärgerung brach sich Bahn. Er hatte Besseres zu tun, als hier dumm rumzustehen, während ein seltsames kleines Mädchen sich wie ein Pferd aufführte. Zum Beispiel joggen oder schwimmen zu gehen oder in der Nase zu bohren. »Zeit, nach Hause zu gehen.« Sie tat, als würde sie ihn nicht hören. Wie nannte sie sich noch? »Bleib stehen, Bow Tie!«

»Sag ›Brrr, Mädchen‹«, stieß sie zwischen schnellen Atemzügen hervor.

Er nahm von Kindern keine Befehle entgegen. Er war

erwachsen. Es war zum Haareausraufen. Allmächtiger. »Scheiße.«

Sie galoppierte weiter im Kreis, und ihre blassen Wangen liefen rot an. »Das war ein schlimmes Wort.«

Blake runzelte die Stirn. »Brr, Mädchen.«

Endlich kam sie direkt vor ihm zum Stehen und stieß die Luft aus. »Ich bin wö-klich schnell gelaufen.«

»Du musst jetzt nach Hause laufen.«

»Ist schon okay. Ich darf noch …« – sie hielt inne, bevor sie hinzufügte – »… fünf Minuten spielen.«

Er hatte in Dreckslöchern gehaust und war durch Sümpfe gerobbt. Er hatte sich von Insekten ernährt und in Gatorade-Flaschen gepisst. Zwanzig Jahre lang war sein Leben rau und hart gewesen. Nach seinem Ausscheiden aus den Teams hatte er bewusste Anstrengungen unternehmen müssen, das Wort mit dem »Sch« davor aus jedem seiner Sätze zu tilgen und die Finger von seinen Eiern zu lassen. Er hatte sich in Erinnerung rufen müssen, dass kreatives Fluchen im Leben eines Zivilisten kein Wettkampfsport war und man sich nicht in aller Öffentlichkeit an den Eiern kratzte. Er hatte sich auf die Manieren zurückbesinnen müssen, die seine Mutter ihm und Beau eingebläut hatte. Zuvorkommendes, höfliches Benehmen gegenüber jedermann, von kleinen Kindern bis hin zu kleinen alten Damen. Aber heute wollte er dieses Gör loswerden, bevor er noch aus der Haut fuhr, und zog es vor, sich nicht an seine guten Manieren zu erinnern. Er kniff ganz bewusst die Augen zusammen und warf der Kleinen den stahlharten Blick zu, mit dem er Terroristen in Angst und Schrecken versetzte.

»Hast du was an den Augen?«

Sie schien überhaupt keine Angst zu haben. Sie war eindeutig ein bisschen schwer von Begriff. Bei anderer Gelegenheit hätte er das vielleicht berücksichtigt. »Schwing deinen Arsch in deinen eigenen Garten.«

Sie schnappte nach Luft. »Du hast ein schlimmes Wort gesagt.«

»Geh nach Hause, kleines Mädchen.«

Sie deutete auf das Katzenmotiv auf ihrem T-Shirt. »Ich bin ein großes Mädchen!«

An einem anderen Tag, zu einem anderen Zeitpunkt hätte er den Mumm der Kleinen vielleicht sogar bewundert. Er beugte sich drohend über sie, wie sein Vater es früher bei ihm und Beau gemacht hatte. »Ich *scheiße* größere Würste als du«, sagte er, genau wie sein alter Herr.

Das Mädchen schnappte schockiert nach Luft, war jedoch kein bisschen eingeschüchtert. Sie zitterte nicht in ihren kleinen Sandalen. Stimmte mit der Kleinen etwas nicht, außer dass sie sich für ein Pferd hielt? Oder ließ er einfach nach?

»Charlotte?«

Blake und das Mädchen drehten sich hastig in die Richtung, aus der die Frauenstimme kam. Nur wenige Meter entfernt stand seine Nachbarin im knappen gelben T-Shirt und den Shorts, die er bisher nur die Ehre gehabt hatte, von hinten zu sehen. Der Schatten eines großen Strohhuts verdeckte ihr Gesicht und endete knapp über dem Bogen ihrer vollen Lippen. Hübscher Mund, schöne Beine, toller Hintern. Wahrscheinlich stimmte was mit ihren Augen nicht.

»Mama!« Die Kleine rannte zu ihrer Mutter und schlang die Arme um ihre Taille.

»Du weißt doch, dass du im Garten bleiben sollst, Charlotte Elizabeth.« Der Schatten ihres Hutes glitt über ihren Hals und ihr T-Shirt zu ihren Brüsten, als sie auf ihr Kind herabblickte. »Du bekommst großen Ärger.«

Hübsch geformte Brüste, sanft gerundete Taille. Ja, wahrscheinlich schielte sie.

»Der Mann ist wö-klich gemein«, weinte die Kleine. »Er hat mich beschimpft.«

Das unvermittelte Schluchzen war so verdächtig, dass er gelacht hätte, wenn ihm zum Lachen zumute gewesen wäre. Hinter ihm flüsterte Johnnie seinen Namen, und vor ihm ruhte der Schatten eines Strohhuts auf einem Paar hübscher Brüste. Der Schatten senkte sich zu ihrem weichen Brustansatz, während die Lust in Blakes Hose rutschte. Von einem Augenblick auf den anderen schaltete er von Verärgerung über Begierde zu einer Kombination aus beidem um.

Die Hutkrempe hob sich wieder zu ihrem Lippenbogen. »Ich hab's gehört.« Sie verzog missbilligend die Mundwinkel nach unten.

Er blickte genauso finster drein wie sie. Frauen wie sie hatte er stets gemieden. Frauen mit Kindern. Frauen mit Kindern suchten nach Ersatz-Daddys, und er hatte nie Kinder gewollt. Ob nun seine oder die eines anderen.

»Beschimpfen Sie bitte mein Kind nicht.«

»Halten Sie bitte Ihr Kind aus meinem Garten fern.« Frauen mit Kindern wollten Männer, die Beziehungen wollten. Er war nicht der Beziehungs-Typ. Es hatte Gründe, dass von allen SEAL-Teams Team 6 die höchste Scheidungsrate vorzuweisen hatte. Darin wimmelte es von Männern, die sich für ihr Leben gern aus Flugzeugen stürzten und aus Torpedorohren schießen ließen. Von guten Männern, die nicht gut in Beziehungen waren. Männer wie er, und bis vor kurzem wie sein Bruder. Männer wie sein Vater, deren Frauen sich nach zwanzig Jahren notorischen Ehebruchs von ihnen scheiden ließen.

»Na schön.« Sie spitzte den Mund, als ob sie ihn schlagen oder küssen wollte. Er hätte spontan auf Ersteres getippt. »Aber was für ein Mann spricht so mit einem Kind?«

Einer, der im Schweiße seines Angesichts seinen zweiundsechzigsten Tag Abstinenz hinter sich brachte. Einer, der sich Whiskey in die Kehle schütten, »Scheiß drauf« sagen und sich kopfüber in ein weiches Dekolleté stürzen wollte. »Was für eine Mutter lässt ihr Kind unbeaufsichtigt herumstreunen?«

Sie schnappte nach Luft. »Sie stand sehr wohl unter Aufsicht.«

»Hm-hm.« Er hatte sie wütend gemacht. Gut. Dann würde sie jetzt vielleicht verschwinden. Ihn seinem Kampf mit Johnnie und sich selbst überlassen.

»Charlotte würde sich hüten, unseren Garten zu verlassen.«

Er wies auf das Offensichtliche hin. »Das ist nicht Ihr Garten.«

»Bis jetzt ist sie noch nie weggelaufen.«

Er konnte ihre Augen nicht erkennen, aber ihren wütenden Blick spüren. Ganz heiß und feurig. Er mochte es heiß und feurig. Es gefiel ihm so gut, wie von einer Todesfee geritten zu werden. Wild, während sie seinen Namen rief und … Himmel. Seine Lust auf Johnnie und diese unbekannte Frau machte ihn schwindelig. »Einmal reicht schon, um von einem Truck angefahren zu werden«, hörte er sich mit zusammengebissenen Zähnen sagen. »Ich hatte mal einen Hund, der nur einmal ausgebüxt ist. Bucky endete als Rad-Achsen-Schmierfett für einen Chevy Silverado.« Er schüttelte den Kopf. Gott, er hatte diesen Pudel geliebt. »Und er war ein verdammt braver Hund.«

Ihr roter Mund öffnete und schloss sich, als fehlten ihr die Worte. Dann deutete sie auf die Whiskeyflasche und fand ihre Stimme wieder. »Sind Sie betrunken?«

»Nein. Ich hab keinen Tropfen angerührt.« Er wünschte, er könnte seine Erektion auf Johnnie schieben.

»Dann haben Sie keine Entschuldigung. Sie sind nur ein ... ein ...« Sie hielt inne und presste dem Mädchen die Hände auf die Ohren. »Ein Riesenarschloch.«

Er hatte keine Einwände.

»Das hab ich gehört«, murmelte die Kleine am Bauch ihrer Mutter.

»Komm mit, Charlotte.« Sie packte das Kind an der Hand und stürmte davon. Er konnte praktisch den Dampf aus ihren Ohren schießen sehen.

So viel zum charmanten Zwilling.

Er zuckte mit den Achseln, und sein Blick fiel auf ihren hübschen Hintern.

Scheiß drauf. Charmant sein war was für nette, umgängliche Kerle, und er hatte sich sehr lange nicht mehr nett und umgänglich gefühlt.

ZWEI

Natalie Cooper war dazu erzogen worden zu glauben, dass eine Frau mehr brauchte als nur gutes Aussehen. Mehr als eine perfekte Frisur und ein Gespür dafür, die passenden Schuhe zum Kleid auszusuchen. Ihre Mutter und Großmutter hatten gepredigt, wie wichtig es darüber hinaus war, ein helles Köpfchen zu haben und mit beiden Beinen fest auf dem Boden zu stehen. Vor allem hatten die beiden geschiedenen Frauen ihr eingebläut, wie wichtig es war, über sein eigenes Geld zu verfügen. Es selbst zu verdienen und für die Zeit zurückzulegen, wenn der nichtsnutzige Mistkerl von Ehemann mit einer Jüngeren durchbrannte.

Ein Jammer, dass Natalie nicht auf sie gehört hatte. Sie hatte funkelnde Krönchen und rosafarbene Boas geliebt. Sich die Haare auf große Lockenwickler gedreht, damit sie Sprungkraft und Volumen bekamen, und ihre Füße in hochhackige Schuhe oder mit Edelsteinen besetzte Sandalen gezwängt. Sie hatte alles geliebt, was möglichst mädchenhaft war, doch vor allem Michael Cooper.

Er war als Sechstklässler mit seiner Familie nach Truly gezogen und hatte auf dem Platz vor ihr gesessen. Sie hatte seine im Nacken kurz geschnittenen dunklen Haare und seine Schultern in seinen karierten Hemden geliebt. Er war der süßeste Junge, den sie je gesehen hatte, und seine dunkelbraunen Augen hatten ihr junges Herz dahinschmelzen lassen.

Wenn es ihm aufgefallen war, hatte er sich nichts anmerken lassen, bis er sie in der zehnten Klasse endlich um eine Verabredung bat. Er hatte sie in den Film *Titanic* eingeladen, und sie hatte seinem Arm, der neben ihrem lag, mehr Aufmerksamkeit geschenkt als dem sinkenden Schiff. Danach waren sie unzertrennlich gewesen und hatten fast jeden Tag zusammen verbracht. Er war der Quarterback des Football-Teams und sie erste Cheerleaderin. Sie hatten gemeinsam in der Schülermitverwaltung gesessen, waren im Vorstand des Debattier-Clubs gewesen und hatten von der zehnten bis zur zwölften Klasse zu jedem Königshof gehört. Der Adelsschlag war im Winter ihres letzten Schuljahres erfolgt, als man sie zum Königspaar des Winterfestivals von Truly gewählt hatte.

Das Festival, das Touristen aus bis zu fünf Staaten Entfernung anlockte, war berühmt für seine Wettbewerbe im Schlauchrennen, im Motorschlittenspringen und in Eisbildhauerei sowie für seine Junggesellenversteigerung.

Den Auftakt des Festivals bildete wie jedes Jahr ein Festzug über die Hauptstraße, und Natalie und Michael hatten auf ihren schneeweißen Thronen gesessen und der Menschenmenge zugewinkt. Natalie hatte einen weißen Pelzumhang über einem königsblauen Samtkleid getragen, das perfekt zu ihren Augen passte, und auf ihrer blonden Lockenpracht hatte eine große Strasskrone geprangt. Auch Michael hatte Weiß getragen und ausgesehen wie ein dunkelhaariger Märchenprinz.

Nach dem Schulabschluss im Frühling hatten sie und Michael gegen den Willen ihrer Mutter und Großmutter geheiratet und im Garten seiner Eltern mit Blick auf Angel Beach und Lake Mary eine wunderschöne Zeremonie abgehalten.

Danach war sie Michael nach Boise gefolgt und hatte in einem Fotoladen im Einkaufszentrum gearbeitet, um ihm sein Studium an der Boise State University zu finanzieren. Zu der Zeit hatten sie in einem winzigen Studentenapartment gewohnt, einen alten VW gefahren und nie viel Geld gehabt, doch das hatte Natalie nie etwas ausgemacht. Sie war von zwei Frauen mit geringem Einkommen aufgezogen worden und daran gewöhnt, sich mit wenig zu begnügen und trotzdem Spaß zu haben, aber Michael war damit nicht klargekommen.

Es gefiel ihm nicht, sich »begnügen« zu müssen, und er hatte ihr immer wieder versichert, dass er, sobald er sein Diplom in der Tasche hatte, arbeiten und so im Gegenzug ihr Studium finanzieren würde. Er brauchte sechs Jahre, um seinen Master of Finance abzuschließen, und zu dem Zeitpunkt hatte Natalie keine Lust mehr zu studieren.

Michael ergatterte eine Stelle bei Langtree Capital, wo er zunächst mit der Verwaltung steuerbegünstigter betrieblicher Rentenpläne für Einzelkunden und kleinerer Aktienbestände betraut war. Freunde seiner Eltern legten ihr Geld bei ihrem Kleinstadtjungen an, der es zu etwas gebracht hatte, und Michael stieg rasch zu profilierteren Klienten auf.

Als sein Gehalt stieg, kauften sie sich ein Haus und neue Autos und leisteten sich fantastische Urlaube. Sie liebte ihren Mann, und er liebte sie. Sie hatten ein schönes Zuhause, tolle Freunde und eine vielversprechende Zukunft. Ihr Leben war wunderbar, doch was sie nicht hatten, war eine

Familie. Sie waren sieben Jahre verheiratet, zusammen seit neun, und Natalie wollte Kinder.

Am neunten Jahrestag ihrer ersten Verabredung setzte Natalie die Pille ab. Sie rechnete damit, sofort schwanger zu werden. Als es nicht gleich klappte, machte sie sich zunächst keine Gedanken. Sie und Michael waren jung und gesund, doch nachdem sie es anderthalb Jahre vergeblich versucht hatten, wurde sie an einen Fruchtbarkeitsspezialisten überwiesen. Zu ihrer großen Bestürzung erfuhr sie, dass sie unter einem hormonellen Ungleichgewicht litt, das ihren Eisprung verhinderte. Abgesehen von schwachen Monatsblutungen hatte sie keinerlei Symptome gehabt, die auf irgendwelche Probleme hätten hindeuten können.

In den darauf folgenden Jahren war schwanger werden zu ihrer Mission geworden. Sie nahm zuerst Clomifen, dann Repronex; sie maß ihre Temperatur und führte Ovulationstests durch, und Michael tat seine Pflicht und Schuldigkeit. Stets zu Diensten, gewissermaßen, und jeden Monat, in dem es nicht klappte, verfiel sie in eine düstere Stimmung, die tagelang anhielt.

Doch dann, an Michaels achtundzwanzigstem Geburtstag, lud sie ihn zum Abendessen in sein Lieblingsrestaurant ein und überraschte ihn mit der Nachricht, dass sie in der sechsten Schwangerschaftswoche war.

»Ich hab vier Tests gemacht«, sagte sie, von der Freude und Aufregung völlig in Anspruch genommen, und ließ sich endlos über Babynamen und Farben fürs Kinderzimmer aus. Endlich war es so weit! Ihr Traum ging in Erfüllung, und so brauchte sie eine Weile, bis sie bemerkte, dass Michael noch kein Wort gesagt hatte. Er trank teilnahmslos seinen Bourbon und klickte sich abwesend durch die Nachrichten auf seinem BlackBerry.

»Stimmt was nicht?«

Er drückte noch ein paar Knöpfe auf dem Smartphone und nippte an seinem Drink. »Ich habe nicht mehr daran geglaubt.«

»Ich doch auch nicht!« Sie griff über den Tisch nach seiner Hand. »Ich hatte die Hoffnung fast aufgegeben.«

Er blickte zu ihr auf. »Ich freue mich für dich.«

Ihr Herzschlag setzte aus, und sie zog ihre Hand zurück. »Meinst du nicht ›für uns‹?«

Er lächelte, doch sein Lächeln kam nicht ganz bei den braunen Augen an, die sie seit so vielen Jahren liebte. »Natürlich.« Sie versuchte sich einzureden, dass Michael seine Gefühle nicht immer zeigte. Im Gegensatz zu ihr. Der jahrelange Kampf gegen ihre Unfruchtbarkeit war für sie eine emotionale Berg- und Talfahrt gewesen, und er hatte ihr Halt gegeben. Das war eines der Dinge, die sie an ihm liebte.

In jener Nacht liebten sie sich nur deshalb, weil sie zwei Menschen waren, die verliebt waren. Nicht, weil ein Urinstäbchen den Eisprung anzeigte.

Als sie am nächsten Morgen aufwachte, war Michael schon zur Arbeit gegangen, und sie machte es sich in ihrer Euphorie zu Hause gemütlich. Ihr Leben war perfekt, ein warmer sicherer Hafen für zwei Verliebte und das Wunder, das sie erschaffen hatten.

Sie stand in dem Gästezimmer, das dem Elternschlafzimmer am nächsten lag, und überlegte sich, welche ihrer vielen Ideen fürs Kinderzimmer sie in die Tat umsetzen sollte, Lämmchen und Häschen oder vielleicht Pu der Bär?

Sie rief ihre Mutter, ihre Großmutter und Michaels Eltern an. Sie hatten alle lange auf die freudige Nachricht gewartet und waren so aufgeregt wie Natalie. Während sie sich mit der Wäsche beschäftigte, rief sie Delilah an, ihre beste Freundin seit der ersten Klasse. Lilah hatte keine Kinder, behauptete, auch noch nie welche gewollt zu haben, und hatte es dennoch kaum erwarten können, dass Natalie sie zur Patentante machte.

»Wenn es ein Mädchen wird, will ich es Charlotte nennen. Nach meiner Urgroßmutter.«

»Du hast doch immer gesagt, du wolltest dein kleines Mädchen Jerrica nennen.«

Natalie hatte gelacht. Es überraschte sie nicht, dass ihre Freundin sich noch an die alte Zeichentrickserie erinnerte. »Aus *Jem and the Holograms*? Damals waren wir zehn.«

Als sie den Wäschekorb auf die Couch stellte, klingelte es an der Tür. Sie legte auf, öffnete die Tür und blickte entgeistert auf die dunklen Brillen und Dienstmarken der Polizei von Boise. Sie suchten nach Michael, und ihr erster Gedanke war, dass ihrem Mann etwas Schreckliches zugestoßen war. Dass er in einen Unfall verwickelt war. Doch sie hatten einen Haftbefehl und führten eine Hausdurchsuchung durch. Sie stellten ihr Fragen über ihre Finanzen und über Michael und beschuldigten ihren Ehemann, den Mann, den sie fast ihr ganzes Leben lang kannte, den Jungen, der in der sechsten Klasse vor ihr gesessen hatte, der Unterschlagung. Er habe die Gewinne zu niedrig angegeben und das überschüssige Geld abgeschöpft. Sie befragten sie zu einer Reise zu den Kaimaninseln, die sie mit Michael gemacht hatte. Sie erzählte ihnen von weißem Sand und zartblauem Wasser. Von Wasserschildkröten und vom

Sporttauchen. Doch sie wollten Informationen über Konten bei Cayman National Securities.

Sie versuchte, Michael telefonisch zu erreichen, damit er das Missverständnis aufklären konnte, doch sein Handy war ausgeschaltet. Sie erreichte ihn weder an diesem noch am nächsten Tag. Sie wurde immer wieder befragt. Sie wurde verhört und bestand einen Lügendetektortest. Michaels Verschwinden schaffte es bis in die regionalen, dann sogar in die landesweiten Nachrichten, mit einem Foto von ihnen beiden in Großaufnahme. Ein Kameramann erwischte sie auf dem Weg zu einem Arzttermin, mit blassem Gesicht und dunklen Ringen unter den Augen. Sie sah völlig verschreckt aus, erschöpft und nervös und so verängstigt darüber, dass ihr Ehemann womöglich irgendwo tot im Graben lag – und alles, worüber die Leute sprachen, war das Geld, das er angeblich unterschlagen hatte.

Michael würde das niemals tun. Er würde niemandem Geld stehlen. Zwei der Geschädigten waren seine eigenen Eltern, und er hätte Natalie nie verlassen und sie das alles allein durchstehen lassen. Das sah Michael nicht ähnlich, und dennoch waren die einzigen anderen beiden Menschen auf Gottes Erdboden, die ihrer Meinung zu sein schienen, seine Eltern.

In der ersten und zweiten Woche übernachteten Ron und Carla Cooper bei ihr. In der Vergangenheit hatte es zwischen Natalie und Carla manchmal Reibereien gegeben. Carla Cooper war eine Frau, die gern bestimmte, wo es langging, und je älter Natalie wurde, desto mehr widersetzte sie sich Carlas »Vorschlägen«. Doch im Glauben an Michaels Unschuld waren sie sich einig.

In der dritten Woche kamen Natalies Mutter und Großmutter zu ihr nach Boise, doch Natalie tat wenig mehr, als in ihrem und Michaels Wandschrank zu stehen, seine Kleider zu berühren und an seinem alten Boise-State-University-Kapuzenshirt zu riechen. Nachts trug sie ein T-Shirt von ihm und schlief auf seinem Kissen.

Der Staat beschlagnahmte alle Bank- und Anlagenkonten. Erst als sie erfuhr, dass am Tag vor Michaels Verschwinden alle Konten leer geräumt worden waren, beschlich sie ein mulmiges Gefühl. Doch sobald sie den Stich in ihrem Bauch verspürte, verdrängte sie das Gefühl auch schon wieder. Sie war erschöpft, verwirrt und verängstigt. Michael war jetzt über zwei Wochen vermisst, und ihr Leben war unerträglich geworden. Sie hatte nicht nur Angst um ihn, sondern fürchtete auch, dass der Stress dem winzigen Baby schaden würde, um das sie so sehr gekämpft hatte.

Gequält vom Schweigen und den Spekulationen hörten sie und Michaels Eltern einen ganzen Monat lang nichts. Bis zu dem Morgen, an dem sie am Küchentisch saß und versuchte, eine Scheibe Toast bei sich zu behalten. Der Anwalt, den die Coopers engagiert hatten, rief an, um sie zu informieren, dass Michael in einem Hotel in El Paso aufgefunden worden wäre. Ausgesprochen lebendig. Zwei Sekunden lang ging ihr vor Freude das Herz auf. Michael war am Leben!

In den nächsten zwei Sekunden rutschte es ihr in die Hose. Ihr ganzes Leben brach zusammen, als sie den Rest der Neuigkeiten hörte. Man hatte mehrere gefälschte Ausweise und Führerscheine bei ihm gefunden. Alle mit falschen Namen. Wie kam ein Mensch auch nur an *ein* gefälschtes Dokument, geschweige denn an *drei*? Und was noch schlimmer war, wenigstens für sie: Er hatte eine zwanzigjährige Freundin, Tiffany.

Natalie hätte es nicht geglaubt, wenn sie ihn nicht in den landesweiten Nachrichten gesehen hätte, wie er in Handschellen ins Bezirksgefängnis von El Paso abgeführt wurde, sein dunkles Haar länger als sonst, und mit einem Vollbart, der seine untere Gesichtshälfte bedeckte. Wieder und wieder sah sie zu, wie ihr attraktiver Ehemann mit gesenktem Kopf an den Kameras vorbeieilte.

In den nächsten Tagen und Wochen erfuhr sie, dass er und Tiffany nur darauf gewartet hatten, sich nach Mexiko absetzen zu können, um von dort aus in die Schweiz zu gehen. Er hatte alles minuziös geplant. Den Diebstahl. Die Bankkonten. Die neuen Identitäten. Die neue zwanzigjährige Version von Natalie. Er hatte das alles geplant, und sie hatte nichts davon geahnt.

Noch Jahre später konnte sie sich genau an den Tag seiner Festnahme erinnern. An die halb aufgegessene Toastscheibe in ihrer Hand. An die Fernsehbilder und wie ihr schwarz vor Augen wurde. Wie sie stundenlang dort gesessen und sich die Nachrichten angeschaut hatte, unfähig wegzusehen, obwohl es ihr das Herz zerriss.

Im Sommer nach ihrer Heirat waren sie und Michael aus Truly weggegangen. Der Football-Star und die Cheerleaderin – auf dem Weg in ein wunderbares Leben. Die Stadt hatte zu ihrem Abschied fast eine Parade veranstaltet.

Zehn Jahre später war Natalie allein und schwanger nach Truly zurückgekehrt, während ihrem zukünftigen Exmann sieben Jahre in einem Bundesgefängnis drohten. Der Staat beschlagnahmte alles. Ihr Haus. Ihr Auto. Ihren

Schmuck. Ihr Leben. Sie kehrte todunglücklich, erniedrigt und mittellos zurück. Sie hatte nichts als einen Koffer in einer Hand und eine Kamera in der anderen. Und im Kopf einen ganzen Katalog mit Fragen.

Fragen wie: Wann war ihr Leben so dermaßen schiefgelaufen? War sie so sehr damit beschäftigt gewesen, ihr Wunderbaby zu zeugen, dass ihr die Veränderungen an ihrem Ehemann nicht aufgefallen waren? Hatten die Veränderungen mit Kleinigkeiten angefangen? Wie seine plötzliche Vorliebe für Bourbon statt für Bier? Wann hatte sich der Kleinstadtjunge in einen Mann verwandelt, der undifferenziert und gewissenlos Konzerne und alte Menschen bestahl? Wann war er zum Lügner und Betrüger geworden? Wann hatte er aufgehört, sie zu lieben?

Die Antworten kamen mit einem Telefonanruf ein Jahr nach Michaels Verurteilung. Es war das erste Mal, dass sie seit dem Prozess seine Stimme hörte.

»Du bist langweilig«, sagte er.

Damals hatten diese drei Worte sie vernichtet. Jetzt, mit dreiunddreißig, war sie älter und klüger und wünschte sich ein bisschen Langeweile in ihrem Leben. Sie war alleinerziehende Mutter ihres Wunderkindes. Die Besitzerin von Glamour Snaps and Prints, einem Fotoatelier samt Druckerei für Digitalfotos. Sie hatte viel zu tun. Sie hatte ein schönes Leben, doch spätabends, wenn Charlotte im Bett war und sich die Stille über das Haus legte, fragte sie sich manchmal, ob sie Michael überhaupt jemals gekannt hatte.

»Ich hab ihr ja gesagt, dass sie für Smokey Eyes zu reif ist.«

Natalie stützte die Ellbogen auf die Verkaufstheke und

ihr Gesicht in die Hände. Sie betrachtete düster die Fotoabzüge der achtzigjährigen Mabel Vaughn. »Sie sieht aus, als wäre sie verprügelt worden«, sagte sie zu ihrer besten Freundin Lilah Markham. Die Frauen standen im Glamour Snaps and Prints, Ecke Main und Second Street, und blickten beide missmutig drein, doch damit endeten die Ähnlichkeiten auch. Natalie war einen Meter siebzig groß, Lilah eins fünfundfünfzig. Natalie trug eine schwarze Hose, Ballerinas und eine weiße Bluse, auf deren Brusttasche der Name ihrer Firma aufgestickt war. Ihr blonder Pferdeschwanz wurde am Hinterkopf mit einem schlichten schwarzen Band zusammengehalten. Sie trug Mascara, korallenroten Lipgloss und am Mittelfinger ihrer rechten Hand einen einzigen Silberring.

Lilah hatte sich heute in ein kurzes Lederkleid und Lederstiefel mit knapp dreizehn Zentimeter hohen Hacken geworfen. Perfekt aufgetragener grau-violetter Lidschatten verdunkelte ihre braunen Augen. Ihre roten Haare waren an den Seiten kurz geschoren, der Pony weiß gefärbt und stachelig. Jede andere wäre Gefahr gelaufen, lächerlich auszusehen; nur jemand mit Lilahs Stil konnte es im konservativen Truly wagen, im Domina-Leguan-Look rumzulaufen.

»Sie hat permanent ihren knochigen Finger geschüttelt und gekreischt: ›Mehr Smokey Eyes.‹« Lilah war eine talentierte Kosmetikerin, die im Schönheitssalon auf der anderen Straßenseite arbeitete und nebenher schwarz als Visagistin. Wenn jemand bei Natalie ein Glamour-Shooting buchte, schickte sie die Kundinnen immer erst zu Lilah. Nicht nur weil sie ihre beste Freundin war, sondern auch weil Lilah für diverse Hollywood-Stylisten mit langen

Listen prominenter Kunden gearbeitet hatte. Sie war über zehn Jahre in Los Angeles für die Reichen und Berühmten tätig gewesen, und hätte es nicht einen bedauernswerten Vorfall gegeben, in den ein Starlet, ein schulterfreies Alexander-McQueen-Kleid und eine Schere verwickelt gewesen waren, wäre Lilah mit ihrer eigenen Promi-Liste immer noch in Hollywood. »Sie wollte ja nicht auf mich hören«, fügte Lilah hinzu.

Natalie wusste, was ihre Freundin meinte. Mit Mabel und ihren hohen Ansprüchen zu arbeiten war eine Geduldsprobe gewesen, doch immerhin hatte sie der Frau ausgeredet, splitterfasernackt auf ihrem bodenlangen Nerzmantel zu posieren.

»Fred wird nur einen Blick auf die Fotos werfen und einen Schlaganfall bekommen.«

»Vielleicht war das ja Sinn und Zweck der Sache. Das ist das perfekte Verbrechen.« Natalie kannte Mabel schon fast ihr ganzes Leben. Sie war mit Natalies Großmutter Joan befreundet gewesen, bis Joan vor zwei Jahren gestorben war. Großmutter Richards hatte immer gesagt, dass Mabel »eine Type« wäre, was bedeutete, dass sie starrsinnig und herrisch war und die begnadetste Schnüfflerin in Valley County. Als Kind hatte sich Natalie hinter dem Sofa ihrer Großmutter versteckt und ihrem pikanten Tratsch gelauscht, bei dem es um die zweifelhafte Vaterschaft in der Angelegenheit des neusten Enkelkinds der Porters ging, oder darum, wer in der Stadt soff wie ein Loch.

Ein dumpfer Schmerz stach zwischen Natalies Augen, während sie die Boudoir-Fotos betrachtete, die Mabel für ihren neunzigjährigen Ehemann Fred hatte anfertigen lassen. »Hoffentlich ist sie mit den Aufnahmen zufrieden.«

Wenn nicht, müsste Natalie sie noch mal machen, doch beim Gedanken daran, wie Mabel sich noch einmal in Korsetts und Kitten Heels warf, grub sich der Schmerz nur noch tiefer in ihr Hirn. Mabel war nicht nur eine schwierige Frau und Kundin, sondern hatte auch noch einen miesen Geschmack. Und der miese Geschmack einer Kundin warf ein schlechtes Licht auf Natalies Geschäft.

»Was hat sie denn da an den Füßen?«, fragte Lilah und verzog ihr hübsches Gesicht.

»Meine Kitten Heels für fünfzig Dollar, die ich zerschneiden und wieder zusammenkleben musste, damit sie ihr passten. Sie behauptete, sie hätte Wassereinlagerungen, aber die Frau hat die größten Füße, die ich je gesehen habe.«

Lilah beugte sich vor, um genauer hinzusehen. »Sie sehen aus wie die Füße des verrückten Professors.«

Natalie sammelte die Fotos sorgfältig auf und schob sie in einen Fotoumschlag. »Als ich schwanger war, hatte ich auch Füße wie der verrückte Professor.« Hinter ihr spuckte der Drucker am laufenden Band Bilder aus und leitete sie in Auswurfschlitze. Das Brummen und Surren war Musik in Natalies Ohren, weil es ihr Geld brachte.

»Als du schwanger warst, hattest du alles wie der verrückte Professor.«

Und sie hatte ein Jahr gebraucht, um ihr Normalgewicht von vierundfünfzig Kilo wieder zu erreichen. Okay, sechsundfünfzig. Meistens. »Ich hatte Wassereinlagerungen.«

»Du hast von Schokokonfekt so zugelegt.«

»Und von Makronen.« Sie nahm den Fotoumschlag an sich und ging damit in ihr Büro, das nur wenige Meter entfernt war. Vor zwei Jahren hatte sie für den gebrauchten Digitaldrucker einen Kredit aufgenommen. Genau wie bei konventionellen Geschäften wie Walgreens oder CVS oder Online-Foto-Websites wie Shutterfly oder Snapfish konnte jeder mit Internetzugang auf der Glamour-Snaps-and-Prints-Website Fotos hochladen. Die Kunden konnten normale Abzüge bestellen oder Sonderbestellungen für alles von Geburtstagskarten und Zeitschriften bis hin zu Fotobüchern und Leinwandfotos aufgeben. »Eine Stunde oder gratis« lautete ihr Werbeslogan für die Einwohner von Truly.

Sie nahm zehn Cent pro Abzug für Zehn-mal-fünfzehn-Fotos und mehr für größere Formate. Mit dem Digitaldruckshop und ihrem Fotoatelier hatte sie ein recht gutes Auskommen. Reich war sie zwar nicht, aber sie konnte sich und Charlotte ernähren.

Sie warf Mabels Fotos auf ihren Schreibtisch und wandte sich an Lilah, die ihr gefolgt war. »Morgen kommen die Olson-Drillinge. Ihre Mutter will herbstliche Aufnahmen von ihnen.« Natalie verfügte über ein Kürbisbeet und eine verwitterte Scheune als Kulisse, die funktionieren könnte, aber sie müsste noch einen Heuballen und etwas Laub hereinzerren, um das Studio im hinteren Teil des Ladens in Szene zu setzen. »Ich würde es für besser halten, sie im Shaw Park zu treffen, statt hier drin Studiofotos zu machen.« Die Olson-Jungs waren fünf Jahre alt und berüchtigt für ihre Ungezogenheit. Statt ihre hyperaktiven Söhne zu zügeln, hatte Shanna Olson resigniert und schon vor Jahren klein beigegeben.

Lilah schüttelte den Kopf. »Shanna hat Fruchtbarkeitshormone genommen wie du. Denk mal drüber nach.«

Das hatte sie, und jedes Mal wenn sie im Supermarkt

war und hörte, wie eine Sprudelkiste auf den Boden knallte und Shannas müde Stimme sagte: »Peter, Paul, Patrick. Kommt da runter«, dankte sie Gott, dass sie keine Drillinge bekommen hatte.

Lilah lehnte sich mit der Schulter an den Türrahmen. »Was ist in letzter Zeit reingekommen?«

Natalie brauchte nicht nachzufragen, was ihre Freundin meinte. »Über persönliche Fotos meiner Kunden zu sprechen, die ich zwecks Qualitätssicherung eventuell kontrolliert habe, wäre unmoralisch.«

»Spar dir das für deine Kunden, die dir unverständlicherweise ihre privaten Fotos schicken und ebenso unerklärlicherweise glauben, dass du sie dir nicht ansiehst.« Lilah bedeutete Natalie, endlich auszupacken. »Spuck's aus!«

»Das darf ich nicht.« Sie biss sich auf die Unterlippe.

»Tu nicht so, als könntest du ein Geheimnis für dich behalten.«

»Aber das kann ich!«

»Kannst du nicht.« Lilah legte den Kopf schief. »Du erzählst allen, was in ihren Geschenken drin ist, bevor du sie ihnen überreichst.«

»Das mach ich schon lange nicht mehr.« Sie konnte Geheimnisse für sich behalten. Kein Problem. Null Problemo. Kein Ding. »Frankie Cornell hat einen gewaltigen Penis«, sagte sie überhastet und vielleicht ein wenig zu laut, als wäre es unkontrollierbar aus ihr herausgeplatzt.

»Im Ernst? Der Frankie, mit dem wir zur Schule gegangen sind?«

Sie nickte und legte die Hand auf ihre Brust. »Beängstigend riesig.« Sollte Gott sie ruhig strafen, aber jetzt, wo es raus war, fühlte sie sich besser. Wie ein Schnellkochtopf, der ein wenig Dampf abgelassen hatte.

»Der kleine Hänfling, der jeden Tag ein Thunfischsandwich gemampft hat?«

»Ja. Als er gestern die Abzüge abgeholt hat, konnte ich ihm nicht in die Augen sehen, hatte aber gleichzeitig Angst wegzuschauen.« Sie ließ die Hand sinken und stieß den Atem aus. »Das war ein echtes Problem.«

»Wie sah er denn aus?«

»Abstoßend.« Sie erschauderte. »Wie ein wütender Mutant.«

Lilah lachte. »In dem Thunfisch, den seine Mom ihm in die Lunchbox gepackt hat, muss was drin gewesen sein. Vielleicht Chrom.«

»Ich bezweifele, dass er durch Chrom so ein Riesengehänge bekommen hat, Erin Brockovich.«

»Hast du Kopien davon gemacht?«

»Das ist illegal und sittenwidrig.« Sie lief an ihrer Freundin vorbei zum Digitaldrucker. »Und glaub mir, ich will diesen gewaltigen Penis nie wieder sehen.« Allein der Gedanke daran ließ sie erschaudern. »Ich bin immer noch traumatisiert.«

Die Glocke an der Verkaufstheke klingelte einmal, und Natalie wirbelte erschrocken herum, während Lilah neugierig den Kopf aus dem Büro reckte. Beide Frauen standen da wie versteinert, während sie den Mann auf der anderen Seite der Ladentheke anstarrten. Ein schwarzes kurzärmliges Shirt lag eng an seinen großen Bizepsen, seinen kräftigen Schultern und den definierten Brustmuskeln an. Es war so ein Shirt, wie Jogger es trugen, die dreißig Kilometer liefen und dann haltmachten, um Autos zu stemmen. So eins, in dem sich nur ein äußerst selbstsicherer Mann aus dem Haus trauen würde.

Natalie ließ den Blick über seinen mächtigen Nacken und sein markantes Kinn gleiten. Über seine fein definierten Lippen und seine Nase zu seinen Augen. Grau. Stählern. Alles, was hart und kalt war. Genau wie sie ihn von gestern in Erinnerung hatte, und wenn er nicht das größte A...loch auf dem Planeten gewesen wäre, hätte sie ihn vielleicht sogar für gutaussehend gehalten. Mit den blonden Haaren und der kräftigen Kinnpartie ging er als Actionheld in einem Hollywood-Blockbuster durch. Thor. G. I. Joe. Captain America. Magic Mike. Sie wusste durchaus, dass Magic Mike kein Actionfilm-Held war, aber in dem Film kam die Art von Action vor, die sie an diesen Mann erinnerte. Die heiße, verschwitzte, erotische Art von Action, die eine besonnene Frau unbesonnen machte.

Hitze ließ ihr Dekolleté erröten, und sie konzentrierte sich auf Lilah, die aussah, als wäre sie zur Salzsäule erstarrt, weil sie sich nach Sodom umgedreht hatte. Was gutaussehende Männer anbelangte, war Lilah alles andere als besonnen und neigte zu Sünden biblischen Ausmaßes, und seit sie *Fifty Shades of Grey* gelesen hatte, gab sie zu viele Details über ihr perverses Sexleben preis.

Natalie richtete ihre Aufmerksamkeit wieder auf ihren Nachbarn mit den harten Augen, die ihre fixierten. Sie hatte momentan größere Sorgen als Lilah und ihre Lustkugeln. Drängendere Fragen, zum Beispiel, warum ihr Nachbar sich nach der unerfreulichen Begegnung gestern in ihr Geschäft verirrt hatte. Und noch wichtiger: Wie viel genau hatte er von ihrem Gespräch mit Lilah gehört?

Sie leckte sich die trockenen Lippen und zwang sich

zu ihrem geschäftstüchtigsten Lächeln. »Kann ich Ihnen helfen?«

»Ich muss meine Bilder abholen.« Er blickte zu dem rosaroten Transparent auf, das über seinem Kopf an die Decke geheftet war. »Das ist doch Glamour Snaps and Prints?« Er richtete den Blick wieder auf sie. Kalt. Steinern. Kein amüsiertes Lächeln oder die leiseste Andeutung, dass er etwas von ihrer und Lilahs Diskussion über Frankies Mammutpenis gehört hatte.

»Ja.« Sie trat an den Ladentisch und sah ihn an. »Ihr Name?«

»Blake Junger.«

Er wohnte jetzt über eine Woche nebenan, aber sie hatte ihn erst gestern kennengelernt. Hatte seinen Namen nicht gewusst, weder Vor- noch Zunamen, doch keiner von beiden entsprach ihrem Bild von ihm. Beide klangen einen Tick zu nett für einen Mann, der kleine Mädchen beschimpfte. Zu weich für einen so harten Kerl. Sie zog die große Schublade unter der Ladentheke auf und durchsuchte den Y-Ordner. Zu dem Typen passte eher ein Name wie Rock Stone. Oder Buck Knife. Oder Riesenarschloch.

»J«, sagte er. »Junger mit J.«

Sie blickte auf, während sie die Schublade schloss, und ging ein paar Meter weiter nach rechts. *Junger mit J.* Sie erinnerte sich an Abzüge von Junger mit J. Er hatte sie gestern Abend online bestellt, und Natalie hatte sie heute Morgen in einen Bestellumschlag und in eine Fotoversandtasche getan. Sie fragte sich, warum ihr die Adresse nicht aufgefallen war. Sie öffnete noch eine Schublade und blätterte durch Jackson, Jensen und Jones zu Junger. Sie nahm den Umschlag mit ihrem Logoaufdruck und zog die Pergaminhülle heraus. Er hatte mit seiner Visakarte bezahlt und als Zustelladresse ein Postfach in Truly angegeben. Deshalb hatte sie ihn nicht mit seinen Fotos in Verbindung gebracht.

»Bitte sehen Sie sie sich genau an, bevor Sie sie nehmen.« Wenn sie jetzt darüber nachdachte, hätte sie seine Flasche Johnnie Walker wiedererkennen sollen.

Er klappte die Papierlasche auf und sah rasch seine Bilder durch.

Normalerweise versuchte sie, den Kunden noch Rahmen, Fotobücher und andere Dienstleistungen anzudrehen. Oder zumindest eine Grußkarte aus der Reihe hinter ihm. Je länger ein Kunde sich im Laden aufhielt, desto mehr Geld gab er aus. Aber diesmal nicht. Nicht bei diesem Mann. Sie gab es nur ungern zu, aber er brachte sie durcheinander. Alles an ihm war einfach zu … Er war zu groß. Zu gutaussehend. Seine Präsenz war zu überwältigend, um sie ignorieren zu können. Und ein zu großes Arschloch war er auch.

Er klappte den Umschlag zu. »Sieht gut aus.«

»Super.« Sie griff in eine Schublade unter der Kasse und zog eine Treuekarte hervor. »Jede fünfte Bestellung kostet die Hälfte, und jede zehnte ist gratis.« Sie stanzte ein Loch in das erste Quadrat und reichte ihm die Karte. Dabei streiften seine Fingerknöchel ihre, vorhersehbar rau und überraschend warm. Sie sah auf in seine kalten grauen Augen, die ihren Blick erwiderten, und zog ihre Hand zuerst weg. »Vielen Dank für Ihren Auftrag, Mr. Junger.« Diesmal schob sie ihm den Bestellumschlag samt Beleg über den Ladentisch hin.

»Blake.« Er ließ ein so perfektes weißes Lächeln aufblitzen, dass sie seinen Schneidezahn praktisch silbern aufblinken sah. »Ihr Riesenarschloch von Nachbar.«

Natalie zog eine Augenbraue hoch. »Ja, ich erinnere mich an Sie.«

»Mich hat noch nie jemand ein Riesenarschloch genannt.«

»Vielleicht nicht in Ihrer Gegenwart.«

Er lachte, ein warmer Laut, der tief aus seiner Brust stieg, und Natalie blieb eine Reaktion erspart, weil Lilah sich offenbar von ihrer Verwandlung zur Salzsäule erholt hatte. »Delilah Markham.« Sie hielt ihm ihre Hand hin. »Alle nennen mich Lilah.«

»Sehr erfreut, Lilah. Alle nennen mich Blake.« Er schüttelte ihre Hand und sah Natalie an. »Nun, fast alle.« Ein Mundwinkel seines perfekten Lächelns hob sich noch ein wenig höher. »Ihre Frisur gefällt mir.« Natalie konnte praktisch spüren, wie Lilah dahinschmolz, und fragte sich, was diese Sympathiebolzen-Nummer sollte. »Und Leder. Ich weiß Frauen in Leder zu schätzen.«

»Danke.«

Er zog die Hand zurück und schob seine Fotos samt Treuekarte in den Bestellumschlag. »Guten Tag, die Damen.«

»Bis demnächst, Blake.«

Hoffentlich nicht. »Mr. Junger.«

Die beiden Frauen sahen ihm nach. Seine breiten Schultern verjüngten sich zu seiner Taille und den Reißverschluss-Gesäßtaschen seiner schwarzen Laufhose.

»Oh. Mein. Gott«, stieß Lilah mit Mühe hervor, als sich die Tür hinter Blake schloss. »Kneif mich. Der Mann ist umwerfend.«

»Glaubst du, er hat gehört, wie wir über Frankies Gehänge gesprochen haben?«

»Wen juckt's?« Lilah deutete auf die Tür. »Hast du den *gesehen*?«

»Mich. Ich bin Inhaberin eines Geschäfts.« Natalie legte die Hand auf ihre weiße Bluse. »Mit einer Kundin über die Privatfotos anderer Kunden zu sprechen ist unmoralisch.«

Lilah tat ihre Besorgnis mit einer Handbewegung ab. »Hast du seine Brust gesehen? Als hätte ihn jemand mit Schokoladenfondue bemalt. Ganz dunkel und lecker und einfach zum Anbeißen.«

»Schokoladenfondue?« Was Lilah mit Schokoladenfondue anstellte, wollte sie gar nicht wissen.

»Bitte« – sie packte Natalie am Arm – »Bitte sag mir, dass dieser Mann Fotos von seinem Gehänge gemacht hat und du Kopien davon angefertigt hast.«

»Tut mir leid.« Natalie lachte. »Keine Gehänge-Fotos.«

Lilah sah aus, als würde sie gleich in Tränen ausbrechen, und ließ sie wieder los. »Was war auf seinen Fotos drauf?«

»Vor allem Johnnie Walker und ein paar Schnappschüsse von Wildblumen.« Und viele vom See. Obwohl es sie fast umbrachte, es einzugestehen, seine Fotos waren ziemlich gut. Leuchtende Farben und schönes Licht. Sogar die Aufnahmen seiner Whiskeyflasche hatten eine interessante Tiefe.

»Ist das alles?«

»Ja.«

»Blumen und Alk? Ist er ein Trinker oder gar schwul?« Ein Stirnrunzeln zerknitterte ihre perfekt gezupften Augenbrauen. »Oder ist er ein großer schwuler Trinker?«

Natalie trat achselzuckend an den nur wenige Meter von

dem großen Digitaldrucker entfernten Schrank. »Dass er schwul ist, bezweifele ich ernsthaft«, sagte sie, während sie ein großes Stück Leinwandstoff herauszog. »Ein großer Trinker? Vielleicht, aber so sah er auch nicht aus.«

»Nein. Er wirkte nicht schwul auf mich, und ich merke das immer. Schwule lieben mich.«

»Transen lieben dich.«

»Ich wette, Blake Junger hätte nichts dagegen, wenn ich ihn mit Schokoladenfondue bemalen würde.«

Nachdem Natalie wieder nach Truly gezogen war, hatte sie ein paar Verabredungen gehabt. Sie hatte sogar eine kurze Beziehung mit Imanol Allegrezza geführt, einem gutaussehenden Basken aus einer großen baskischen Familie, aber es hatte nicht funktioniert. Sie war eine alleinerziehende Mutter, die hart arbeitete, um sich und ihr Kleinkind zu ernähren. Und Manny hatte sie betrogen. Betrüger schienen ihr Schicksal zu sein.

»Oder heißes Wachs auf sein Gemächt träufeln würde.« Lilah gab sich weiter ihren Träumen hin.

»Autsch.« Natalie zuckte zusammen, während sie den Drucker einschaltete und auf ein paar Symbole klickte.

»Du bist so prüde.«

»Nein. Ich bin langweilig.« Sie lachte.

»Du bist nicht langweilig. Michael ist ein Arschloch.« Lilah sah sie stirnrunzelnd an. »Du musst dich bloß ein bisschen locker machen und dich mal flachlegen lassen. Wer rastet, der rostet.«

»Hör auf, die *Cosmopolitan* zu lesen.«

»Ich muss nicht die *Cosmopolitan* lesen, um zu wissen, dass du unter sexuellem Schamgefühl und unter altmodischen Schuldgefühlen leidest. Außerhalb der gesellschaftlichen Norm einer monogamen Beziehung kannst du Sex nicht zulassen.«

»Ich leide nicht unter sexuellem Schamgefühl.« Aber wahrscheinlich unter einem gesunden Maß an baptistischen Schuldgefühlen. »Ich kann mich nicht mit Männern rumtreiben. Ich bin eine Mom.«

»Charlotte würde nichts davon mitkriegen.«

Das Einzige, was sie an einer Beziehung vermisste, war der Sex. Diesen Aspekt vermisste sie sehr. »Sie würde wahrscheinlich auch nichts davon mitkriegen, wenn ich in Paul's Market einen Schokoriegel klauen würde, aber wenn ich das tue, kann ich ihr nicht sagen, dass sie nicht klauen darf.«

Lilah verdrehte die Augen. Das hatte Charlotte sich bei ihr abgeguckt. »Blake Junger ist bestimmt verheiratet«, seufzte sie.

»Ich hab nie jemanden da drüben gesehen.« Natalie hielt den Leinwandstoff hoch und zupfte ein paar Fäden ab.

»Wo?«

»Auf dem Nachbargrundstück.« Sie zupfte noch ein paar Fäden ab. »Blake Junger wohnt nebenan im alten Haus der Allegrezzas.«

»Was?« Lila riss ihr den Stoff aus der Hand und drehte Natalie zu sich. »Und das erzählst du mir jetzt erst?«

»Ich habe ihn gestern erst kennengelernt, und seinen Namen habe ich heute erst erfahren.« Natalie eroberte den Stoff zurück und hielt ihn in ihrer in die Hüfte gestemmten Faust, während sie Lilah von der Begegnung erzählte.

»Er hat echt gesagt, dass sein Hund zu Achsenschmiere wurde?« Da Lilah Hunde liebte, kam das bei ihr nicht gut an.

»Ja.« Obwohl das nicht sein schlimmster Fehltritt gewesen war. »Du hast mir anscheinend nicht zugehört. Er hat zu Charlotte gesagt, dass er größere Würste scheißt als sie, und sie zum Weinen gebracht.« Lilah war Charlottes Patentante. Eine sehr fürsorgliche Patentante. Manchmal ein wenig übereifrig, sich für Charlotte in den Kampf zu stürzen. Diesmal würde Natalie sie nicht zurückhalten. »Und er hat angedeutet, dass ich eine schlechte Mutter bin.«

»Das war nicht sehr nett. Echt furchtbar.« Lilah tippte sich nachdenklich mit dem Finger an die Lippen. »Vielleicht hatte er einen schlechten Tag.«

»Vielleicht ist er einfach ein Arsch.« Sie drehte sich zum Drucker um und legte den Leinwandstoff exakt ein. »Wenn er hässlich wäre oder einen Schnauzbart hätte, würdest du ihn nicht entschuldigen.«

Lilahs Stiefvater hatte einmal einen Schnauzbart getragen, doch das allein war kein Grund, ihn zu hassen. »Ich entschuldige den Typen nicht, aber vielleicht fühlt er sich einsam in dem Riesenhaus. Er braucht bestimmt einen Freund.«

Natalie warf Lilah einen Blick über die Schulter zu. »Der braucht ganz bestimmt was.« Sie runzelte die Stirn. »Einen Schlag mit der Schaufel über den Schädel.«

DREI

Er brauchte Sex.

Blake steuerte seinen Pick-up-Truck auf den Parkplatz von Paul's Market und hielt in einer Lücke in der zweiten Reihe. In der Tasche seines Kapuzen-Sweatshirts befand sich eine kurze Liste mit anderen Dingen, die er benötigte. Normale Dinge wie Seife, Rasiercreme, Kartoffeln und Äpfel. Das waren einige der Sachen, die er aufgelistet hatte, aber auf der Liste in seinem Kopf stand nur eines.

Sex.

Er musste heiße, nackte Haut spüren. Seine Hände auf dem warmen, weichen Körper einer Frau. Seinen Mund an ihrem Hals, ihrem Bauch und ihren Schenkeln. Er wollte Intimität in seinem Bett. Er wollte mit einer Frau in der Dusche Liebe machen. Er wollte sie an der Wand vögeln.

Verdammt. Er schloss die Tür seines roten Ford F-150 und überquerte den Parkplatz. Er lief an einem Jeep und einem Chevrolet Suburban vorbei und betrat den Supermarkt. Er musste aufhören, sich seine Nachbarin in seinem Bett, unter seiner Dusche und an die Wand gepresst vorzustellen.

Die Ärzte und Suchtberater in der Entzugsklinik hatten Enthaltsamkeit gepredigt, doch Blake war nicht der Typ, der Verzicht übte. Er glaubte nicht an Enthaltsamkeit für einen Mann seines Alters. Er war jetzt neununddreißig und hatte zeit seines Lebens nur auf Sex verzichtet, wenn er im Einsatz gewesen war. Es war nichts für ihn. Es machte ihn ganz nervös und kribbelig und führte dazu, dass er völlig fixiert auf die Umrisse von Natalies weißem BH unter ihrer weißen Bluse war, der ihren vollen Brüsten Halt gab, die ebenso schön waren wie ihr praller Hintern.

Es war jetzt fünf Tage her, seit er diesen Print-Shop betreten und Zuckerpo hinter dem Ladentisch gestanden hatte. Fünf Tage, seit er sie von Kopf bis Fuß aus nächster Nähe gesehen hatte, und das Gesamtpaket aus nächster Nähe war sehenswert. Sie war wunderschön. So schön, dass sich die Männer nach ihr umdrehten und auf die Idee kamen, sie auszuziehen, um sie eingehender betrachten zu können. Und ihre Augen waren völlig in Ordnung.

Es war jetzt fünf Tage her, seit er gesehen hatte, wie diese großen dunkelblauen Augen sich weiteten und ihre roten Lippen sich öffneten, als hätte er sie bei irgendetwas ertappt. Zum Beispiel dabei, wie sie mit ihrer Freundin das Foto des Riesenschwanzes eines Kunden durchhechelte. Vielleicht war das auch der Grund, warum sie ihm nicht aus dem Kopf ging. Wenn sie einen Riesenschwanz sehen wollte, würde er ihr gern höchstpersönlich einen zeigen.

Ein paar Einheimische starrten ihn an, als er sich einen Einkaufswagen aus der Reihe zerrte und auf die Obst- und Gemüseabteilung zusteuerte. Um sein eingleisig denkendes Hirn von der Nachbarin und ihrem weichen Mund abzulenken, nahm er seine Umgebung in Augenschein. Auf den ersten Blick hatte Paul's Market neue Eingangsmatten, modernisierte Vinylböden und einen frischen Anstrich nötig. Letzten Sommer, bevor sein Bruder ihn in die

Entzugsklinik entführt hatte, hatte Blake fast den ganzen Juni damit verbracht, seinem guten Freund und Ex-SEAL Vince bei der Renovierung eines alten Tankstellen-Shops in Texas zu helfen. Die Abbrucharbeiten hatte Vince super allein hingekriegt, doch bei der Instandsetzung hatte er Blakes Hilfe gebraucht.

In den letzten fünfzehn Jahren hatte Blake gemeinsam mit seinem Cousin Dale in Virginia Beach eine Firma betrieben, die Häuser kaufte und sie nach der Sanierung mit Profit wieder abstieß. Dieses Projekt war als Kapitalanlage und als Hobby gedacht gewesen. Wenn er nicht im Einsatz war, machte es ihm Spaß, mit Dale zu arbeiten, und so hatte er bei seinem Ausscheiden aus den Teams nicht nur drei silberne Orden der US-Streitkräfte, sechs aus Bronze für besonderen Heldenmut, das Navy Cross für herausragende Tapferkeit, diverse Anerkennungsschreiben und Leistungsmedaillen von den Marines und der Navy vorweisen können, sondern auch eine Bauunternehmerlizenz vom Staat Virginia.

Im Vergleich zum BUD/S- oder SERE-Training oder seiner Scharfschützenausbildung war die Bauunternehmerprüfung nicht schwer gewesen. Nicht wie Abstinenz von Alkohol. Oder Sex.

Sein Bruder Beau hatte acht Monate lang auf Sex verzichtet. Ganz bewusst. Sein Zwilling hatte gesagt, er wollte warten, bis ihm der Sex etwas bedeutete. Bis Sex mehr war als nur ein Orgasmus mit irgendeiner Frau. Das hatte Blake zwar Respekt abgenötigt, aber die Brüder waren seit ihrem fünfzehnten Lebensjahr keine Jungfrauen mehr. Der Zug war längst abgefahren.

Blake schnappte sich einen Sack Kartoffeln und ließ ihn

in die Karre plumpsen. Früher hatten er und sein Zwillingsbruder zwischen zwei Einsätzen ein paar Wochen gemeinsam Urlaub gemacht oder sich auf Stützpunkten in Bahrain, Okinawa oder Italien oder einem halben Dutzend anderer NATO-Stützpunkte auf der Welt getroffen. Überall, wo es schöne Frauen und Alkohol gab, waren die Jungs bereit für betrunkene Gelage gewesen. Es kursierte sogar das Gerücht, dass die zwei einmal in einer Bar in Hongkong eineiige Zwillinge aufgegabelt und drei feuchtfröhliche Tage mit Partnerwechsel verbracht hätten, bevor sie zurück zu ihren Kampfeinheiten in Camp Falludscha und Kandahar geflogen waren – schweigsame Profis, die an ihren Arbeitsplatz zurückkehrten.

Blake riss eine Zellophantüte von der Rolle ab und griff nach ein paar tiefroten Äpfeln. Die Zwillinge hatten sie in Taiwan getroffen, und das Einzige, was er und sein Bruder je getauscht hatten, waren ihre Fahrräder, als sie noch klein waren. Die Tage feuchtfröhlicher Ausschweifungen lagen jetzt hinter ihnen. Beau klapperte die Läden nach einem Verlobungsring für seine kleine Freundin ab, und Blake kam frisch aus der Entzugsklinik. Sogar sein Krawallmacher-Kumpel Vince wollte heiraten. Was Blake zum Außenseiter machte. Zum letzten Dinosaurier. Auf sich allein gestellt, um schöne Frauen aufzureißen. Nicht, dass es ihm etwas ausmachte. Er hatte dabei noch nie Unterstützung gebraucht, doch der beste Ort, um Frauen zu treffen, die dasselbe wollten wie er, waren Bars. Das Problem war nur, dass er nicht mehr in Bars rumhing und in eine Kleinstadt gezogen war.

Er nahm sich noch ein paar Äpfel und legte sie in seine Tüte. In seinen neununddreißig Lebensjahren hatte er in fünfzehn verschiedenen Staaten gelebt, war auf allen Kontinenten stationiert und so gut wie in jedem Land auf Urlaub gewesen, und das Einzige, was er sicher wusste, war, dass es überall Frauen gab, die es gern krachen ließen. Frauen in Kleinstädten waren da nicht anders. Er musste nur aus dem Haus gehen und sich umsehen, was Truly so zu bieten hatte.

»Die Granny Smith sind besser als die Red Delicious.«

Blake sah über seine rechte Schulter, und sein Blick landete auf einem hochtoupierten grauen Pouf. »Verzeihung?«

»Zu dieser Jahreszeit sind die Granny-Smith-Äpfel besser als die Red Delicious.«

Er drehte sich um und sah in schwarz umrandete braune Augen mit Altersfalten. Die Frau trug eine grün-braunkarierte Wolljacke mit einem knallgelben Schal. Das war nicht so ganz die Art Frau, die er im Sinn gehabt hatte, und er lächelte über die Ironie des Schicksals.

»Sind Sie eine Apfelexpertin, Ma'am?«

»Ich bin Mitglied von ›Buy Idaho‹.« Sie hatte einen schwarzen Rollator mit Bremsen an den Griffen und einem Korb, der vorne eingehakt war. Ihre Hand zitterte vor Altersschwäche, als sie einen gelben Apfel in die Hand nahm und ihn Blake reichte. »Die hier werden in Emmet angebaut. Die Red Delicious werden aus Washington angeliefert. Regional kaufen ist immer besser.« Sie warf einen Blick in seinen Einkaufswagen. »Wie ich sehe, haben Sie Kartoffeln aus Idaho in Ihrem Wagen.«

»Na klar«, bekräftigte er, als hätte er darauf geachtet.

»Braver Junge.« Sie richtete den Blick wieder auf ihn, und er hätte fast gelacht, weil er als »Junge« bezeichnet wurde. Ihr roter Lippenstift betonte die unschönen Furchen in ihren trockenen Lippen, und ihre herabhängenden Wangen zierten rosa Kreise. »Ich bin Mabel Vaughn.« Sie hielt ihm die Hand hin. »Und Sie sind der Neue in der Stadt.«

»Blake Junger.« Ihre dünne Haut fühlte sich kalt an. »Freut mich, Sie kennenzulernen, Ms. Vaughn.«

»Nennen Sie mich Mabel.« Vielleicht war sie errötet. Wegen der rosa Kreise konnte er es nicht beurteilen. »Roy Baldridge sagt, Sie haben das Haus der Allegrezzas an der Red Fox Road gekauft.«

Roy war Blakes Makler gewesen. »Ja. Es ist wunderschön da draußen.«

Sie nickte, als wollte sie *Was denn sonst* sagen. »Nick Allegrezza musste sich draußen in Angel Beach ein größeres Haus bauen, weil er sechs Kinder hat. Fünf Jungs und ein Mädchen.«

Er wusste nicht, was er darauf erwidern sollte, weshalb er einen bewundernden Pfiff ausstieß, als wären sechs Kinder eine Menge.

»Roy sagt, Sie sind alleinstehend. Ein großer Junge wie Sie braucht eine Frau, die ihn gängelt.«

»Ja, Ma'am.« Wer hätte gedacht, dass Roy tratschte wie eine alte Frau beim Nähkränzchen? »Das sagt mir meine Mutter auch immer, wenn wir telefonieren.« Seine Mutter war besessen von Facebook und belästigte in ihrem verzweifelten Wunsch nach Enkeln seine Exfreundinnen. Nach dem Entzug hatte er drei Wochen bei ihr in Tampa verbracht. Er liebte seine Mom. Sie war die wichtigste Frau in seinem Leben, aber er hatte sich der Sorge in ihren Augen entziehen müssen, wenn sie ihn ansah, und dem Druck, sesshaft zu werden wie sein Bruder.

Blake deponierte seine Äpfel auf dem Kindersitz der Einkaufskarre und griff nach einer Tüte Orangen. Frisches Obst gehörte zu den Dingen, die ihm im Einsatz am meisten gefehlt hatten.

»Sie wohnen neben Natalie Cooper und ihrem Töchterchen.« Sie taperte neben Blake her, während er den Gang entlanglief, und er passte sein Tempo ihrem an. »Die kleine Charlotte ist eine ganz Süße.«

Natalie Cooper hieß sie also. »Zuckerpo« gefiel ihm besser.

»Die arme Natalie.« Mabel sprach hinter vorgehaltener Hand, als wollte sie ihm ein Geheimnis anvertrauen. »Ihr Ehemann kommt bald auf Bewährung raus.«

Er bog nach links in die Drogerieabteilung. Zuckerpo war verheiratet? Mit einem Knacki? Wenn er im Nähkränzchen gewesen wäre wie Roy, hätte er jetzt nachgehakt, aber das hieße, dass er interessiert war. War er aber nicht. Neugierig vielleicht, aber nicht so sehr, um rumzuschnüffeln. Er hielt den Wagen vor den Deos an. Allem Anschein nach konnte er zwischen dreien wählen, und er griff nach dem Old Spice Fresh Scent.

»Unterschlagung und eine Menge anderer Anklagepunkte«, tat Mabel aus völlig freien Stücken kund. »Er hat nicht mal vor der Altersvorsorge seiner Eltern Halt gemacht.«

Blake hielt beim Aufdrehen des Deos inne, antwortete aber nicht. Er fragte sich, ob Natalie in die Sache verwickelt war und gegen ihren Mann ausgesagt hatte, um ihren eigenen süßen Arsch zu retten. Es ging ihn zwar nichts an, aber wenn er Informationen über seine Nachbarin wollte, bekäme er sie auch. Nur weil er aus den Teams ausgeschieden war, hieß das nicht, dass er vergessen hatte, wie man ein paar Namen in den Computer eingab und Infos aus erster Hand bekam.

»Alle waren fassungslos.« Sie blieb ihm auf den Fersen, und Blake blieb kurz stehen, um sich Seife, Rasiercreme und eine Packung Ersatzklingen für seinen Gillette Fusion zu nehmen. »Ich weiß noch, als die beiden jung waren. Die Leute in der Stadt hielten sie für perfekt. Doch dann ist Michael die Welt der Hochfinanz zu Kopf gestiegen.« Sie runzelte die Stirn. »Die Großstadt hat ihn korrumpiert.«

»New York?« Er warf die Rasierklingen in seinen Wagen.

»Boise.«

Boise? Er hustete in seine Faust, um sein Lachen zu verbergen. Boise hatte eine ganz hübsche Größe, aber für eine Großstadt konnte es beim besten Willen keiner halten.

Sie legte die Hand auf seinen Wagen. »Ich habe meinen Greifarm vergessen. Könnten Sie mir ein Stück von dieser Holzteerseife geben? Fred liebt Holzteerseife.«

Blake griff nach dem obersten Regalfach und reichte sie ihr. »Die hier?«

»Ja. Danke.« Sie legte sie in den Korb an ihrem Rollator. »Es gab ein paar Leute in der Stadt, die Genugtuung darüber empfunden haben, dass Michael zur mexikanischen Grenze durchgebrannt ist und Natalie mit dem ganzen Schlamassel zurückgelassen hat.« Sie hielt inne und deutete auf die Zahnpasta. »Können Sie mir die Polident dort reichen?«

Er griff nach der grünen Schachtel, die ihm am nächsten war.

»Nein. Die mit der Vierzig drauf. Die ist billiger.«

Blake tauschte sie gegen eine andere Schachtel und hegte langsam den leisen Verdacht, dass Mabel ihn für mehr auserwählt hatte, als nur Klatsch und Tratsch loszuwerden. Sein Verdacht bestätigte sich in den nächsten Minuten, als sie ihn um einen Viererpack Toilettenpapier bat.

»Wenn es flauschig und saugfähig ist, zahl ich gern etwas mehr«, informierte sie ihren »Greifarm«.

Den meisten Männern wäre es peinlich gewesen zu erfahren, dass Mabel extraflauschiges Toilettenpapier bevorzugte, doch nach zwanzig Einsätzen im Irak und in Afghanistan und Dutzenden Geheimmissionen wusste auch Blake extraflauschig und saugfähig zu schätzen. Es war tausendmal besser als ein rundes Loch im Boden und irgendwelches Papier, das er in seiner Chest Rig mit sich trug.

Als er in der Lebensmittelabteilung grob gemahlenen Pfeffer in seinen Wagen warf, brachte sie noch einmal seine Nachbarin zur Sprache. »Natalie stammt aus einer langen Reihe Richards-Frauen, die Pech mit Männern hatten. Es ist wirklich bedauerlich. Bettys Mann hat sie für eine Kellnerin unten in Homedale verlassen, und Joans Mann ist mit dem Mädchen durchgebrannt, das 1984 den Wasserwagen für die Feuerwehr gefahren hat, aber niemand wäre je auf die Idee gekommen, dass Michael Natalie weglaufen könnte. Schon gar nicht, als sie schwanger war.«

Blake lief weiter durch den Gang und legte eine Tüte gemahlenen Starbucks-Kaffee in seine Karre. Er griff in die Tasche seines Kapuzen-Sweatshirts und zog seine Liste heraus. Er glaubte nicht, dass Mabels Tratsch nur das willkürliche Schwafeln einer alten Frau war. Er war sich sicher, dass sie Hintergedanken hatte. Immerhin hatte sie ihn ganz bewusst zu ihrem menschlichen Greifarm auserwählt.

»Können Sie mir den milchfreien Kaffeeweißer reichen? Fred hat eine Laktoseintoleranz.«

»Den normalen oder den mit Haselnuss?«

»Oh. Haselnuss ist zu ausgefallen. Fred muss den normalen haben.« Sie nahm Blake den Kaffeeweißer ab und tat ihn in ihren Korb. »Joan war eine wirklich gute Freundin von mir, bevor sie starb. Ich konnte immer auf sie zählen. Und klug war sie auch, aber ein Hingucker war sie nicht, muss ich leider sagen. Und Betty auch nicht«, fuhr sie fort. »Deshalb waren auch alle so überrascht, dass Natalie so hübsch war. Hatte nie eine hässliche Phase, das Mädchen. Sie war erste Cheerleaderin, Ballkönigin und Königin des Winterfestivals. Einfach wunderschön, und Michael ist ihr weggelaufen und hat ihr das Herz gebrochen.« Sie gab missbilligende Laute von sich und schüttelte den Kopf. »Aber sie hat sich davon nicht ihr Leben kaputt machen lassen. Sie hat ein Fotoatelier an der Hauptstraße eröffnet und ist sehr erfolgreich damit. Vor ein paar Wochen hat sie Porträtaufnahmen von mir gemacht und das wirklich gut hinbekommen. Fred fand meine Smokey Eyes wunderbar.«

Zuckerpo war Cheerleaderin gewesen? Blake grinste in sich hinein. Als Junge hatte er eine Menge Cheerleader-Fantasien gehabt. Ihnen hatte er sich bevorzugt hingegeben.

»Vor ein paar Jahren ist Betty aus der Forstverwaltung ausgeschieden und mit ihrer Schwester Gloria und Jed weiter nach Norden gezogen. Jetzt reisen die drei in einem Wohnauflieger durchs Land. Ich glaube nicht, dass da irgendwas Anrüchiges vor sich geht. Nicht, seit Jed sich die Hüfte gebrochen hat, aber Natalie hat ihre Mama nicht mehr in der Nähe. Es gibt nur sie und Charlotte.« Mabel seufzte. »Eine Frau wie sie braucht einen guten Mann.«

Blake zog eine Augenbraue hoch. »Spielen Sie die Kupplerin?«

»Ich? Himmel, nein.« Ihre Augen weiteten sich, als wäre sie die Unschuld in Person. »Ich unterhalte mich nur zum Zeitvertreib mit Ihnen.«

Klar.

»Aber ich kann nicht den ganzen Tag rumstehen und mit Ihnen quasseln. Ich hab noch anderes zu tun, müssen Sie wissen.« Mabel inspizierte ihren Korb. »Ich habe alles, was ich wollte.«

»Kann ich Ihnen wirklich nichts mehr greifen?«

»Nein, danke.« Sie tätschelte Blakes Arm. »Hoffentlich bis bald, großer Junge.«

»Wir sehen uns, Mabel.« Er lachte, während die Kupplerin ihren Rollator zum vorderen Teil des Geschäfts schob. Er warf noch ein paar Lebensmittel in seinen Wagen und begab sich zur Kasse. Er plauderte mit einer Kassiererin namens Jan, die um den Ausschnitt ihres roten Paul's-Market-Herrenhemds herum eine Schnürsenkelkrawatte aus Strass trug. Jan packte seine Einkäufe in vier Plastiktüten, die er an seinen Finger hakte und zu seinem Truck schleppte. Die frische Oktoberluft strich über sein Gesicht, und er atmete den satten Geruch von Erde und Kiefern ein. Als er sich das letzte Mal im Herbst und Winter in den Bergen aufgehalten hatte, hatte er in Colorado für das raue Klima in Tora Bora und am Hindukusch trainiert.

Als er seine Einkäufe auf die Ladefläche seines Pick-ups schleuderte, jaulte etwas auf. Verdutzt sah er nach und blickte in die schwarzen Augen eines Welpen. Ein kleiner schwarzer Hund mit weißen Pfoten saß auf einer Tüte Purina-Welpenfutter.

»Was zum Teufel?«

»Wiff.«

Er sah sich suchend um, entdeckte aber niemanden. »Wie bist du da reingekommen?« Er sah wieder den Hund an, als hätte er die Antwort. Der Welpe stieß ein weiteres Wiff aus, und Blake griff auf die Ladefläche des Trucks und hob ihn hoch. Ein älteres Paar mit roten Sweatshirts im Partner-Look lief zu einem Wagen eine Reihe weiter hinten, und Blake ging auf sie zu. »Ist Ihnen ein junger Hund abhandengekommen?«

Sie sahen ihn an und schüttelten die Köpfe. »Nein«, antwortete die Frau. »Aber er ist süß.«

»Mir gehört er nicht.«

Der Mann lachte. »Sieht ganz so aus, als täte er es jetzt.«

»Nein.« Blake sah hinab in die schwarzen Augen, die seinen Blick erwiderten. »Jemand hat ihn in den falschen Truck gesetzt.« Er hob den Welpen über seinen Kopf, um besser unter sein Bäuchlein sehen zu können. »Ja. Es ist ein Er.«

Wieder schüttelten die beiden die Köpfe und stiegen in ihren Wagen. Stirnrunzelnd überquerte Blake noch einmal den Parkplatz und betrat erneut den Laden. Die Automatiktür glitt auf und zu, und er trat an die nächstgelegene Kasse. »Jemand hat seinen Welpen verloren.«

Jan blickte auf. »Das arme Kerlchen. Ist er da draußen rumspaziert?«

»Irgendwie ist er auf der Ladefläche meines Trucks gelandet.«

Der Kassierer nebenan lachte. »Ihnen wurde ein Welpe untergeschoben?«

Blake fand das nicht lustig und senkte den Blick auf das Namensschild des schmächtigen Mannes, das an sein rotes Hemd geheftet war. Frank Cornell. Zwei mit diesem Namen konnte es in dieser kleinen Stadt nicht geben. »Was heißt das?«, fragte er, obwohl er das ungute Gefühl hatte, es schon zu wissen.

»Leute, die ihre Tiere nicht ins Tierheim bringen wollen, setzen sie anderen vor die Haustür oder in ihre unverschlossenen Wagen«, antwortete der Kassierer.

Ein Mädchen, das gerade seine Einkäufe auf Jans Transportband legte, fragte: »Wie wollen Sie ihn nennen?«

»Er gehört mir nicht.«

»Sie könnten ihn Midnight nennen«, schlug Riesenschwanz Frankie vor.

»Ich gebe ihm keinen Namen.« Als sie ihn nur schweigend ansahen, fügte er hinzu: »Ich will keinen Hund.«

»Schade«, murmelte Jan und scannte eine Schachtel Corn Chex ein. Sie schüttelte den Kopf, als hätte *er* etwas falsch gemacht. »Dann bringen Sie ihn ins Tierheim. Er ist süß. Vielleicht nimmt ihn jemand zu sich. Aber die machen aufgrund von Sparmaßnahmen um drei dicht.«

Blake hob seinen freien Arm und sah auf seine Luminox-Taucheruhr. Es war zehn nach.

»Sonntags haben die auch zu.«

Zwei Tage würde er den Hund nicht bei sich behalten.

»Sie könnten ihn jemand anderem unterschieben.«

Genau. »Danke.« Er machte kehrt und verließ den Laden wieder. Mit dem Hund unter dem Arm sah er sich nach einem unverschlossenen PKW oder Pick-up um. Obwohl es in der Stadt sonst von Trucks wimmelte, stand kein einziger auf dem Parkplatz, und die anderen Wagen waren allesamt verschlossen. Anscheinend wussten alle hier von dem Welpenproblem und ergriffen entsprechende Vorsichtsmaßnahmen.

Mit mürrischem Gesicht setzte er den Welpen auf den Beifahrersitz seines Trucks. »Du pinkelst besser nicht auf meinen Ledersitz«, warnte er ihn. Während er um den Wagen herum zur Fahrerseite ging, sah er sich noch ein letztes Mal auf dem Parkplatz nach dem Welpen-Aussetzer um. Er war dazu ausgebildet, Bösewichte und Übeltäter zu entdecken. Mit seinem Scharfschützenblick nahm er Dinge sowohl in der Nähe als auch in der Ferne wahr. Er sah eine Amsel und einen abgeknickten Ast, aber nichts, was deplatziert wirkte.

Als er vom Parkplatz fuhr, warf er einen Blick auf den Hund, der sich auf dem Sitz breitgemacht hatte wie ein geladener Gast. »Mach's dir nicht zu gemütlich.«

»Wiff!« Die kleine rosa Zunge hing dem hechelnden Hündchen seitlich aus dem Maul.

»Die süße Tour zieht bei mir nicht, Struppi.« Die dämliche Töle verstand das als Einladung und kletterte über die Mittelkonsole zu ihm. Sie sprang auf seinen Schoß und stellte ihre Vorderpfoten an seine Brust, während sie Blakes Gesicht und Kinn mit der Zunge bearbeitete. Welpenatem erfüllte die Luft, und Blake musste den sich windenden Hund gewaltsam zurück auf den Beifahrersitz verfrachten. »Sitz«, befahl er mit der strengen Stimme, die er sich für feindliche Kämpfer angeeignet hatte.

»Wiff.« Der Hund drehte sich zweimal im Kreis und fügte sich. Bis sie in Blakes Straße einbogen und der Welpe hochsprang, um aus dem Fenster zu sehen. Er wedelte mit dem Schwanz, als wüsste er, dass er hier zu Hause war, und leckte das Beifahrerfenster ab.

»Das hab ich erst sauber gemacht«, beschwerte sich Blake, doch der Hund leckte weiter. Blake fuhr in die Garage, und das Tor schloss sich hinter ihm. Nachdem er den Hund geschnappt und auf den Betonfußboden gesetzt hatte, beschnupperte dieser Heizkessel und Wasserboiler, bevor er sich zum Werkzeugschrank begab. Blake erwog gerade, den Vierbeiner in der Garage einzusperren, bis er ihn am Montagmorgen ins Tierheim bringen konnte, als dieser sich hinhockte und neben seinen Waffenschrank pieselte.

»Nein.« Blake stürzte auf den Hund zu. »Stopp! Nicht auf meinen Boden pissen!« Doch bevor er ihn davon abhalten konnte, war der Hund schon fertig. Er schüttelte sein schwarzes Fell und trottete zur Hintertür, die zum Garten führte, wobei er feuchte Pfotenspuren hinterließ. »Ein bisschen spät.« Blake machte ihm die Tür auf und folgte dem Welpen in den Garten. Ein kühles Lüftchen stahl sich in den Kragen seines Sweatshirts und kräuselte die Oberfläche des Sees. Er ging nicht davon aus, dass er den Hund bis Montag einfach im Freien lassen konnte. »Mach dein Geschäft«, befahl er, während der Hund an den Bäumen zwischen seinem und Zuckerpos Garten schnüffelte.

»Ist das dein Hündchen?«

»Herrgott.« Schon wieder hatte sie sich an ihn herangeschlichen. Scharfschützen-Kundschafter konnten Charlotte Cooper nicht das Wasser reichen. »Nein.«

»Wem gehört es dann?«

»Es ist ein Rüde.«

Sie blickte verstohlen hinter sich und trat ein paar

Schritte aus den Bäumen hervor. Anders als bei ihrer letzten Begegnung trug sie eine Jacke und eine Jeans, deren Beine sie in zottelige Pelzstiefel gesteckt hatte. »Ohhh. Der ist so süß! Wie heißt er?«

»Er hat keinen Namen.«

Sie sah lächelnd zu ihm hoch. Im Gegensatz zu ihrer Mutter schien sie nicht nachtragend zu sein. »Darf ich ihn mal streicheln?«

»Klar.«

Die Kleine kniete sich hin und legte die Hand auf den Rücken des Welpen. »Er ist ganz weich.« Sie sah zu Blake auf und senkte den Blick wieder. Der kühle Wind wehte ihren Pferdeschwanz hoch und färbte ihre Wangen rot. »Darf ich ihn mal halten?«, fragte sie, ohne die Antwort abzuwarten. Sie nahm den Hund auf den Schoß und vergrub ihr Gesicht in seinem Fell.

»Klar.« Blake lächelte. »Er mag dich.« Der Welpe tat ihm den Gefallen und leckte ihr übers Gesicht. Sie lachte, und Blake hatte angesichts seines perfiden Planes fast ein schlechtes Gewissen. Aber nur fast. »Er mag dich lieber als mich.«

Sie nickte. »Das ist, weil du stinkig bist. Meine Mom nennt dich Stinkstiefel.«

Ihre Mom nannte ihn Riesenarschloch, und er war im Begriff, ihr dazu allen Grund zu geben. Mal wieder. Der wedelnde Schwanz des Hündchens schlug an den Arm des Mädchens, und sein gesamtes Hinterteil wackelte vor Begeisterung. Charlotte hielt den Welpen fest, während er versuchte, an ihrer Brust hochzuklettern. Er leckte ihr wie wild übers Gesicht, was sie zum Kichern brachte. »Sieh nur, wie lieb er dich hat.«

»Ganz doll!«

»Willst du, dass er dein Hund wird? Ich glaube, bei dir wäre er glücklicher.«

Ihr Gesichtchen erhellte sich. »Ich darf ihn haben?«

Blake nickte. »Er hat dich lieb und will bei dir wohnen. Das sieht man.«

Die Arme um den Bauch des Welpen geschlungen, stand sie auf. »Ich muss erst meine Mom fragen.«

Und genau wie der Grinch, der Weihnachten gestohlen hatte, lächelte er und tätschelte ihr den Kopf. »Nimm ihn doch einfach mit nach Hause, und zeig deiner Mom, wie lieb er dich hat.«

»Meine Mom ist noch nicht von ihrer Arbeit zurück. Samstags passt Tilda auf mich auf.«

Noch besser. »Dann überrasch deine Mom. Überraschungen liebt jeder.«

Charlotte ließ die Schultern sinken. »Sie sagt bestimmt nein.«

»Nicht, wenn sie sieht, wie lieb du ihn hast. Wenn sie euch beide zusammen gesehen hat, kann sie nicht mehr nein sagen.«

»Mommy erlaubt mir nicht mal eine Katze.« Sie biss sich auf die Lippen, als wäre sie besorgt. »Sie wird bestimmt sauer.« Sie sah mit ihren großen blauen Augen zu ihm auf und fragte: »Was soll ich machen?«

»Weinen.« Gott, er fühlte sich fast schon wieder schlecht. »Wenn du weinst, lässt sie dich ihn behalten.«

»Wö-klich?«

»Ja.« Die Kleine würde bestimmt Ärger bekommen. »Ich bringe sein Hundefutter zu euch rüber.«

»Okay!« Mit dem sich windenden Hund in den Armen

machte sie auf dem Absatz kehrt und trug ihn in ihren Garten.

Kinder liebten Hunde, redete er sich ein. Er sah ihr nach, während er durch seine Garagentür trat. Der Welpe war mit einem kleinen Mädchen viel besser dran als mit einem Typen wie ihm. Sie hatte recht. Er war stinkig. Hunde brauchten fröhliche Besitzer.

Er wischte die Pfütze vom Betonfußboden auf, schnappte sich seine Einkäufe von der Ladefläche des Trucks und ging ins Haus. Er lief durch den Schmutzraum und trat durch die offene Tür in den Weinkeller. Er war nie ein Weintrinker gewesen, da ihm ein kaltes Bier oder ein Whiskey lieber waren. Der Raum ging in die Küche über, die von Granittheken und Schränken aus geschnitztem Holz dominiert wurde. Eine große Kochinsel mit integriertem Hackblock nahm die gesamte Mitte ein und war von elektrischen Küchengeräten umgeben, die für einen Gourmet-Chef geeignet gewesen wären. Blake aß zwar gerne Gourmet-Gerichte, kochte sie aber nicht gern. Lieber warf er ein paar Zutaten in den Schongarer und aß sie über mehrere Tage hinweg.

Er stellte die vollen Einkaufstüten auf die Kochinsel und lief am leeren Esszimmer vorbei ins Wohnzimmer. Dieser Raum und sein Schlafzimmer oben waren seine Lieblingszimmer im Haus. Er liebte den großen Kamin, der mit Flusssteinen eingefasst war, und die deckenhohen Fenster im Ober- und Untergeschoss mit Blick auf den See und den dichten Wald dahinter. In seinem TV-/Hi-Fi-Schrank vor der Ledercouch mit den zwei dazu passenden Sesseln stand ein Sechzig-Zoll-Fernseher. Den Rest des Raumes nahmen diverse Fitnessgeräte und Kartons voll mit Blakes

Leben ein. Armselig wenig eigentlich, wenn er sie so betrachtete. Die meisten enthielten Relikte seines Soldatenlebens. Bücher und Dokumente. Den Helm, der ihm bei zahlreichen Gelegenheiten das Leben gerettet hatte, und die ballistische Schutzplatte, die eine Kugel daran gehindert hatte, in sein Herz einzudringen. Seine Bandschnallen, seine blaue Paradeuniform und seine alten verstaubten HI-TEC-Stiefel.

Seine Schritte hallten von den Wänden wider, als er ans Fenster trat. Er blickte an seinem Kapuzen-Sweatshirt herab, das jetzt von schwarzen Hundehaaren übersät war. Auf der Tasche prangte ein verdächtiger feuchter Fleck. Er griff nach hinten, packte eine Handvoll Sweatshirt-Stoff, zog sich das Kleidungsstück über den Kopf und warf es auf seine Trainingsbank. Er hatte keine große Lust darauf, dass überall im Haus Hundehaare rumlagen, von Hundepfützen ganz zu schweigen, und schätzte sich glücklich, gerade noch einmal davongekommen zu sein. Wäre ja nicht das erste Mal, dachte er und kratzte sich an der kleinen runden Narbe knapp unter dem SEAL-Trident-Tattoo auf seinem Schultergelenk. Diese Narbe war nicht das einzige Andenken an seinen Einsatz fürs Vaterland. Seitlich am Knie hatte er eine zehn Zentimeter lange Narbe von einer harten Helikopter-Landung und an der Seite eine Dauerfalte von einer AK-47-Patrone. Er hatte sich das Trident-Abzeichen auf der Schulter und knapp unter dem Bauchnabel Hosea 8:7 eintätowieren lassen. Er liebte die Prophezeiungen des Alten Testaments, in denen es um den Zorn Gottes und ums Sturmernten ging. Er glaubte zwar nicht, dass Gott ihn auserwählt hatte, um göttliche Rache zu üben, war jedoch überzeugt, dass er vielen Zivilisten und Soldaten das Leben gerettet hatte. Wenn er ins Fadenkreuz seines Zielfernrohrs sah, glaubte er gern, dass er in einer feindlichen Umgebung eingeschleust worden war, um dafür zu sorgen, dass irgendwelche üblen Wichser Sturm ernteten.

Und was jetzt?, fragte er sich, während er auf den See hinausblickte und die Sonne betrachtete, die langsam auf die Berggipfel sank. Was sollte er mit sich anfangen? Die Ärzte und Suchtberater in der Entzugsklinik hatten ihm davon abgeraten, zu schnell wieder ins Berufsleben zurückzukehren. Sie hielten seine Arbeit für einen seiner größten Trigger. Sie pumpte ihn mit Adrenalin voll, und sich danach Alkohol hinter die Binde zu kippen wurde nicht nur von ihm erwartet, sondern war auch seine Art, Stress abzubauen.

Den Griff zur Flasche hatte er sich nach der BUD/S-Ausbildung angewöhnt, als er mit seinen Kumpels in irgendwelchen Spelunken rumgehangen, gefachsimpelt und sein Körpergewicht in Bier konsumiert hatte. Das war eine Gewohnheit, die er ablegen musste, doch er glaubte nicht, dass er sich dafür einen anderen Job suchen musste, genauso wenig wie er glaubte, gegen seine Sucht machtlos zu sein.

Wenige Meter von seiner Terrasse entfernt sprang ein Fisch aus dem Wasser und sandte enge sich kräuselnde Kreise über die grüne Oberfläche. Ihm standen noch andere Optionen offen, als von einem Krisenherd zum anderen um den Globus zu jetten. Weniger gefährliche Optionen, die weniger Adrenalin erforderten. Er konnte Diplomaten und Transportschiffe schützen oder Nashörner im Kongo. Er konnte jederzeit mit der CIA oder dem FBI handelseinig werden. Er war ein Patriot. Liebte sein Land.

Rot-weiß-blau bis ins Mark, aber er hatte genug davon, für Vater Staat zu arbeiten. Monatelang für eine Mission zu trainieren, eingeschleust zu werden und in unwirtlichen Gegenden zu hausen, nur um den Befehl zum Rückzug zu erhalten, sobald er ein hochrangiges Ziel im Visier hatte. Und natürlich bezahlte die Regierung viel weniger als private Militärfirmen.

Es klingelte an der Tür, und er wandte dem See den Rücken zu. Er ging davon aus, dass es seine Türklingel war. Er hatte sie noch nie zuvor gehört. Er lief durch das große Zimmer, an der Treppe aus Holz und Eisen vorbei zum Eingangsbereich. Auf der anderen Seite des facettierten Glases erkannte er die schemenhaften Gestalten seiner Nachbarin und ihrer Tochter. Er hörte Charlotte heulen, und anhand des verschwommenen Bildes schloss er, dass ihre Mutter auch nicht viel besser drauf war.

Er öffnete die Tür und machte sich nicht die Mühe, sein Grinsen zu verbergen. Zuckerpo war alles andere als glücklich und zufrieden.

VIER

Er war obenrum nackt. Natalie machte den Mund auf, um ihren Nachbarn anzuschreien und ihn mit ein paar ausgesuchten Schimpfwörtern zu belegen, doch ihr Mund wurde trocken und klappte wieder zu. Ohne die Sicherheitsbarriere eines Kleidungsstücks traf sein Testosteron sie wie eine atomare Druckwelle. Sie war überrascht, dass sie ihr nicht die Haare nach hinten wehte und ihr Gesicht zum Schmelzen brachte. Beim Anblick der vielen nackten Haut wusste sie nicht mehr so recht, warum sie seine Treppe hinaufmarschiert war.

»Mama erlaubt mir nicht, Spa-ky zu behalten«, hickste Charlotte, und plötzlich wusste Natalie wieder genau, warum sie ihm eins auf die Nase geben wollte. Charlotte hatte sich schon immer einen Hund gewünscht und ihn nach dem Hund in ihrem Lieblingsfilm *Frankenweenie* Sparky nennen wollen.

»Ihnen ist Ihr Hund entlaufen«, sagte Natalie.

Blake legte den Kopf schief, und sein Blick aus den kalten grauen Augen wanderte über ihren Trenchcoat und hielt an ihrer gegürteten Taille inne, bevor er über ihre nackten Beine zu ihren schwarzen Pumps glitt. »Ich habe keinen Hund.«

Nicht hinsehen, befahl sie sich. *Sieh nicht nach, ob er ein Sixpack hat. Senk den Blick nicht unter sein Kinn.* »Sie werden Ihren Hund nicht einem kleinen Mädchen unterschieben.« Einem kleinen Mädchen, dem man gesagt hatte, dass es keinen Hund haben durfte. Ein Hund war eine große Verantwortung. Ein Welpe brauchte Erziehung und viel Zuwendung. Natalie mochte Hunde. Sie war mit Hunden aufgewachsen, aber sie und Charlotte waren tagsüber nicht zu Hause. Es war nicht fair, einen Welpen den ganzen Tag eingesperrt zu lassen, während sie fort waren.

Er sah ihr wieder ins Gesicht und lehnte sich mit seiner kräftigen Schulter an den Türrahmen. »Jemand hat ihn mir auf den Truck gesetzt, aber er gehört mir nicht.« Er wirkte entspannt und zufrieden, als wäre er mit etwas davongekommen.

Natalie war weder entspannt noch zufrieden. »Ihr Hund ist nicht mein Problem.«

»Ich kenne mich nicht mit den Details des Eigentumsrechts in Idaho aus, aber in den meisten Staaten gehört eine Sache demjenigen, der sie hat.«

»Hm-hm.« Sie verschränkte die Arme vor ihrem Mantel. »Gib ihn zurück, Charlotte.«

»Aber Mommy, ich hab Spa-ky lieb.« Charlotte drückte weinend ihr Gesicht an den Kopf des Welpen. »Und Spa-ky hat mich lieb.«

Ohne den Blick von dem halb nackten Mann vor ihr zu wenden, entgegnete sie: »Der Hund gehört Mr. Junger.«

Er schüttelte den Kopf und stellte sich wieder aufrecht hin. »Sparky gehört nicht Mr. Junger.«

»Gib Mr. Junger den Hund.«

»Mr. Junger will Sparky nicht.«

»Pech.«

»Aber Mommy ...« Charlotte weinte, und die Tränen

kullerten ihr über die roten Wangen. Der Welpe jaulte auf und wand sich aus Charlottes Armen. »Spa-ky!« Sie griff nach ihm, doch er flitzte an Blakes Stiefeln vorbei und verschwand im Haus.

»Scheiße.« Blake blickte hinter sich und sah wieder Natalie an. Sein Mund öffnete sich leicht, und auf seinem Gesicht machte sich Fassungslosigkeit breit, als könnte er nicht glauben, was gerade geschehen war.

Natalie lächelte. »Dann sagen wir jetzt Auf Wiedersehen.«

»Warten Sie.« Er warf einen Blick zurück ins Haus.

Sie schnappte sich Charlottes Hand und trat einen Schritt zurück. »Eine Sache gehört demjenigen, der sie hat. War es nicht so?«

»Spa-ky!«, heulte Charlotte und deutete dramatisch auf die Tür. »Komm zurück! Ich hab dich lieb!« Sie wand sich und zerrte an ihrer Hand, doch Natalie, die vom Verhalten ihres Kindes schockiert war, hielt sie fest. »Du bist gemein«, stieß Charlotte zwischen Schluchzern hervor, und Natalie fühlte sich, als hätte man ihr einen Dolch ins Herz gerammt. Dann riss sich Charlotte los und sauste an Blake vorbei. Ihr blonder Pferdeschwanz wehte hinter ihr her, während sie im Haus verschwand.

»Was zum Teufel ...?« Er sah Natalie an und zog die Augenbrauen hoch, als verblüffte ihn der Gefühlsausbruch des kleinen Mädchens ungemein.

»*Sie*«, stieß sie hervor und machte einen Schritt auf ihn zu. Die ganze Wut, die sie auf ihn gehabt hatte, als sie zu ihm herübermarschiert war, stieg wieder in ihr hoch. Sie liebte Charlotte mehr als alles andere auf der Welt. Sie hatte so viel auf sich genommen, um sie zu bekommen, und war jeden Tag dankbar dafür, doch sie allein großzuziehen war manchmal schwer. Als alleinerziehende Mutter bekam sie Charlottes Kummer und Enttäuschungen mit voller Wucht ab. Dass irgendein Arsch von Nachbar ihr das Leben noch schwerer machte, war das Letzte, was sie gebrauchen konnte.

»Ich?«

»*Sie* haben ihr das angetan.« Sie deutete an ihm vorbei ins Haus. »Und jetzt nehmen Sie den Hund zurück.«

Er blickte hinter sich und wieder zu ihr. »Wie kann ich Sparky jetzt wieder zurücknehmen? Sie haben es doch gehört. Sie hat Sparky lieb.«

»Nennen Sie ihn nicht Sparky.« Sie machte Anstalten, an ihm vorbeizueilen, doch er rührte sich nicht vom Fleck. Deshalb rammte sie ihm ihre Schulter in die Brust wie ein Linebacker. »Sie haben das Kind übervorteilt. Arsch«, fügte sie hinzu, als sie von seinen harten Muskeln abprallte.

Er trat lächelnd beiseite. Auf seinem kräftigen Schultergelenk prangte irgendein militärisches Tattoo. »Kommen Sie doch rein, Natalie.«

»Ms. Cooper.« Das Letzte, was sie wollte, war, sich mit dem Mann zu duzen, der ihrer kleinen Tochter gesagt hatte, dass er »größere Würste« kackte als sie, und anschließend Charlotte – nein Natalie – die Verantwortung für seinen Hund aufgehalst hatte. »Charlotte«, rief sie, während sie eintrat. Natalie war schon einmal in dem Haus gewesen, als es noch Nick und Delaney Allegrezza und ihren sechs lärmenden Kindern gehört hatte. Jetzt fühlte sich das Haus leer an, während sie durch den Eingangsbereich an der Treppe vorbeiging. Das Klappern ihrer Absätze hallte auf dem Parkettboden wider, und sie blieb im großen

Raum stehen. Das Haus fühlte sich leer an, weil es leer war. Jedenfalls so gut wie.

An einem Ende des geräumigen Zimmers standen eine Sitzgarnitur und ein paar Kartons, die im Vergleich zu den gewaltigen Fenstern und dem großen Raum geradezu zwergenhaft erschienen. In der Mitte des Raumes nahmen Fitnessgeräte einen Teil des Platzes ein, als hätte Mr. Junger alles, was er besaß, an eine Stelle geräumt und es dort stehen lassen. »Charlotte«, rief sie noch einmal, während sie weiter zur Küche ging. Auf dem Granittresen stand ein einsamer Schongarer und wirkte irgendwie traurig. »Ich meine es ernst, Charlotte. Wenn du nicht rauskommst, steckst du in großen Schwierigkeiten.« Sie warf einen Blick ins Esszimmer, das mit Ausnahme eines Nagels an der Wand leer war. Entweder hatte er allein in einer kleinen Wohnung gelebt, oder er war geschieden und seine Frau hatte ihn ausgenommen wie eine Weihnachtsgans. Hätte sie den Typen gemocht, hätte sie das vielleicht traurig gefunden. Wie seinen verwaisten Schongarer. Aber sie mochte ihn nicht.

»Sehen Sie im Weinkeller nach.«

Natalie drehte sich um, als er auf sie zukam; seine langen Schritte und breiten Schultern ließen auf einen höchst selbstsicheren Mann schließen. Seine Hose hing tief auf seinen Hüften; sie sah, dass der Gummizug seiner Unterhose den Großteil eines schwarzen Tattoos verbarg. Jetzt zog er sich ein graues T-Shirt über Kopf und Brust. Kein Sixpack, aber auf seinen Bauchmuskeln hätte sie Trampolin springen können. Sie wusste nicht, wo er das Shirt auf einmal herhatte; sie war nur heilfroh, dass er jetzt eins trug.

»Den Flur entlang«, wies er sie an.

Er folgte ihr dicht auf den Fersen, und tatsächlich, hinter einer offenen Tür auf der linken Seite fand sie ihre Tochter, die auf dem Steinfußboden des schmalen Raums kniete. Der kleine schwarze Hund, der ein solches Chaos verursacht hatte, lag vor ihr auf dem Rücken, die Pfoten in der Luft, und schlief fest. Bis auf die Flasche Johnnie Walker waren die Weinregale, die den Raum vom Boden bis zur Decke säumten, leer. Der Raum war gerade breit genug, dass Natalie sich neben Charlotte knien konnte, und der harte Boden kühlte ihre nackten Knie. Sie strich ihrer Tochter eine Haarsträhne von der tränenfeuchten Wange. »Komm, Schätzchen.«

Charlotte schüttelte den Kopf. »Ich hab Spa-ky lieb.«

»Ich weiß, aber ich bin mir sicher, Mr. Junger hat ihn auch lieb«, log sie. »Und er hat Mr. Junger lieb.«

»Wir könnten uns Sparky teilen.«

Natalie drehte sich um und hob den Blick. Bis ganz nach oben in sein Hollywood-Helden-Gesicht und in seine kühlen, wachsamen Augen. »Ihn uns teilen?« Sie versuchte nicht einmal, den Ärger in ihrer Stimme zu unterdrücken. »Wie Eltern ein Kind?«

»Warum nicht?«

Weil sie sich keinen Hund teilen wollte. Weil der Mann hinterhältig war und sie sich sicher war, dass sie Sparky schließlich in Vollzeit am Hals haben würde. »Haben Sie Kinder?«

»Nein.«

In Anbetracht seines Umgangs mit ihrem Kind lag diese Antwort vermutlich nahe.

»Ja.« Charlotte nickte, während sie zu ihrem Nachbarn

hochschaute. »Wie Mama sich mich mit Oma und Opa teilt.«

Charlotte übernachtete jedes zweite Wochenende bei Michaels Eltern am gegenüberliegenden Seeufer. Ungeachtet dessen, wie es um Natalies Beziehung zu ihrem Sohn stand, war Charlotte ihr einziges Enkelkind, und sie liebten sie.

»Büüüttte, Mama. Ich bin auch ganz a-tig und esse meinen ganzen Sellerie und meine Möhren auf.«

»Ganz *artig*.« Natalie schenkte ihre Aufmerksamkeit wieder ihrer Tochter und korrigierte Charlotte in ihrer Angewohnheit, nach Belieben das R wegzulassen.

»Ganz artig«, wiederholte Charlotte in kläglichem und untröstlichem Ton. »Ganz ar-a-tig.«

»Na schön.« Seufzend ließ sie sich vom Kummer ihres Kindes erweichen. »Wir nehmen den Hund jedes zweite Wochenende.«

»Ich hatte an die Hälfte der Zeit gedacht. Fifty-fifty.«

Natürlich hatte er das. »Wir sind tagsüber nicht zu Hause.« Sie hielt sich an dem leeren Weinregal fest und stand auf. »Deshalb jedes zweite Wochenende und Mittwochabend in unserer freien Woche.«

»Dienstag- und Donnerstagabend Ihrer freien Woche.«

Sie runzelte die Stirn, weil sie im Begriff war, einen Pakt mit dem Teufel zu schließen. Einem Teufel, der nach Seife und einer kühlen Brise auf warmer Haut roch.

»Ich spendiere auch das Hundefutter.«

»Jedes zweite Wochenende, Dienstag- und Donnerstagabend, und Sie übernehmen die Kosten des ersten Tierarztbesuchs.«

»Und ich kauf ihm Spielzeug«, warf Charlotte ein, als verfügte sie über ein eigenes Konto.

Er grinste und hielt ihr die Hand hin. »Abgemacht.«

Das war nicht ganz das, was ihr vorgeschwebt hatte, als sie vorhin herübergekommen war, und sie wusste nicht so recht, wie sie sich das Teilzeit-Sorgerecht für den Hund ihres Nachbarn eingebrockt hatte. Sie schob ihre Hand in seine. Seine warme Handfläche erhitzte ihre kühle Haut und den Puls an ihrem Handgelenk. Hätte Charlotte nicht vor ihr gekniet, hätte Natalie vielleicht vergessen, dass sie Blake Junger nicht mochte. Dass er arrogant und penetrant war. Ganz zu schweigen von unverschämt, vulgär und voreingenommen. Und das waren nur die Eigenschaften, von denen sie aufgrund ihrer kurzen Begegnungen wusste. Sie hätte all das vergessen und sich fragen können, wie es wäre, an seiner Brust hinaufzugleiten und an seinem Hals zu schnuppern. »Ich erwarte, dass er bis Mittwoch stubenrein ist.«

Sein Adamsapfel hüpfte, als er schluckte. »Dienstag.« Das Wort glitt zwischen sie wie ein erhitztes Band. Es streifte ihre Wange und strich unter ihren Mantelkragen.

»Juhu!« Charlotte sprang auf und schlang die Arme um Natalies Taille. »Ich hab 'nen halben Hund.«

Natalie lachte ironisch, da sie nichts lustig daran finden konnte, Besitzerin eines halben Hundes zu sein. Genauso wenig wie daran, dass ihre Haut vor Erregung kribbelte und sie sich fragte, wie es wäre, wenn Blake Junger etwas unternähme, um dieses Kribbeln zu stillen.

Er hatte die dümmste Töle auf dem Planeten am Hals. Blake verschränkte die Arme vor der Brust und sah fassungslos den Welpen an, der sich in der violetten Leine verheddert hatte, die Charlotte Cooper passend zu seinem

Halsband besorgt hatte. Die Leine hatte sich um Beine und Körper des Hundes gewickelt und um den einzigen Ast des Baumstumpfes, an dem Blake ihn festgebunden hatte.

Was seine Ausbildung betraf, bekam Rekrut Sparky einfach nicht den richtigen Dreh raus. Blake ließ sich auf ein Knie nieder und spürte die kühle Erde durch den verschlissenen Stoff seiner Levi's. Er wickelte die Leine von dem Ast ab. Das war jetzt schon das dritte Mal, dass die Töle sich völlig verheddert hatte. Beim letzten Mal hatte sie sich fast erwürgt. Der Welpe bellte und biss sich am Ärmel von Blakes altem grauem Sweatshirt fest, während Blake die Leine von seinen Beinen wickelte. Dann stand er wieder auf und verschränkte erneut die Arme vor der Brust.

»Hinsetzen!«, befahl Special Warfare Operator First Class Blake Junger, als hätte er es mit einem neuen Rekruten zu tun. »Dableiben!« Er beugte sich herab und hielt dem Welpen die Hand vors Gesicht. »Bleib, oder ich stecke meinen Fuß in deinen Arsch und trage dich als Pelzstiefel.«

»Wiff.« Rekrut Sparky biss Blake in den Finger und wedelte mit dem Schwanz. Blake hatte eindeutig nachgelassen. Er arbeitete jetzt schon seit fünf Tagen mit Sparky, und die Töle machte weder »Sitz« noch »Bleib« und kackte immer noch ins Haus, wie es ihr beliebte. So war es nicht geplant gewesen, als Blake den Vierbeiner Charlotte Cooper zugewiesen hatte.

»Rühren!«, befahl er, während er an seinem Truck vorbeiging, der bereits mit Holz beladen war. Er lief weiter zu seiner Ausrüstung, die er an dem Baumstumpf gelassen hatte, in den er seine Axt geschlagen hatte. Hinter ihm bellte die Töle und zerrte an der Leine, und Blake hatte keinen Zweifel daran, dass es dem Welpen letztlich doch noch gelingen würde, sich zu erdrosseln.

Sein Grundstück stand voll mit Drehkiefern, Weymouth-Kiefern und Gelbkiefern. Aus dem Boden, der von Pinienzapfen und umgestürzten Bäumen aus Jahrzehnten übersät war, wuchsen Espen und Heidelbeeren. Er zog die Arbeitshandschuhe über und schob sich die Schutzbrille aufs Gesicht. Dann nahm er die Kettensäge, die er auf einem Holzklotz abgelegt hatte. Er zog mit einem gleichmäßigen Ruck an der Schnur, und der Motor zerriss die Bergluft mit dem Lärm geballter Kraft. Blake stemmte sich gegen den Zug der scharfen Sägezähne und zerlegte einen umgestürzten Baum in Scheiben, die er später zu Brennholz spalten wollte.

Im Licht, das durch die Schatten von Kiefern und Espen schimmerte, sprühte ein Schwall Sägemehl durch die frische Herbstluft. Zwischendurch warf Blake einen prüfenden Blick zu dem Hund, der auf einem Stock herumkaute. Er fühlte sich ziemlich schlecht, weil sein Plan, den kleinen Hund neu zuzuweisen oder »jemandem unterzuschieben«, zu Konflikten zwischen Charlotte und ihrer Mom geführt hatte. Das hatte er nicht gewollt, aber genauso wenig hatte er einen Hund behalten wollen, den er nicht haben wollte. Nicht einmal in Teilzeit. Er war immer noch verblüfft darüber, wie das alles gekommen war. Normalerweise konnte er besser verhandeln. Daran war Natalie Cooper mit ihren glänzenden Haaren, ihren roten Lippen und tiefblauen Augen schuld. Augen, die vor Zorn aufblitzen oder vor sexuellem Verlangen fiebrig glänzen konnten.

Der erste Tierarztbesuch hatte ihn mehrere Hundert Dollar für Impfungen und eine gründliche Untersuchung gekostet. Er hatte erfahren, dass Sparky etwa drei Monate alt und eine Mischung aus einem schwarzen Labrador, irgendeiner Sorte Spaniel und vielleicht einem bisschen Dalmatiner war. Mit anderen Worten, eine typisch amerikanische Promenadenmischung. Eine Promenadenmischung, die er sich mit einem kleinen Mädchen und seiner megaheißen Mutter teilen musste.

Blake hielt inne, um ein paar Holzscheiben aus dem Weg zu treten, bevor er die Säge am nächsten Teil des Baumstamms wieder ansetzte. Als er seine Haustür geöffnet und Zuckerpo erblickt hatte, die im Trenchcoat auf seiner Veranda stand, als wäre sie darunter nackt, hatte er die Hunde-Debatte verloren. Sein Hirn war ihm in die Hose gerutscht, und von dem Moment an war er im Nachteil gewesen. Dann hatte sie ihn geschubst und sein Haus betreten, und sein Urinstinkt, sie ebenfalls zu schubsen, hatte sich gemeldet. Sie zu Boden zu stoßen und auf sie zu steigen. Ihr den Mantel hochzuschieben und sie auf den Mund zu küssen. Sich in sie zu schieben und zu sterben.

Er schaltete die Säge aus und legte sie auf dem Baumstamm ab. Er bekam schon einen Steifen, wenn er nur an Natalie dachte, und er warf seine Handschuhe auf den Boden. Zeit, an etwas anderes zu denken, als Zuckerpo zu bespringen. Er lief zu seinem CamelBak-Trinkrucksack, den er an den Baumstumpf gelehnt hatte, und nahm ihn hoch. Lange Zeit in seinem Leben war das Wasserreservoir von seinem Rücken nicht mehr wegzudenken gewesen. Genauso wenig wie die Scharfschützenwaffe an seiner Seite, die SIG an seiner Hüfte und der Helm auf seinem Kopf. Er hatte den Stützpunkt nie ohne sein Trinksystem verlassen.

Der kühle Oktoberwind raschelte in den Blättern und

Zweigen der Kiefern und brachte den Geschmack und die Stimmung des Herbstes mit sich. Blake hatte lange keinen richtigen Herbst mehr erlebt. Er war immer irgendwo stationiert gewesen, wo es warm und sonnig war, oder im Einsatz in der Wüste oder im afghanischen Gebirge. Ihm gefiel der Wechsel der Jahreszeiten. Ihm gefielen die scharf kontrastierenden Farben und der Geruch von Blättern und Erde in der frischen Herbstluft.

Zum ersten Mal im Leben war er keinem Vorgesetzten Rechenschaft schuldig und brauchte seine Ausrüstung nicht zu packen, um eine Frachtmaschine auf dem Weg zum neusten Krisenherd zu besteigen. Er war auf eigenen Wunsch beurlaubt. Über die Jahre hatte er seine Prämien gut angelegt und konnte bis an sein Lebensende Holz hacken, wenn er wollte. Er konnte mit nichts als seiner Kamera durch den Wald stromern. Er brauchte keine Ausrüstung anzulegen und keine MK12 zusammenzupacken. Er brauchte keinen Staub zu fressen und sich in keinem Sumpfgebiet zu verstecken. Er musste gar nichts.

Aber in den letzten einundzwanzig Jahren hatte er von hochkonzentriertem Kraftstoff gelebt. Er war darauf programmiert, in den Krieg zu ziehen und zu siegen. Ein Ziel zu haben und es zu erreichen. Er war sich nicht sicher, wie lange er noch auf langsamerem Treibstoff laufen konnte, bevor er unruhig wurde.

Vielleicht noch zwei Wochen. Noch zwei Wochen, um seine Alkoholabhängigkeit zu besiegen. Höchstens einen Monat, und dann würde er seine Optionen neu überdenken. In letzter Zeit hatten ihn diverse private Militärfirmen kontaktiert. Er war Blake Junger. Allein schon sein Name vereinfachte die Bürokratie und den ganzen

Quatsch. Sein Name öffnete ihm Türen. Er konnte sechs Monate auf einem Frachter im Golf von Aden oder an der Küste Somalias arbeiten und danach in seine Batman-Höhle hier in Truly zurückkehren. Oder bei Kriseninterventions-Firmen anheuern, um Entführungsfälle rund um die Welt zu lösen. Die Befreiung von Entführungsopfern war eine spezialisierte Arbeit, für die er in einzigartiger Weise befähigt war.

Er warf noch einen Blick zu der Töle und stellte den Trinkrucksack auf dem Baumstumpf ab. Rekrut Sparky hatte sich schon wieder hoffnungslos verheddert, und Blake machte ein finsteres Gesicht, als er auf das wuschelige schwarze Fellbündel zuging. Drei seiner Beine waren aneinandergefesselt, und Sparky zitterte vor Freude, als Blake sich hinkniete und die dämliche Töle befreite.

Blake war jetzt dreiundachtzig Tage trocken. Der Kampf mit Johnnie war noch nicht vorbei, aber heute war kein anstrengender Tag. Heute war sein Kopf von der sauberen Bergluft klar.

Links von ihm in der Ferne knallte ein Gewehrschuss und ließ ihn innehalten. Er hob ruckartig den Kopf. Seine Sinne waren sofort hellwach und in Alarmbereitschaft, und er berechnete, dass der Schuss 3,2 Kilometer hinter ihm abgefeuert worden war. Er hörte einen zweiten Schuss, und noch während er sich daran erinnerte, dass in Idaho Jagdsaison war, flackerten die grün-gelben Blätter vor seinen Augen wie eine Luftspiegelung in der Hitze. Statt des satten Dufts von Erde und Kiefern stiegen ihm der Gestank verrottenden Abfalls und der Geruch von schmelzendem Beton und Baharat in die Nase. Es rauschte in seinen Ohren, und von den wogenden kleinen Wellen zwischen dem, was real war, und dem, was nicht, wurde ihm ganz schwindelig. Er wusste, dass er sich in der Wildnis von Idaho befand, und doch gaukelte ihm sein viszerales Gedächtnis vor, auf einem Hausdach in Ramadi zu kauern und den Geruch des Mittleren Ostens zu inhalieren.

Es war nicht real. Eine Sekunde. Zwei Sekunden gefangen in der viszeralen Hölle. Er schloss die Augen vor dem flimmernden Trugbild. Es würde bald aufhören. Das tat es immer. Drei Sekunden … Etwas Feuchtes glitt über seine Wange. Warm und schlabberig. Etwas Reales, und als er die Augen aufschlug, sah er schwarze Knopfaugen, die ihn groß ansahen. Seine in Schieflage geratene Welt richtete sich wieder auf, und er atmete tief den Duft satter Erde und trockener Blätter ein. Rekrut Sparky bellte und leckte ihm über den Mund, und er war so erleichtert, dass er die Töle fast zurückknutschte.

Aber nur fast. Der dumme Hund versuchte, an seiner Brust hochzuklettern, sodass er sich beinahe auf den Hintern setzte. In Blakes Ohren rauschte es immer noch, und wie immer war er desorientiert und verwirrt und kam sich töricht vor, doch anders als sonst wurde er von einem Hund abgelenkt. Einem Hund, der vor Freude fast platzte, während er überschwänglich mit der Zunge Blakes Gesicht bearbeitete.

»Wegtreten«, blaffte er, aber natürlich ignorierte der Hund ihn. Er band die Töle los und sperrte sie im Führerhaus seines Trucks ein, dessen Ladefläche er mit Brennholz und ein paar interessant aussehenden Holzklötzen beladen hatte, die er gefunden hatte. Er lud auch seine Kettensäge und die Axt auf und verschloss die Heckklappe. Er versuchte, den Druck im Nacken zu ignorieren, während er den Rest der Ausrüstung in seinem Einsatzrucksack verstaute.

Seine Flashbacks hatten vor mehreren Monaten begonnen. Den letzten hatte er gehabt, als er kurz nach seinem Umzug nach Truly auf den Lake Mary hinausblickte. Und den davor in der Entzugsklinik. Und den ersten in Nevada im Escalade seines Bruders. Beau hatte ihn mit in sein Haus in Henderson genommen, um ihn vor der Fahrt nach Kalifornien auszunüchtern. Damals waren sie durch die Wüstenstadt gefahren und hatten sich darüber gestritten, wer der größte Superheld war, Batman oder Superman, als er auf seiner Seite in den Außenspiegel sah. In dem Spiegelglas flackerte ein Bild wie Rauch auf und war dann ganz deutlich zu sehen. Ein weißer Toyota, vollbesetzt mit Irakern, raste auf sie zu. Sie trugen Sturmhauben und Palästinensertücher, und von den abgefahrenen Reifen ihres Trucks stieg Staub auf. Adrenalin schoss durch Blakes Adern, während er nach einer Handgranate in seiner Chest Rig und nach der SIG Sauer an seiner Hüfte griff. Unschuldige Männer trugen bei vierundfünfzig Grad Celsius keine Sturmhauben.

»Was machst du da?«, fragte ihn Beau.

Er erwiderte den Blick seines Bruders, der ihn vom Fahrersitz des SUV ansah. Es war, als hätte er sein eigenes Spiegelbild vor Augen. »Üble Typen auf fünf.«

Beau sah in den Rückspiegel. »Was ist los, Blake?«

Als er wieder in den Außenspiegel sah, flirrte das Bild des Trucks und verschwand. Es hatte so real gewirkt. So real, dass ihm ganz schummrig geworden war und er nach dem Türgriff getastet hatte. »Weiß nicht genau.«

»Hast du PTBS?«

»Nein.« Ein Junger hatte kein PTBS.

»Das ist keine Schande.«

»Ich hab kein PTBS. Lass stecken.«

Sie schwiegen eine Weile, während sie durch die Wüste von Nevada rasten. »Ein Schlag von Supermans gewaltigen Fäusten und Batmans Kopf rollt in der Rinne wie ein Pudel beim Kegeln.«

Blake hatte versucht zu lachen. Als er jetzt daran zurückdachte, umspielte ein Lächeln seine Lippen. »Ein Schlag von Batmans Kryptonit-Boxhandschuhen«, hatte er erwidert, »und Superman sackt zusammen wie ein Schlappschwanz.«

Blake vermisste seinen Bruder, aber er würde ihn nicht anrufen. Beau würde bloß über Blakes Alkoholproblem sprechen wollen, und dazu hatte er momentan keine Lust. Nicht, wenn das Verlangen an seinen Eingeweiden riss und ihm verführerisch ins Ohr flüsterte.

Aufgrund des unwegsamen Geländes dauerte die Heimfahrt zehn Minuten. Zehn Minuten, in denen der Welpe bellte, mit dem Schwanz wedelte und das Fenster abschleckte. Jedem anderen mochte der Anblick normal erscheinen, ein Mann mit seinem Hund, aber das war nicht normal. Nicht für ihn.

Sein Kopf schmerzte von dem Flashback. Seine Hände umklammerten das Steuer ein wenig zu fest. Er brauchte einen Drink. Ein paar Gläser Johnnie, um das Verlangen zu lindern. Die Flasche war im Weinkeller. Es wäre kinderleicht, sie später nachzufüllen.

Niemand wird davon erfahren, flüsterte seine Sucht.

Aufzugeben wäre so viel einfacher, als sich jeden Tag zu quälen.

Nur ein Glas. Nach einem Glas kannst du aufhören.

Er hatte nie nach einem Glas aufgehört. Ein Glas führte zu zweien. Zwei zu dreien. Drei zu einer Flasche und massenhaft Bier. Eine Flasche und massenhaft Bier führten dazu, dass man mit blutigen Fingerknöcheln, einer aufgeplatzten Lippe und einem mörderischen Kater aufwachte. Doch im Moment klang eine schöne altmodische Kneipenschlägerei wahnsinnig verlockend.

Als er in seine Garage fuhr, kam Charlotte angerannt. »Blake!«

Er ließ das Garagentor oben und stieg aus dem Truck.

»Blake!« Schwer atmend blieb sie am Heck stehen. »Heute ist mein Abend mit Spa-ky.«

»Ich weiß.« Der Hund sprang über die Konsole, und Blake hob ihn vom Beifahrersitz. Er setzte Sparky auf dem Boden ab, und der Welpe bellte unbändig und schoss auf das kleine Mädchen zu. Dabei stolperte er über die Leine und rutschte auf dem Bauch.

Lachend nahm Charlotte ihre Teilzeit-Töle hoch. »Wir haben Spa-ky ein Namensschild besorgt«, verkündete sie, während der Hund ihr übers Gesicht leckte. Er krümmte und schlängelte sich und entwand sich ihrem Griff. »Es ist violett. Meine Lieblingsfarbe.« Sie versuchte, die Töle wieder hochzuheben, doch der junge Hund sprang hin und her, bellte und biss sie in den Mantelsaum. »Hör auf, Spa-ky.« Sie griff nach ihm, doch er hüpfte bellend zurück.

Blake sah sich den Unfug des Hundes noch eine Weile an, bevor er die Tür des Trucks schloss und Sparky hochhob. In dem Tempo würde sie den Hund nie mit zu sich nach Hause bekommen. »Ich trage ihn zu euch rüber.« Er klemmte sich den Rekruten unter den Arm. »Setz dich auf deinen Arsch, bevor du dich noch bepisst.«

»Du hast ein schlimmes Wort benutzt.«

»Verpetzt du mich bei deiner Mom?«

Sie überlegte kurz, während sie die Einfahrt hinabgingen. »Nein.« Sie schüttelte den Kopf. »Ich verpetze dich nicht. Wir sind schließlich Freunde.«

Freunde? So weit würde er nicht gehen. Seine Freunde waren erheblich älter, Männer, und benutzten so viele böse Worte, wie sie in einem Satz unterbringen konnten.

Sparky wand sich, während Blake die Nachbareinfahrt hinaufsah und Zuckerpo entdeckte, die an der geöffneten Heckklappe ihres Subaru lehnte. Seine Freunde würden innehalten, um ihren Hintern in dieser Jeans gebührend zu würdigen.

»Mama, ich hab Spa-ky.«

Natalie zog mehrere volle Einkaufstüten aus dem Wagen, wobei ihr blondes Haar über ihre Schulter schwang. »Oh Freude.«

Blake setzte den Hund auf dem Boden ab und ging auf sie zu. Als sie sich aufrichtete, griff er nach den Tüten in ihrer Hand. »Ich nehm das.«

Ihre Sonnenbrille rutschte nach unten, und ihre blauen Augen fixierten ihn über das braune Gestell hinweg. »*Ich* nehm das, aber Sie können den Rest nehmen.«

An ihren Augen mit der Farbe der Tiefsee, der Pilotenbrille und ihrem roten Mund war irgendetwas, das sein Verlangen nach Alkohol linderte. Etwas, das es milderte, es erhitzte und in ein völlig anderes Verlangen umwandelte.

Blake schnappte sich die vier restlichen Einkaufstüten und schloss die Heckklappe. Er folgte Natalie und Charlotte durch die Garagentür nach drinnen und stellte die

Tüten auf der Küchentheke ab. Das Haus roch, als wäre es von einer Frau bewohnt. Nach frisch gebackenem Kuchen, Blumen und Waschpulver. Das Haus sah auch so aus, als wohnte eine Frau darin. Ein weißes Tischtuch. Eine rosa Smiley-Tasse in der Spüle und Spitzengardinen an den Fenstern. Fotos von Charlotte überall.

»Brauchen Sie sonst noch Hilfe?«, fragte er, während er die Einrichtung und die Gerüche des feminin anmutenden Hauses in sich aufnahm. Es verfügte etwa über die Hälfte der Quadratmeterzahl seines Hauses und war im Semi-Custom-Design gebaut. Errichtet nach dem Entwurf eines Bauherrn, mit hübschem Gebälk, Stein und Steinfliesen. Vom hinteren Teil hatte man einen Blick auf den See, wie in seinem Haus.

»Nein, danke.« Sie schälte sich aus ihrer Jacke und warf sie auf einen Küchenstuhl. »Können Sie kurz warten?« Sein Blick glitt zu ihrem dünnen weißen T-Shirt.

Die warmen Teile in seinen Eingeweiden erhitzten sich von der Verheißung einer ausgewachsenen Erektion, und eins war sicher, weißglühende Lust war tausendmal besser, als sich durch die Tage zu quälen. »Klar.«

»Ich will Ihnen etwas zeigen.«

Er wollte es sehen. Und wenn sie damit fertig war, ihm zu zeigen, was sie hatte, hatte er auch etwas, was er ihr zeigen wollte. So wie sie ihn neulich im Weinkeller angesehen hatte, sah eine Frau einen Mann an, wenn sie Sex wollte. Er hatte genügend Erfahrung mit Frauen, um diesen Blick zu kennen. Er war nicht aufreizend. Er war nicht kokett. Er war nicht gekünstelt. Es war ein dunkles Sehnen tief in den Augen einer Frau. Es war das Sichöffnen voller Lippen und ein süßes Einatmen.

Sie lief über den Holzboden zum Kühlschrank, und er hörte den Welpen bellen, während Charlotte im Wohnzimmer kicherte.

Dort zu stehen lenkte ihn ab. Er hatte nicht vor, mit Natalie zu schlafen. Sie war der Typ Frau, der wollte, dass Sex etwas *bedeutete*. Sie war nicht der Typ, der einfach mit einem Mann ins Bett stieg, um Spaß zu haben. Sie würde eine Art von Bindung wollen, doch allein der Gedanke, wie sie ihre Schenkel um seine Taille schlang und er ihre wippenden Brüste in den Händen hielt, ließ ihn stahlhart werden.

Blake schob die Ärmel seines Sweatshirts hoch. Er hatte seine Ständer unter Kontrolle. Es gab Leute, die glaubten, er sei wie sein Dad, ein Typ, der von einem Bett ins andere fiel, und das stimmte zum Teil wohl auch. Doch anders als sein Dad hatte er stets die Kontrolle über seinen Schwanz gehabt. Und anders als sein Bruder hatte er niemals geglaubt, dass er zu dem Zweck sexuell enthaltsam sein musste.

FÜNF

Natalie nahm eine Zeichnung, die mit einem Cupcake-Magneten an den Kühlschrank geheftet war, und legte sie vor ihm auf die Theke. »Das hat Charlotte gestern Abend gemalt.« Sie deutete auf eine rundliche Gestalt mit langen, schlaksigen Armen und Beinen. Charlotte hatte sorgfältig zehn Finger und Zehen sowie einen großen Kopf mit drei blonden Haarsträhnen gemalt.

»Was ist das?«

Natalie zeigte auf die grauen Augen und die schnurgerade rote Linie, die den Mund darstellte. »Das sind Sie.« Sie fuhr mit dem Finger zu dem schwarzen, wuscheligen Kreis mit Pfoten und Schwanz. Die Figur hatte einen Kopf mit einer roten Zunge und Schlappohren. »Das ist Sparky. Mir ist aufgefallen, dass sich Charlottes Bilder in den letzten Monaten verbessert haben. Vorher hat sie nur Strichmännchen gemalt.«

Er beugte sich stirnrunzelnd vor, um genauer hinzusehen. »Sollen das meine Haare sein?«

Natalie lächelte. »Charlotte hat nicht viel Erfahrung darin, Männer mit Haaren zu malen. Ihr Großvater ist kahl.« Und ihr Vater hatte eine Knastfrisur.

»Ist das ein Bierbauch?«

Er klang so beleidigt, dass sich ihr Lächeln in ein leises Lachen verwandelte. Blake Junger hatte einen vollen

Haarschopf, und sein Bauch war eindeutig flach. »Ihre Augenfarbe hat sie perfekt getroffen.« Sie trat an einen niedrigen Schrank und zog einen Topf heraus. »Und Ihr Lächeln auch.«

»Das Ding da lächelt nicht.«

»Eben.« Sie ließ warmes Wasser in den Topf laufen und stellte ihn auf den Herd, um es zu erhitzen. Heute war Käsemakkaroni-Abend bei den Coopers. Sie hatte gelernt, dass es das Leben mit einer Fünfjährigen ungeheuer vereinfachte, wenn man den Speiseplan unkompliziert gestaltete und ihr das Gemüse in den Gerichten unterjubelte, die sie gern aß. Sie hatte gelernt, sich nur auf Kämpfe einzulassen, die es wert waren. Im Wohnzimmer, wo Charlotte sich einen Zeichentrickfilm ansah, bellte Sparky, was bewies, dass sie diesen Kampf verloren hatte.

Blake richtete sich wieder auf, und sie rechnete damit, dass er jetzt gehen würde. Dass er die Teilzeit-Töle, die er einem kleinen Mädchen untergeschoben hatte, dalassen und wegrennen würde, als ob der Teufel hinter ihm her wäre. Stattdessen sagte er: »Vor ein paar Wochen habe ich im Supermarkt eine Freundin von Ihnen getroffen.«

Die Liste ihrer Freundinnen war überschaubar. Sie griff nach einer Schachtel Käsemakkaroni und warf ihm einen Blick über die Schulter zu. »Lilah?«

»Mabel.«

Sie legte die Schachtel neben dem Herd auf die Theke. Vielleicht blieb er noch, weil er sich in dem riesigen leeren Haus nebenan einsam fühlte. Das tat ihr fast leid, aber nur fast. »Mabel Vaughn?«

»Ja.«

»Sie war eine gute Freundin meiner Großmutter.« Natalie gab Salz ins Wasser. Er schien weder einen Job noch eine Familie zu haben. Er schien nichts anderes zu tun, als Holz zu hacken und zu fotografieren. »Ich kenne sie schon mein ganzes Leben lang.«

Er lehnte sich mit der Hüfte an die Theke und verschränkte die Arme vor der Brust, als wollte er es sich für einen Plausch gemütlich machen. Als wäre er nicht der rüpelhafte Nachbar, der ihr Kind beschimpft und ihre mütterlichen Kompetenzen in Frage gestellt hatte. »Das hat sie erwähnt.« Er trug ein graues Navy-Football-Sweatshirt und eine Levi's, die an merkwürdigen Stellen verschlissen war. Merkwürdige Stellen wie die Gesäßtasche, in der er seine Geldbörse aufbewahrte, und sein geknöpfter Hosenschlitz, wo er etwas anderes aufbewahrte. Nicht, dass sie darauf geachtet hätte. Okay, das hatte sie, aber es war nicht ihre Schuld, dass ihr seine Wölbung aufgefallen war, als trüge er hinter diesem Hosenschlitz eine Waffe mit sich herum. Ihn hier in ihrer Küche zu haben war wirklich seltsam. Sein Testosteron brachte das weibliche Gleichgewicht in ihrem Haus durcheinander. Wie eine Gewitterwolke in ihrem ruhigen blauen Feng Shui.

»Sie hat auch Ihren Ehemann erwähnt.«

Natalie warf einen Blick zur Wohnzimmertür und strich sich eine Haarsträhne hinters Ohr. »Exmann.« Sie war nicht überrascht, dass Mabel über sie getratscht hatte. Verärgert, aber nicht überrascht. »Dann hat sie sicher auch ›erwähnt‹, dass er im Gefängnis sitzt.« Sie sah wieder zu Blake, der sie mit seinen intensiven rauchgrauen Augen beobachtete.

»Wann kommt er raus?«

Natalie sprach nur in den seltensten Fällen gern über

Michael, und dies war keine dieser seltenen Gelegenheiten. »Um Thanksgiving herum.« Im Nachbarzimmer waren Charlottes Lachen, Hundegebell und ein *My-Little-Pony*-Zeichentrickfilm zu hören. *My little Pony* ging in Ordnung, doch seit Lilah für sie alle *I, Robot* ausgeliehen hatte, bekam Charlotte von allem Albträume, was mit Robotern zu tun hatte.

»Ist Charlotte aufgeregt?«

Natalie sprach nicht gern über Michael, aber er war auch kein Geheimnis. Sie hatte schon vor Jahren gelernt, dass Geheimnisse einen krank machten. So krank wie ihren Exmann. Während ihrer Scheidung war es ihr sehr schlecht gegangen. Sie war schwanger und deprimiert gewesen und hatte sich gedemütigt gefühlt. Damals war ihr statt mit einer medikamentösen Behandlung mit einer kognitiven Verhaltenstherapie geholfen worden. Dabei hatte sie gelernt, erdrückende Probleme auseinanderzunehmen und in überschaubare Teile zu zerlegen.

»Charlotte weiß es noch nicht.« Blake zog fragend eine Augenbraue hoch, und sie erklärte es ihm, während sie ihre Einkäufe in den Schränken verstaute. »Letztes Jahr glaubten Michaels Eltern schon einmal, dass er rauskäme. Sie erzählten Charlotte, dass er nach Hause käme, und machten sie ganz kirre.« Auch wenn es ihr ein Rätsel war, wieso sie sich dazu veranlasst fühlte, ihrem Nachbarn überhaupt irgendwas zu erklären. »Aber der Staat Idaho hatte andere Pläne, und ich war diejenige, die ihr beibringen musste, dass er doch nicht nach Hause kommen würde. Sie hat drei Tage lang geweint. Danach haben wir uns alle geeinigt, kein Wort mehr darüber zu verlieren, bis es tatsächlich so weit ist.« Was jetzt so bald der Fall war, dass sich Natalies Magen zusammenzog. »Und was hat Mabel sonst noch so erwähnt?«

Als er nicht antwortete, drehte sie sich zu ihm um, während sie ein Glas Erdnussbutter wegräumte. Er hatte den Blick gesenkt, als hätte er ihr auf den Hintern gestarrt. Sie nahm an, dass es nur gerecht war, wenn er ihr auf den Hintern starrte, da sie seinen Hosenschlitz begutachtet hatte.

»Dass Sie Ballkönigin waren.« Er hob den Blick über ihren Bauch und ihre Brüste und sah ihr ins Gesicht. Der Unterschied bestand darin, dass er dabei ertappt worden war und keinerlei Reue zeigte.

»Das ist laaaange her.« Sie nahm die Schachtel mit den Käsemakkaroni und riss sie auf. »Ich glaube, die Krone ist noch irgendwo bei meiner Mutter.« Sie zog das Päckchen mit dem geriebenen Käse heraus und gab die Nudeln ins Wasser.

»Und dass Sie Cheerleaderin waren.«

»Ja.« Sie warf die leere blau-gelbe Schachtel in den Recyclingbehälter unter der Spüle. Als sie danebenfiel, zog Natalie den überquellenden Eimer heraus. »Auch das ist eine Ewigkeit her.« Sie drückte den Inhalt so weit wie möglich herunter, der jedoch sofort wieder hochschnellte. Bevor sie es erneut versuchen konnte, stand Blake plötzlich neben ihr und trat mit seinem großen Stiefel auf den Haufen. Er drückte ihn auf die Hälfte des Umfangs herunter wie eine Abfallpresse. Natalie war beeindruckt. Es war lange her, seit sie mit einem Mann zusammengelebt hatte, und sie hatte vergessen, dass Männer manchmal sogar ganz nützlich waren. Zum Beispiel, um Einkäufe ins Haus zu tragen und Müll zusammenzupressen. Und für andere Dinge. Wie ihr in der Dusche den Rücken zu waschen.

Er nahm seinen Riesenfuß wieder heraus und sagte: »Sie hat erwähnt, dass Sie manchmal noch Ihr knappes Outfit tragen.«

Sie hob so schnell den Kopf, dass sich ein paar Haarsträhnen hinter ihrem Ohr lösten und an ihrem Lipgloss kleben blieben. Er stand jetzt dicht vor ihr; nur ein paar Zentimeter trennten sein Sweatshirt von ihren Brüsten. Sie sah ihm in die Augen, und die Atmosphäre zwischen ihnen veränderte sich. Sie heizte sich auf und knisterte vor sexueller Spannung. »Das hat Mabel gesagt?«

Ohne den Blick von ihrem zu lösen, schüttelte er den Kopf. »Nein. Das ist nur meine schmutzige Fantasie.«

Machte er sie an? Und wenn ja, was sollte sie tun? Gott, es war so lange her, dass sie sich nicht mehr auskannte.

Er hob eine Hand und strich ihr die Haarsträhne von den Lippen. Dabei streiften seine Fingerspitzen ihren Mundwinkel und ihre Wange, und sie bekam keine Luft mehr. Ihr Atem war buchstäblich in ihrer Brust gefangen. Sie wollte etwas sagen. Etwas Flapsiges, als würde seine Berührung sie nicht tangieren. Als würde sich kein heißes Kribbeln über ihre Haut ausbreiten.

Seine Hand glitt zu ihrem Hals, und er drückte leicht den Daumen in ihr Kinn und hob ihr Gesicht an. »Gibt es einen Mann in deinem Leben, Süße?«

Einen Mann? Sie schüttelte den Kopf und schluckte heftig, um den Kloß in ihrem Hals loszuwerden. Sie kämpfte gegen das Bedürfnis an, ihr Gesicht in seine Hand zu drehen und seine warme Handfläche zu küssen. »Ich habe keine Verabredungen«, stieß sie mit Mühe hervor.

»Das dachte ich mir.«

Er roch gut. Wie beim letzten Mal, als sie ihm so nahe

gewesen war. Nach Bergluft und Mann. Langsam. Moment. Was? Woher wusste er, dass sie keine Verabredungen hatte? Sah sie aus wie eine Eigenbrötlerin?

Er ließ die Hand sinken und trat näher zu ihr. So nahe, dass ihre Brustspitzen sein Shirt berührten. »Du siehst aus wie eine Frau, die eine Verabredung braucht.« Und wie sah das bitte aus? Sie rührte sich nicht, während er es ihr erklärte. »Du siehst aus wie eine Frau, die sich einen Partner suchen sollte, und zwar einen, der es draufhat.« Er senkte den Blick auf ihren Mund. Er berührte sie nicht, aber es fühlte sich so an. »Du siehst aus, als bräuchtest du eine Verabredung für die ganze Nacht.«

Sie sog den warmen, prickelnden Duft von Pheromonen ein. Sie konnte nicht anders. Er umfing sie wie ein sexuell aufgeladener Nebel. »Sprechen wir über Verabredungen?« Es kam ihr vor, als meinte er etwas ganz anderes. Etwas, das ihr beengtes Gefühl in der Brust ganz heiß und schwer machte und in ihre Magengrube sinken ließ.

Er nickte. »Nein.«

Hieß das ja oder nein? Wenn er ihr so auf den Mund starrte, konnte sie nicht klar denken. Jedenfalls nicht über ihr Verlangen hinaus, mit der Hand über seine Brust zu fahren und sich eng an ihn zu schmiegen. »Woran erkennst du, dass ich keine Verabredungen habe?«, fragte sie, als würde sie nicht von allen möglichen Anwandlungen, Gelüsten und dunklen Begierden bombardiert. »Deutet ein Pfeil auf meinen Kopf oder so?«

Er erwiderte ihren Blick. »An deinen Augen.«

»An meinen Augen?« Sie zog die Brauen zusammen. »Du erkennst an meinen *Augen*, dass ich eine Verabredung will?«

»Zwischen wollen und brauchen besteht ein Unterschied.« Auch *seine* Augen sandten ihr eine Botschaft. Unter seinen gesenkten Lidern sandten sie eine Botschaft, die so heiß war, dass sich der Knoten in ihrem Bauch zusammenzog und ihre Schenkel verglühen zu lassen drohte. »Du brauchst eine Verabredung mit einem Mann, der dich mit in sein Bett nimmt und dich die ganze Nacht lang dort behält. Du brauchst es dringend. *Wirklich* dringend.«

Das stimmte. Bis zu dem Tag in seinem Weinkeller war ihr nicht klar gewesen, *wie* sehr sie es brauchte. Aber hier würde es nicht passieren. Nicht in ihrer Küche. Nicht jetzt, während ihre Tochter nebenan fernsah und ihr Abendessen auf dem Herd kochte. Und nicht mit diesem Mann. Diesem heißen, sexy Mann, der rüpelhaft und anmaßend war, und sie war ganz sicher nicht an einer Beziehung mit ihm interessiert, die über eine Bettgeschichte hinausging.

Auf einer rein körperlichen Ebene hätte sie womöglich gern Sex und würde die Sache am nächsten Morgen schnell wieder vergessen. Sie hätte nichts dagegen, einen Mann nur wegen seines Körpers zu benutzen. Nur für eine Nacht würde sie gern einen Mann benutzen, so wie Lilah es tat, aber sie war eine alleinerziehende Mutter und Kleinunternehmerin. Sie hatte zu viel Selbstachtung, um der One-Night-Stand eines Mannes zu sein. »Ich brauche nichts so dringend«, entgegnete sie und ging um ihn herum. »Ich bin beruflich voll ausgelastet.« Sie trat an den Herd und nahm den Topf von der heißen Platte. »Glauben Sie mir, ich bin nicht der Typ, der sich nur zum Sex verabredet. Dafür habe ich zu viel Selbstachtung.« Sie kippte das heiße Wasser mit den Nudeln in ein Sieb in der Spüle.

»Hm-hm.« Sie hörte, wie er zur Hintertür ging und sie

öffnete, während ihr eine Dampfwolke ins Gesicht stieg. »Zu viel Selbstachtung, um die Aufnahmen von Frankie Cornells Riesengehänge zu begutachten?«

Sie drehte sich zu ihm um, und ihr glühend rotes Gesicht hatte nichts mit dem Dampf zu tun. Er hatte sie also an jenem Tag im Laden gehört.

Er grinste. »Du weißt ja, wo ich wohne, wenn du einen Riesenschwanz sehen willst, Süße.«

Dann war er weg, und sie blieb mit dem leeren Topf in den Händen und einer Dampfwolke um den Kopf in ihrer Küche zurück. Oh Gott, sie erinnerte sich nicht mehr genau, was sie über Frankie gesagt hatte. Abgesehen von seinem Mutanten-Penis natürlich.

Sie stellte den Topf neben der Spüle ab. Blake hatte auch einen Riesenpenis? Sie warf einen Blick aus dem Küchenfenster. Die Bäume versperrten ihr die Sicht auf sein Haus. Sie fragte sich, ob er die Wahrheit sagte. Ihr Gehirn beschwor das Bild seines Hosenschlitzes herauf. Nein, er log bestimmt nicht.

Sie trat an den Kühlschrank und nahm eine Flasche Vollmilch und etwas Butter heraus. Michael hatte auch immer behauptet, einen großen Penis zu haben. Sie war Jungfrau gewesen und eine treue Ehefrau und hatte keinerlei persönliche Erfahrungen gehabt, was die Größe anging. Inzwischen hatte sie zwar auch nicht viel mehr, aber sie war jetzt älter und klüger und erfahren genug, um zu wissen, dass Michael im Durchschnitt lag. Kein Grund zu lügen, aber so war Michael eben. Er würde auf keinen Fall eingestehen, dass er in irgendetwas nur Durchschnitt war.

Sie sah auf die Herduhr. Ihr blieb noch eine Stunde, bis es Zeit für die Hausaufgaben und zum Baden war. Noch eine halbe Stunde, bevor sie und Charlotte sich zum Essen an den Tisch setzten. Sie zog eine Auflaufform heraus und griff nach dem Telefon. Alle wussten, dass Natalie nichts für sich behalten konnte, und Lilah würde die Geschichte saukomisch finden.

Wie sollte sie ihrem Nachbarn je wieder ins Gesicht sehen?, fragte sie sich, während sie wählte. Wie konnte sie ihn je wieder so ansehen, als sei er nur der Arsch, der ihr eine Teilzeit-Töle angehängt hatte?

Natürlich hatte sich Blake aus der Hunde-Abmachung herausgewunden. Am Tag, nachdem er in ihrer Küche gestanden und ihr von seinem Monsterpenis erzählt hatte, war er im Glamour Snaps and Prints vorbeigekommen, um ihr mitzuteilen, dass er verreisen würde. Er wüsste nicht, wie lange er wegbliebe. Das war vor zwei Wochen gewesen. Zwei Wochen, in denen sie die Betreuung der Teilzeit-Töle in Vollzeit am Hals hatte.

Natalie hob ihre Kamera und machte Aufnahmen von dem Neugeborenen, das in der Jagdmütze seines Daddys schlummerte. Die Tarnmütze lag eng an den Schultern des winzigen Mädchens, das ein elastisches Tarnband um sein Köpfchen trug. Hinter Natalie weinte die junge Mutter vor Stolz.

Natalie unterbrach, um ein paar Herbstblätter anders zu arrangieren, die auf dem Tisch verstreut waren, auf dem das Baby lag. Dann trat sie ein paar Schritte zurück und passte die Bildschärfe ihrer Kamera an. Sie persönlich war kein Fan von Tarnklamotten. Sie ließ sich auf ein Knie nieder und knipste noch ein paar Bilder, bevor die Mutter das schlafende Baby vorsichtig in ein blaues Ei legte und in ein Vogelnest tat. Natalie veränderte den Hintergrund und verstellte den weißen Reflektorschirm. Ei und Nest waren mit Lammfell ausgekleidet, und sie klemmte die Hand des Säuglings unter sein Kinn. Viel besser als in Tarnkleidung.

Es war der erste November. Außer für Bogen- und Vorderladerschützen war die Jagdsaison vorbei. Natalie war froh, dass die Männer in der Stadt ihre Jagdklamotten für ein Jahr eingemottet hatten. Es war jetzt wieder selbstverständlich, dass sie am Fenster von Glamour Snaps and Prints stehen und nach draußen sehen konnte, ohne einen Elchkopf zu erblicken, der mit Gurten an einem Wagen festgezurrt über die Hauptstraße gekarrt wurde. Oder auf den Supermarktparkplatz zu fahren, ohne die Beine eines erlegten Rehs von der Ladefläche eines Trucks ragen zu sehen. Oder nicht zuhören zu müssen, wie ihre Tochter um die armen toten Tiere weinte.

Während sie Bilder von dem kleinen Mädchen schoss, erinnerte sie sich an die Zeit, als Charlotte noch ein Baby war. Sie wurde leicht wehmütig und wäre vielleicht von einem schlimmen Fall von Babyfieber gepackt worden, wenn sie geglaubt hätte, dass die Möglichkeit bestand, jemals noch ein Kind zu bekommen, ohne zuvor eine Fruchtbarkeitsbehandlung durchstehen zu müssen.

Sie hielt inne, um sich die Bilder auf dem Display anzusehen, bevor sie sie der Mutter zeigte. Natürlich müsste sie, bevor sie auch nur an künstliche Befruchtung dachte, erst einmal einen Ehemann finden. Einen guten Mann, der an ihrer Seite wäre und ihr beim Aufziehen des Kindes helfen würde. Einen guten *gesetzestreuen* Mann, der sie und Charlotte lieben würde. Einen Mann, der kein riesengroßer Lügner war.

»Drehen Sie das Ei noch ein Stückchen nach rechts«, bat sie die junge Mutter und machte noch ein paar Fotos.

Seit der Tag, an dem Michael freikommen sollte, bedrohlich näherrückte, hatte sie neulich sogar einen Anruf von ihm entgegengenommen. Sie wünschte, sie hätte es nicht getan. Er hatte ihr gesagt, dass er vorhätte, viel Zeit mit Charlotte zu verbringen, und hatte so getan, als müsste das auch ihr Wunsch sein. Er war wirklich penetrant gewesen. So penetrant wie damals, als sie noch jung und naiv gewesen war und es zugelassen hatte. Aber so war sie nicht mehr. Sie war jetzt erwachsen. Ein großes Mädchen. Eine Frau und Mutter eines Kindes. Sie ließ sich von Michael nicht einschüchtern, doch je näher seine Entlassung rückte, desto unruhiger wurde sie.

Während die junge Mutter dem Baby ein Taufkleid anzog, setzte Natalie das nächste Motiv in Szene. Sie gestaltete den Hintergrund mit grauem Damast neu und schob die rote Samtcouch ihrer Urgroßmutter nach vorn. Das viktorianische Sofa war an ein paar Stellen abgewetzt, verlieh einem Foto jedoch Charakter und Ausgewogenheit.

Eine der letzten Kundinnen, die sie fotografiert hatte, war Mabel mit ihren Smokey Eyes gewesen. Und wenn sie an Mabel dachte, musste sie an Blake denken. Und wenn sie an Blake dachte, musste sie an seine Hand denken, die an jenem Abend in ihrer Küche ihre Wange gestreift hatte. Vielleicht hatte er recht. Wenn schon die Berührung der Hand eines Mannes in ihrem Gesicht sie ganz kribbelig machte, brauchte sie vielleicht wirklich eine Verabredung. Aber nicht die Art von Verabredung, von der er gesprochen hatte.

Heute Abend übernachtete Charlotte bei den Coopers,

und Natalie war mit Lilah verabredet. Es war der Samstag nach Halloween, und Natalie wollte in ihrem Robin-Kostüm die Stadt unsicher machen. Mort's Bar veranstaltete ihren alljährlichen Kostümwettbewerb, und der Gewinner würde eine Wolpertinger-Trophäe von einem hiesigen Tierpräparator erhalten. Natalie hatte nicht vor, daran teilzunehmen, da sie lieber keinen ausgestopften Hasen mit Hirschgeweih gewinnen wollte.

Die Mutter saß mit dem schlummernden Baby auf dem Schoß da, und Natalie schoss Fotos aus verschiedenen Perspektiven und mit unterschiedlicher Beleuchtung. Das Problem, wenn sie mit jemand anderem als Lilah ausgehen wollte, bestand darin, dass sie in Truly, Idaho, lebte, einer Stadt mit einer Einwohnerzahl von zehntausend – im Sommer. Wenn im September diejenigen verschwanden, die im Süden überwinterten, schrumpfte die Bevölkerung auf etwa zweitausendfünfhundert. Die meisten Männer in der Stadt kannte Natalie, und nicht nur sie, sondern auch ihre Ehefrauen.

Nach diversen weiteren Aufnahmen traten Natalie und die junge Mutter hinter die Kundentheke und steckten den Fotochip in den Drucker. Die Frau sah sich alle Bilder an, suchte sich das Motiv aus, das sie wollte, und bestellte es in verschiedenen Größen. Da im Laden nicht viel los war, druckte Natalie der Kundin die Fotos schnell aus, bevor sie ging.

Um siebzehn Uhr fuhr sie nach Hause, um Sparky zu füttern, und ließ ihn nach draußen, damit er sein Geschäft verrichten konnte. Er war inzwischen stubenrein, und es war ihr sogar gelungen, ihn dazu zu bringen, sein Geschäft nur in einem bestimmten Bereich zu erledigen. Der Welpe rannte schnurstracks in Blakes Garten und kackte auf seinen Rasen. Natalie lächelte zufrieden. Er war einfach abgehauen und hatte die Hundeerziehung ihr überlassen. Da erschien es ihr nur gerecht, dass Blake die Hundekacke auflesen musste. Sie hob den Blick zu den dunklen Fenstern des großen Hauses.

Er verfügte jetzt schon über eine Haufensammlung von zwei Wochen, und wenn er nicht bald nach Hause käme, müsste er einen Bagger einsetzen. In einigen Haufen schimmerte es neonpink, aber Natalie hatte nicht vor, der Sache auf den Grund zu gehen.

Der junge Hund schnüffelte herum und suchte nach einer anderen Stelle. Gestern Abend hatten sie und Charlotte Sparky mitgenommen, während sie in ihrem kleinen Viertel ihre Halloween-Runde gedreht hatten. Charlotte war mit ihrem Pferdekostüm aus braunem Cordsamt schön warm angezogen gewesen, aus dessen Kopf ihr süßes Gesichtchen hervorgelugt hatte. Das Kostüm, an dessen Hals Natalie eine Fliege genäht hatte, hatte eine lange gelbe Mähne und einen ebensolchen Schwanz gehabt, und Charlotte war wiehernd durchs Viertel getänzelt und hatte mit dem Fuß aufgestampft. Sie war voll im Bow-Tie-Modus gewesen. Natalie liebte es, wenn Charlotte Bow Tie war. Sie vollführte wahnsinnig gern Sprünge und sagte Rennen an, und gestern Abend hatte Charlotte ihrem Hof ein neues Tier hinzugefügt. Das Schaf Sparky. Während Natalie sich als Cowgirl verkleidet hatte, hatten sie den Welpen in ein Schafkostüm gesteckt. Jammerschade, dass der Hund fast den ganzen Abend über versucht hatte, es kaputtzubeißen.

Sparky erledigte sein Geschäft brav in Blakes Garten,

und nachdem Natalie den Hund wieder ins Haus gebracht hatte, schnappte sie sich ihre Handtasche und eine Kleiderhülle und fuhr den ganzen Weg zurück in die Stadt. Lilah wohnte in dem Apartment über dem Laden, in dem sie arbeitete, und Natalie parkte auf dem kleinen Parkplatz hinter dem Schönheitssalon und Allegrezza-Bau. Ein eiskalter Wind wehte sie praktisch die Holztreppe hinauf zur grünen Tür ganz oben.

»Nichts wie rein«, rief Lilah und sperrte den kalten Wind hinter ihnen aus.

Die Einzimmerwohnung war etwa so alt wie die Stadt selbst. Die Ausstattung war vor kurzem erst erneuert worden, aber das abgetretene Linoleum in der Küche musste von ein paar kleinen Teppichen kaschiert werden. Doch der große Fensterplatz mit Blick auf die Hauptstraße und die alte freistehende Klauenfuß-Badewanne im Bad machten die Beengtheit des Apartments fast wieder wett.

»Zeig mal dein Kostüm.« Lilah schnappte sich die Kleiderhülle und ging damit ins Schlafzimmer. »Nicht nuttig genug«, befand sie, als sie das leuchtend grün-rote Kostüm hochhielt.

»Das sollte es auch nicht sein.« Die zwei machten sich fertig, um an Halloween zusammen auszugehen, wie sie es während ihrer gesamten Schulzeit getan hatten. Der Unterschied bestand nur darin, dass sie sich jetzt Wein und echtes Obst zu Gemüte führten statt Kool-Aid und Fruchtgummi. Sie lachten und scherzten über Dinge, über die nur sie beide lachen und scherzen würden. Zum Beispiel darüber, als sie Mildred Van Dammes fettleibige Ziege mit zum Power-Walking genommen hatten oder ihre Handschuhe verloren hatten, während sie sich an Sid Grimes

Auto gehängt hatten, um als Stoßstangen-Anhalter mitzufahren.

Um neun stiegen sie die Holzstufen hinab, Natalie mit ihrer leuchtend grünen Shorts und einem knallroten Bustier. Das gelbe R auf ihrer rechten Brust passte farblich zu ihrem gelben Utensiliengürtel. Das gelbe Satin-Cape war am Hals festgebunden und fiel ihr bis über die Knie. Ihre Unterarme steckten in knallgrünen Stulpen, und ihre schwarzen Stiefel rundeten das Outfit ab. Ihr Kostüm war so eng, dass sie auf Unterwäsche verzichtet hatte, aber als gewagt hätte sie es trotzdem nicht bezeichnet. Immerhin quollen ihre Brüste nicht heraus – nun ja, vielleicht ein wenig –, aber ihr Hintern hing nicht raus. Nicht wie bei Lilah, die sich wie eine Domina aufgetakelt hatte. Sie trug schwarzes Leder und hatte eine Peitsche dabei, und Natalie war sich ziemlich sicher, dass es kein Halloween-Kostüm war.

Sie zog den Kopf ein, als der Wind ihr die gelockten Haare ins Gesicht peitschte, und es hätte sie nicht überrascht, wenn er die falschen Wimpern, die Lilah sich angeklebt hatte, weggefegt hätte. Natalie war leicht beschwipst und hatte sich von Lilah schminken lassen, die ihr eher das Aussehen einer Femme fatale verpasst hatte als das einer Superheldin.

Natalie, die zum Schutz vor der Kälte ihr warmes Cape fest um sich schlang, und Lilah liefen geduckt zwischen dem Schönheitssalon und der Baufirma hindurch. Einen Block weiter pulsierte und vibrierte Mort's Bar vor elektrischem Licht und Country Music. In Truly gab es vier Kneipen, aber Mort's war mehr als nur eine Kneipe. Mehr als nur ein Ort, an dem man ein paar kühle Bierchen trank und sich freitagabends prügelte. Mort's war eine Institution. So alt wie Princeton oder Harvard, nur für Dumme, die sich darin bilden wollten, wie man sich volllaufen ließ.

Natalie und Lilah begegneten Teufeln und nuttigen Krankenschwestern, als sie über den Gehsteig liefen und sich unter dem »Kein Zutritt unter 21«-Schild über der Kneipentür hindurchduckten.

Drinnen schlugen Natalie das heftige Wummern der Jukebox und der Geruch von Hopfen und altem Holz entgegen. Ihre Augen gewöhnten sich an das Schummerlicht. Sie war seit Jahren nicht mehr im Mort's gewesen, aber es hatte sich nicht verändert. Über der langen Bar aus Mahagoniholz hingen noch immer die Geweihe. Der Wolpertinger, den der ursprüngliche Mort im Jahr 1952 »erlegt« hatte, hing noch immer an vorderster Front. Hinter der Kasse und den Flaschen mit Alkohol verlief ein Spiegel an der Theke entlang, an der drei Barkeeper Bier zapften und Drinks mixten.

»Was darf ich euch bringen, Mädels?«, fragte der Besitzer des Mort's, Mick Hennessy, als sie sich auf zwei Hocker an der Bar zwängten. Von den vier Kneipen in Truly gehörten Mick zwei – Mort's und der Saloon, der über Generationen hinweg vererbt worden war und seinen Nachnamen trug.

»Ein Glas Weißwein«, antwortete Natalie.

»Einen Dirty Redheaded Slut.«

Ein Grinsen erhellte Micks attraktives Gesicht. »Kommt sofort.«

In den Schatten und dem Neonlicht sah Natalie ihre Freundin prüfend an. »Ist das dein Ernst?«

Lilah zuckte mit den Schultern. »Ich trink das gern.«

»Dir gefällt bloß der Name.«

Lilah warf den Pferdeschwanz der seidig glänzenden schwarzen Perücke, die sie trug, nach hinten. »Solltest du auch mal probieren. Das würde dich gleich locker machen.«

»Nein, danke. Charlotte geht mit Micks Sohn in eine Klasse. Seine Frau hilft donnerstags in der Schule aus. Ich werde mich nicht mit Dirty Sluts betrinken.«

»Dirty *Redheaded* Sluts«, korrigierte Lilah sie, während sie ihre Jacke auszog. »Willst du das Cape den ganzen Abend anbehalten?«

»Mir ist kalt.« Was sogar stimmte, aber sie hatte festgestellt, dass sie sich doch nicht so wohl dabei fühlte, in der Öffentlichkeit nur ein Bustier zu tragen. Jedenfalls jetzt noch nicht. Nach ein paar Gläsern Wein würde sie vielleicht lockerer.

Natalie spürte, wie sich ein Arm um ihre Schultern legte, bevor eine Stimme sagte: »Hey, Schwesterherz. Was geht?«

Lilah seufzte und fragte ihren Bruder Tommy: »Ist deine Frau auch hier?« Es war kein Geheimnis, dass Lilah ihre Schwägerin Helen nicht ausstehen konnte. Helen besaß einen Friseursalon in der Stadt, aber Lilah weigerte sich, dort zu arbeiten. Helen hatte den Ruf, beschissene Frisuren zu schneiden und zu färben.

Tommy legte lässig einen Arm um Natalie und den anderen um seine Schwester. »Die ist zu Hause bei den Kindern.«

Natalie kannte Tommy Markham schon so lange, wie sie Lilah kannte. Er hatte einmal gut ausgesehen, aber sein Lebenswandel holte ihn schnell ein.

»Wie geht's dir, Nat?«, fragte er.

»Mir geht's gut. Das Geschäft läuft. Charlotte geht es gut.«

Als ihre Getränke kamen, ließ Tommy sie auf seine Rechnung schreiben. Nachdem sie angestoßen hatten, ließ Lilah Natalie an der Bar mit Tommy allein. Sie unterhielten sich über seine Eltern und seine Söhne, die Mittelstufen-Football spielten. Dann spendierte er ihr noch ein Glas Wein und einen Vanille-Wodka.

»Willst du mich abfüllen, Tommy?«

Er grinste, und ein Rest seines jugendlichen Charmes schien durch. »Vielleicht.«

Es war kein Geheimnis, dass Tommy ein Frauenheld war und notorisch fremdging. Es war auch kein Geheimnis, dass die Markhams generell ziemlich triebgesteuert waren. Natalie stürzte den Wodka herunter. »Du bist wie ein Bruder für mich.«

»Aber ich bin nicht dein Bruder. Niemand bräuchte davon zu erfahren.«

»Igitt, Tommy.« Sie schnappte sich ihr Glas Wein und wandte sich ab.

»Ach, lauf doch nicht weg«, rief er ihr nach, als sie sich durch die Bar zu Lilah begab, die unter dem großen Elchkopf stand. Natalie hatte die Kneipe halb durchquert, als sie von Suzanne Porter angehalten wurde. Suzanne war als sexy Mäuschen verkleidet, was zu ihr passte. Sie hatte mit Natalie die Schulbank gedrückt und war schon immer ein stilles, aber tiefes Wasser gewesen.

Sie sprachen über ihre Kinder und über die Arbeit, und Natalie, deren Wangen glühten, fühlte sich angenehm beschwipst, bis Suzanne fragte: »Wann kommt Michael denn raus?«

»Ich weiß nicht genau«, antwortete Natalie. »Frag seine Eltern.«

»Er wird nicht bei dir wohnen?«

Natalie starrte entgeistert auf Suzannes Schnurrhaare und ihre rote Nase. »Natürlich nicht.« Sie entschuldigte sich und fand Lilah, die dabei war, keinem anderen als Frankie Cornell näherzukommen. »Hallo, Frankie«, flötete sie und hielt den Blick krampfhaft auf die Vampirzähne gerichtet, die auf seinen Lippen und seinem Kinn aufgemalt waren.

»Hey, Natalie. Ich hab meine Halloween-Fotos bei dir hochgeladen.«

Sie hatte sie noch nicht gesehen, hoffte jedoch, dass sein Magnum-Penis nicht darauf zu sehen war. »Danke für den Auftrag.«

»Nichts zu danken. Ich helfe nur mit, Geschäfte vor Ort zu unterstützen.«

Natalie trank einen Schluck und warf Lilah über den Glasrand einen vielsagenden Blick zu.

Auf Lilahs Gesicht lag ein breites Grinsen, das ihre Augen vor Schalk strahlen ließ. »Das lieben wir so an dir, Frankie.«

Frankie sonnte sich in ihrer Aufmerksamkeit. »Ich hab gehört, dass Michael bald rauskommt.«

Natalie ließ ihr Glas sinken. »Das hab ich auch gehört.«

»Das ist super!« Frankie, der nie gut in gesellschaftlichen Umgangsformen war, plapperte drauflos über ihre Zeit an der Highschool und über Football und wie schön es wäre, Michael wiederzusehen. »Wisst ihr noch, das Spiel gegen die Bulldogs, als Michael in den letzten drei Sekunden den Touchdown-Pass geworfen hat?«

Lilah, die im Gegensatz zu ihm gut in gesellschaftlichen Umgangsformen war, versuchte mehrmals, das Thema zu wechseln, doch Frankie war nicht davon abzubringen. Schließlich gab sie es auf und hakte sich bei ihm unter. »Spendier mir einen Drink, Frankie«, bat sie und lotste ihn durchs Gedränge zur Bar.

Natalie entdeckte ein paar Freunde, die an einem Ecktisch saßen. Einige von ihnen hatten Kinder in Charlottes Alter, und sie plauderten über den Nachwuchs und ihre Arbeit. Sie hechelten das bevorstehende Winterfestival durch, spekulierten, wer die Eisskulptur-Trophäe gewinnen würde, und lachten über die spektakulärsten Motorschlitten-Stürze im letzten Jahr.

Dann kam das Gespräch auf Michael, und Natalie blieb das Lachen im Halse stecken. Sie hatte ihre Vergangenheit mit Michael schon vor langer Zeit abgeschlossen, doch mit seiner bevorstehenden Entlassung kam das alles wieder hoch, und plötzlich war ihr Leben wieder Gegenstand von Spekulationen. Alle wollten wissen, wann Michael rauskam. Wo würde er wohnen? Musste er Wiedergutmachung leisten? Wie stand Charlotte dazu, dass ihr Daddy nach Hause kam?

Natalie trank ihr Glas Wein aus und entschuldigte sich. Sie schlang ihr Cape um sich und fand Lilah mit ihrem Bruder und einem Typen namens Steve an der Bar.

»Wenn mich noch einer auf Michael anspricht, ziehe ich ihm mit einem Stuhl eins über.«

Lilah biss ein Stückchen von einer grünen Olive an einem Zahnstocher ab. »Aber du bist kein Raufbold.«

Sie sah in die Smokey Eyes ihrer Freundin. Entweder hatte Lilah ihr Augen-Make-up verschmiert, oder Natalie war langsam betrunken. »Ich kann kämpfen.« Sie hob drohend ihre Unterarme in den knallgrünen Stulpenhandschuhen. »Ich habe Superkräfte.« Sie wusste, dass es am Alkohol lag, aber sie hatte das Gefühl, heute Abend richtig zulangen zu können.

Lilah lachte. »Du bist heulend nach Hause gerannt, als Linda Finley dich mit Vogelscheiße beworfen hat.«

»Das war in der sechsten Klasse, und ich hab das Zeug in die Haare gekriegt.« Sie ließ die Arme wieder sinken. Sie hatte sich noch nie in ihrem Leben geprügelt, aber wenn sich noch einer bei ihr nach ihrem Exmann erkundigte, würde sie wie eine Furie auf ihn losgehen.

Lilah schüttelte den Kopf. »Steve, tanz mit meiner Freundin Natalie.« Sie tätschelte dem Typen die Schulter und warnte ihn: »Aber benimm dich.«

»Und sprich das Thema Michael nicht an.«

»Wer ist Michael?«

»Eben.«

Sie und Steve begaben sich auf die kleine überfüllte Tanzfläche, und er legte den Arm um ihre Taille. Ganz seriös, wie ein wahrer Gentleman. »Dein Catwoman-Kostüm gefällt mir.«

Catwoman? »Ich bin Robin. Batmans Assistentin.«

»Robin ist ein Mann.«

»Nicht heute Abend.« Während Tyler Farr *Redneck Crazy* sang, erzählte sie Steve, wie lange sie gebraucht hatte, bis sie das Kostüm im Internet aufgetan hatte. »Die meisten waren unangemessen.«

»Ich steh auf unangemessen.« Wie zum Beweis schob Steve seine Hand in ihre grünen Shorts und umfasste ihren Hintern. Sie stieß ihn entrüstet weg und ließ ihn auf der

Tanzfläche stehen. Was hatte sie von einem Freund von Tommy anderes erwartet?

Sie fand Lilah, die mit einem süßen jungen Barkeeper flirtete. »Ich geh jetzt nach Hause.«

»Willst du bei mir pennen?«

Wahnsinnig gern. »Ich kann den Hund nicht allein lassen.« Sie war zu beschwipst, um zu fahren, und in Truly gab es keine Taxis. »Bist du nüchtern?«

Lilah schüttelte den Kopf. »Aber ich weiß, wer es noch ist.«

Zehn Minuten später saß Natalie hinten in Frankies Schrottkarre von Ford Taurus. Die Heizung schien nicht zu funktionieren, und sie schlang ihr Cape fest um sich. Lilah saß vorne und quasselte ununterbrochen, als wäre es in Frankies Wagen angenehm warm und Natalie würde sich auf dem Rücksitz nicht in einen Eiszapfen verwandeln.

Als sie vor ihrem Haus hielten, drehte sich Lilah zu ihr um. »Kommst du klar?«

Natalie nickte und sah an ihrer Freundin vorbei zu den Lichtern aus dem Nachbarhaus, die sich in die Dunkelheit und über die lange Einfahrt ergossen. Lichter, die noch vor ein paar Stunden nicht gebrannt hatten. »Na klar. Alles bestens.«

SECHS

Blake hob lachend eine Flasche Wasser an die Lippen. »Cliff war hässlicher als die Nacht«, sagte er in sein Handy und trank einen Schluck. »Aber bei einem Feuergefecht gab es in der Kommandozentrale keinen Besseren.«

Sein Kumpel, ein ehemaliger Navy SEAL wie er, fügte hinzu: »Und hat alle unter den Tisch getrunken. Sogar dich und deinen Bruder.«

»Stimmt. Weißt du noch an dem Abend in Memphis, als wir ein paar Feuerwehrmänner und ein paar von diesen Weicheiern von den Mixed Martial Arts ausgeschaltet haben?« In den Teams gehörte das Kämpfen zum Leben dazu. Blake suchte nie nach Streit. Aber ein Streit schien ihn immer zu finden. Normalerweise geschah das, wenn es einen kleinen Kläffer juckte, sich mit einem großen Hund anzulegen. Oder wenn ein Mann eine Frau beleidigte, und Blake es für seine Pflicht hielt, ihm auf die Schulter zu tippen und ihm zu sagen, dass er seine Fresse halten sollte. Und es verstand sich von selbst, dass es kein Halten mehr gab, wenn jemand sich gegenüber einem Kameraden oder einer Kameradin respektlos verhielt, während sie alle zusammen in einem Bierlokal saßen und Kürbisbier tranken.

»Damals haben sie dich festgenommen.«

Weil er so stockbesoffen gewesen war, dass er sich nach Eintreffen der Bullen unbeirrt weitergeprügelt hatte. Blake trank noch einen Schluck und stellte die Flasche auf der Theke ab. »Die Anklage wurde fallen gelassen«, sagte er, als es an der Tür klingelte. Er sah auf seine Armbanduhr. Es war Mitternacht. »Was zum Henker ...? Da ist jemand an meiner Tür.«

»Kleine Nummer zwischendurch?«

Er dachte an Natalie. »Nee. Das ist der große Nachteil am Kleinstadtleben. Nicht viele Nummern, die man schieben kann.«

»Verdammt. Ich erinnere mich noch an früher.«

Im Hier und Jetzt hatte Vince jede Nacht eine attraktive Frau im Bett. Er hatte ihr sogar einen Ring an den Finger gesteckt. »Meine Eier explodieren bald, weil sie so selten zum Einsatz kommen«, bemerkte Blake düster, während er zur Tür lief. Hinter dem Glas konnte er nur einen verschwommenen gelben Fleck erkennen.

Vince lachte. »Nimm eine Motrin.«

Beim Militär wurde alles mit Motrin behandelt – von Zahnschmerzen bis hin zu penetrierenden Brustwandverletzungen. »Ich glaube nicht, dass Motrin meine blauen Hoden kurieren kann«, konterte er, als er die Tür öffnete und einer Frau gegenüberstand, die es könnte. Ihrer Miene nach zu urteilen, schien sie leider nicht in der Stimmung zu sein, ihm den Gefallen zu tun.

»Endlich sind Sie zurück.«

Ihre Frisur war voluminös. Ihr leuchtend gelbes Cape war es nicht. »Ich melde mich später noch mal, Bruder.« Er legte auf und schob das Handy in seine Gesäßtasche. Vermutlich war es vermessen, sich der Hoffnung hinzugeben, dass sie unter dem Ding nackt war. »Was kann ich für Sie tun, Ms. Cooper?«

Sie deutete nach unten. »Ihr Hund.«

Er ließ den Blick von dem leicht verschmierten Lippenstift auf ihrer Unterlippe über ihr Kinn zu dem gelben Cape gleiten, das um ihren Hals zugebunden war. Der knallige Umhang reichte ihr bis halb über die Oberschenkel, und sein Blick wanderte weiter über ihre langen Beine und schwarzen Stiefel zu dem Welpen, der so erschöpft zu ihren Füßen lag, als hätte sie ihn gerade aus seinem Hundebett gezerrt. Ausnahmsweise einmal sprang Rekrut Sparky nicht herum wie ein Bekloppter.

»Sie können nicht einfach abhauen, wenn Ihnen danach ist, und Ihre Pflichten vernachlässigen.« Sie versuchte, sich zu ihrer vollen Größe aufzurichten. »Ihr Handeln hat Auswirkungen auf andere, wissen Sie. Als Hundebesitzer und als Nachbar sind Sie eine Zumutung.«

Noch eine Bestätigung dafür, dass er nicht für die Ehe taugte. »Ich war auf der Beerdigung eines Freundes in Oklahoma.«

»Oh.« Sie runzelte die Stirn. »Mein Beileid.«

»Danke.«

Er winkte sie herein und nahm eine leichte Alkoholfahne wahr, als sie an ihm vorbeiging. »Bist du betrunken, Süße?« Er schloss die Tür hinter ihr.

»Ich habe etwas Wein getrunken.« Der Hund erkannte ihn endlich wieder und bellte wie der Bekloppte aus Blakes Erinnerung. »Ein paar Wodkas und vielleicht einen Tequila.« Natalie beugte sich herunter, um den Hund von der Leine loszumachen, und fiel fast kopfüber in Blakes Schritt. Als sie sich auf ein Knie niederließ, klaffte das gelbe Cape über einem ihrer weichen Schenkel auseinander. »Wie ist Ihr Freund gestorben?«

Er sah auf ihren blonden Scheitel, der sich so dicht an seinem Hosenschlitz befand, und seine blauen Hoden wurden noch ein paar Nuancen blauer. »Sein Konvoi wurde in Ramadi von einer Sprengladung getroffen.« Blake hockte sich hin und streichelte den sich windenden Hund. Sie roch nach Alkohol, Parfüm und Versuchung. Eine Versuchung, die an seinen Eingeweiden zerrte und ihm befahl, die Hand von ihrer Kniekehle an ihrem Schenkel hinaufgleiten zu lassen.

»War er Soldat?«

»Nein.« Er sah ihr in die Augen, die nur wenige Zentimeter von seinen entfernt waren. »Navy SEAL-Team One, Alpha Platoon. Wir haben zusammen das BUD/S-Training absolviert.« Sie sah aus, als plagten sie aufrichtige Gewissensbisse, und falls sie anbieten sollte, ihn zu umarmen, könnte er nicht dafür garantieren, dass er sie nicht zu Boden werfen und dort festhalten würde.

»Er war ein SEAL?«

»Ja.« Normalerweise sprach er mit Leuten, die noch nie in einem Kriegsgebiet gelebt hatten, nicht über seine toten Kumpels. »Wie viele Wodka waren es denn?«, fragte er und wechselte ganz bewusst das Thema.

»Zwei. Wahrscheinlich.« Natalie hielt sich an seiner Schulter fest und richtete sich wieder auf. Berührte ihn, als hätte es keinerlei Bedeutung. Als würde ihre warme Handfläche nicht Feuer über seine Brust und geradewegs in seinen Schritt jagen. Sie ließ ihn wieder los, als bemerkte sie nichts davon. »Jetzt fühle ich mich schlecht«, fügte sie hinzu.

Als Sparky ihm das Gesicht ableckte, stand Blake auf. Er legte den Hund mit dem Rücken an seine Brust und kraulte ihm den Bauch. Er hätte es niemals zugegeben, aber das kleine Kerlchen hatte ihm gefehlt. »Wein, Tequila und Wodka sind eine schlechte Kombination.«

»Das meine ich nicht.« Sie strich sich auf einer Seite die elastischen Locken hinters Ohr. »Ich fühle mich schlecht, weil ich stinksauer darüber war, dass Sie mich zwei Wochen lang mit dem Hund allein gelassen haben. Ich dachte, Sie wären verreist, dabei waren Sie auf einer Beerdigung.«

Dies war vermutlich nicht der richtige Zeitpunkt, um zu erwähnen, dass er die anderthalb Wochen nach der Beerdigung in Texas bei Vince verbracht hatte, um ihm bei der Renovierung seines Ranchhauses zu helfen und mit ihm Tontauben zu schießen.

»Du brauchst dich nicht schlecht zu fühlen.« Der Hund streckte sich gähnend, und Blake tätschelte Sparkys rundes Bäuchlein.

»Deshalb habe ich Sparky beigebracht, nur in Ihren Garten zu kacken.«

Er sah auf.

»Es ist eine Menge.« Sie lief auf seine Küche zu. »Sie sollten es lieber bald auflesen.«

Blake setzte den Vierbeiner auf den Boden und klopfte sich die schwarzen Hundehaare von seinem weißen Henley-Shirt. Normalerweise wäre er stinksauer, aber er hatte den Welpen auf sie abgewälzt und glaubte daher nicht, dass es ihm zustand, jetzt ungehalten zu reagieren. »Kannst du nicht deine Hälfte davon auflesen?«

Sie schüttelte den Kopf. Ihre Absätze, die über seinen Holzfußboden klapperten, zogen seine Blicke auf ihre langen, nackten Beine in schwarzen Pornostiefeln. »Eine Sache gehört dem, der sie hat. Wissen Sie noch?«

Und ob er das tat.

Sie griff nach seiner Wasserflasche auf der Theke und machte es sich gemütlich. »Kochen Sie?« Sie drehte den Verschluss ab und hob die Flasche an ihre Lippen.

»Ich schongare«, antwortete er, während er ihr dabei zusah, wie sie die Flasche leer trank. »Kann ich dir Wasser anbieten?«

»Nein. Ich bin nicht durstig.« Sie wischte sich mit dem Handrücken über den roten Mund und stellte die leere Flasche weg. »Sind Sie frisch geschieden?«

»Nein.« Er holte sein Handy aus der Gesäßtasche seiner Jeans und legte es auf der Kücheninsel ab. »Ich war nie verheiratet.«

Wieder klapperten ihre Absätze über den Boden, während sie ins Wohnzimmer schlenderte. Wie ein erotischer Code. Eine Übermittlung von Informationen. Es war spät. Sie war in seinem Haus. Er brauchte Sex.

Verstanden.

»Sie haben gar keine Möbel.« Sie drehte sich langsam im Kreis, während sie zur Decke hochblickte. »Ich dachte, Sie hätte vielleicht eine Scheidung in den finanziellen Ruin getrieben.«

»Bevor ich hierhergezogen bin, habe ich in einer Eigentumswohnung in Virginia Beach gewohnt. Ich habe mich dort nicht oft aufgehalten.«

Sie warf ihm einen Blick über die Schulter zu, während sie zu den großen Frontfenstern lief. »Haben Sie was gegen die Ehe?«

Was war das denn? Ein Kreuzverhör? »Ich halte die Ehe für eine tolle Sache. Für andere.« Er ließ den Blick über die Rückseite ihrer Beine gleiten. »Aber für mich ist sie nichts.«

»Hat man Ihnen schon öfter das Herz gebrochen?« Sie blieb vor ihrem Spiegelbild stehen.

»Nein.« Er trat hinter sie, und sein Blick traf in der Fensterscheibe ihren. »Hast *du* etwas gegen die Ehe?«

»Nein. Ich war schon verheiratet.« Sie sah hinaus in die Dunkelheit auf ein paar vereinzelte Lichter auf dem See. »Ich würde wieder heiraten, wenn ich den richtigen Mann treffen würde.« Sie wandte sich zu ihm um, wobei ihr Cape die Vorderseite seiner Jeans streifte. »Ein Mann im Haus wäre praktisch für die Sachen, die ich nicht selbst machen kann.«

Sex. Richtigen Sex konnte sie nicht allein haben.

»Schwere Sachen heben und Gurkengläser aufdrehen, zum Beispiel.«

Gurkengläser? Dafür brauchte sie einen Mann?

»Das Problem am Leben in Truly«, fuhr sie fort, »besteht darin, dass ich mit den meisten Männern in der Stadt die Schulbank gedrückt habe, und keiner von denen ist der Richtige.« Ihre Mundwinkel sanken nach unten, während sich ihre Augenbrauen zusammenzogen. »Wenn ich noch einmal gefragt werde, ob Michael bei mir wohnt, wenn er rauskommt, mache ich einen fliegenden Snooker.«

Er war in Nahkampftechniken ausgebildet und geprüft. Er wusste, wohin man schlagen musste, um jemanden kurzfristig oder für immer auszuschalten. »Was zum Teufel ist ein fliegender Snooker?«

»Keine Ahnung. Es klang tödlich, als ich es mir ausgedacht habe, aber ich bin leicht beschwipst.« Ihre Hand kam unter dem Cape hervor, und sie wickelte die Kordel um ihren Finger. »Ich glaube, es ist eine Kombination aus einem Karatetritt und einem Schlag mit dem Snookerstock.«

»Dann frage ich lieber nicht nach deinem Ex und riskiere einen fliegenden Snooker-Arschtritt.« Er sah wie gebannt zu, wie ihre langen Finger mit den kurzen rosa Nägeln die Kordel bearbeiteten. Er begehrte sie. Er wollte spüren, wie ihre Finger an seiner Brust hinabglitten und in seine Hose tauchten. Sie hatte ihm zwar gesagt, dass sie keine Frau für eine schnelle Nummer zwischendurch war. Aber er würde wetten, dass er sie umstimmen könnte.

Nach ein paar Sekunden fragte sie: »Wenn Sie nichts gegen die Ehe haben und nie verheiratet waren, warum glauben Sie dann, dass sie nichts für Sie ist?«

Er riss sich vom Anblick ihrer Hand los und sah auf ihren roten Mund. Der verschmierte Lippenstift führte ihn in Versuchung, ihn noch mehr zu verschmieren. »Ich muss nicht erst an allen vieren gefesselt sein und überm offenen Feuer gebraten werden, um zu wissen, dass es nichts für mich ist, einen Spieß in den Arsch geschoben zu kriegen.«

»Autsch.« Ihre Mundwinkel gingen wieder nach oben. »Haben Sie je mit einer Frau zusammengelebt?«

»Klar.« Er wickelte ihr die Kordel vom Finger. »Mit meiner Mutter.« Sie sah hinab auf seine Hände, während er langsam an der Kordel zog. »Sie hat mir immer Pausenbrote geschmiert. Mit Erdnussbutter und Weintraubengelee. Ich mochte es, wenn sie die Brotrinden abschnitt.« Die Schleife, die das Cape zusammenhielt, löste sich. »Aber jetzt brauche ich keine Mutter mehr.«

Sie hob den Blick und sah ihn an wie neulich im Weinkeller. Wie vor ein paar Wochen in ihrer Küche, als er versucht gewesen war, sie an sich zu reißen und sie leidenschaftlich zu küssen. »Was brauchst du dann?«, fragte sie fast flüsternd.

Sex, antwortete die Versuchung. Ihre Frage hing in der Luft, während er weiter an der Kordel zog, bis sich ihr Cape öffnete wie ein schillerndes Geschenk, das extra für ihn eingepackt worden war. »Was haben Sie da an, Ms. Cooper?«

»Ich bin Robin.«

Das passte wie die Faust aufs Auge. »Batmans Kumpel.« Das Cape glitt ihr von den Schultern und bildete einen Ring um ihre Füße. Blakes Zunge klebte am Gaumen, als sein Blick auf ein rotes Bustier fiel, das ihre drallen Brüste zusammendrückte. Glühend heiße Lust verpasste ihm einen fliegenden Snooker-Schlag zwischen die Beine.

Sie legte die Hand auf ihr Dekolleté. »Mein Kostüm ist ziemlich eng und nuttig.«

Er griff nach ihrem Handgelenk und drückte ihre Hand neben ihrem Kopf ans Fenster. »Eng und nuttig ist mir am liebsten.« Er schob seine freie Hand an ihrem warmen Hals vorbei in ihren Nacken. »Ich liebe es eng und nuttig.« Er *brauchte* es eng und nuttig.

»Du bist einer von diesen Typen.«

Er packte sie an den Haaren und zog ihren Kopf nach hinten. »Was für Typen?«

»Typen, die Frauen in Bars aufreißen und sich dann nie mehr melden.«

»Ich gehe nicht in Bars.« Nicht mehr.

»Warum?«

»Ich lebe gesundheitsbewusst«, antwortete er. Während des Entzugs war ihm eingebläut worden, wie wichtig es war, ehrlich zu sein. Sie hatten ihm auch eingebläut, wie wichtig die Anonymen Alkoholiker waren, aber Natalie brauchte genauso wenig von seiner Sucht zu erfahren, wie er an irgendwelchen Treffen teilnehmen musste, um sie zu kontrollieren. »Ich würde eine Frau wieder anrufen, wenn der Sex gut und sie keine Irre war.« Er hob den Blick und sah die Erregung, die in ihren blauen Augen leuchtete. »Wenn der Sex irre gut war, würde ich vielleicht auch eine Irre wieder anrufen.« Er drängte sie gegen das Fenster. Als sie nach Luft schnappte, machte er sich ihre geöffneten Lippen zunutze. Er küsste ihren weichen Mund, und sie schmeckte nach süßem Wein und berauschender Lust. Er hatte seit langem weder das eine noch das andere geschmeckt.

Es war nicht wichtig, dass sie keine Frau für eine schnelle Nummer zwischendurch war. Es war auch nicht wichtig, dass er ein Mann für eine schnelle Nummer zwischendurch war. Wichtig war nur der heiße, feuchte Sog ihres Mundes. Ihre glatte Zunge und das Heben und Senken ihrer Brüste an seinem Oberkörper. Ihre Hände glitten über seine Rippen nach oben, und ihre Berührung löste in ihm den Wunsch nach mehr aus. Nach viel mehr. Viel mehr von ihren Händen und ihrem Mund. Viel mehr von ihrem hungrigen Mund, der über seinen erhitzten Körper nach unten glitt. Es war lange her, seit er eine Frau geküsst und berührt hatte. Lange her, seit eine Frau ihn in ihren heißen, feuchten Mund genommen hatte.

Doch statt nach unten zu gleiten, schmiegte sich Natalie an seine Brust und drückte ihre weichen Körperteile an seine harten. Er stöhnte und ließ die Hände zu ihrem Bustier gleiten.

Sie neigte den Kopf zur Seite, und der Kuss wurde leidenschaftlicher. Tiefer und heißer und führte ihn in Versuchung, das Bustier herunterzuziehen, bis ihre Brüste heraussprangen und ihre harten Nippel durch den dünnen Baumwollstoff seines Hemds an seine Brust stießen.

Als könnte sie seine Gedanken lesen, stöhnte sie in seinen Mund, und er musste die Knie zusammenpressen, um nicht hinzufallen. Durch den Hosenschlitz seiner Jeans drängte er sich mit seinem harten Penis an sie. An ihre knappen Shorts und ihren Schritt. Er bräuchte nur die Shorts beiseitezuschieben, seine Hose runterzulassen und er wäre drin. Dort, wo sie heiß und feucht war und ihr Orgasmus seine Erektion packen und noch tiefer hineinziehen würde.

Seine Fingerspitzen gruben sich in den Satinstoff über ihren Rippen, und er hielt sich daran fest, als wäre sie eine Fata Morgana. Eine leuchtende Sinnestäuschung, die sich verwandeln und verschwinden würde.

Er war ein Mann. Er brauchte Sex. Sie war in seinem Haus und in seinen Händen, und es wäre kinderleicht, sie in sein Bett zu kriegen und seinen Wunsch in die Tat umzusetzen.

Er war ein Mann, der in der Hölle der Versuchung lebte. Durch Johnnie und Natalie, und es würde sich so gut anfühlen, einem von ihnen nachzugeben. Nur für eine Nacht darin zu ertrinken.

Er war zwar ein Mann, aber nicht so einer. Er zog sich zurück und sah in ihre blauen Augen, die vor Erregung ganz schläfrig waren, und auf ihren Mund, der von seinem Kuss geschwollen war. »Du musst jetzt gehen, Süße.«

»Was?« Ihre Stimme war ein heiseres Flüstern.

»Du musst jetzt gehen, oder du wirst zu meiner schnellen Nummer für zwischendurch.«

Sie blinzelte, als ergäben die Worte für sie keinen Sinn.

»Willst du meine schnelle Nummer werden?«

Sie saugte ihre Unterlippe in ihren Mund und brach ihm das Herz. »Nein«, sagte sie.

Er stieß den Atem aus, von dem er nicht einmal wusste, dass er ihn zurückgehalten hatte. Er war ein Mann, der zu viel Ehre im Leib hatte, um Natalie zu übervorteilen. »Ich nutze keine betrunkenen Frauen aus. Wenn ich dich ausnutze, sollst du wissen, was du tust. Deshalb musst du jetzt gehen.«

Und das tat sie. Sie trat um ihn herum und verschwand wie eine Fata Morgana. Aber anders als eine Fata Morgana, die zuerst flackerte und sich dann völlig auflöste, ließ sie den Duft ihres Parfüms und das Cape zu seinen Füßen zurück. Der Abdruck ihrer Schultern an seinem Fenster und die schmerzhafte Erektion in seiner Hose sagten ihm, dass sie kein Flashback aus seiner Vergangenheit war.

Blake legte den Kopf in den Nacken und sah an die Zimmerdecke. Er hatte die Versuchung satt. Er hatte die Nase voll davon, damit zu leben, dass sie ihm derart zusetzte und er nicht nachgab. Niemals. Weder seiner Lust auf einen Drink noch auf seine Nachbarin. Er war es leid, sich so durchs Leben zu quälen.

Natalie war weg. Die Versuchung durch ihren Körper, nackt an ihn gepresst, war außerhalb seiner Reichweite. Im Gegensatz zu Johnnie. Die Versuchung Nummer eins in seinem Leben stand im dunklen Weinkeller, auf perfekte dreizehn Grad gekühlt. Er bräuchte sich nur ein paar Gläser hinter die Binde zu kippen, und seine größte Versuchung würde die zweitgrößte erledigen. Würde seiner Sucht die Schärfe nehmen und den Schmerz in seinen Lenden lindern.

Eine Situation, in der es nur Scheiß-Gewinner gab.

Stattdessen schaltete er die Lampen aus und ging nach oben. Er duschte und nahm die Sache selbst in die Hand. Unter dem warmen, fließenden Wasser verschaffte er sich Erleichterung. Erleichterung von dem Verlangen, das zwischen seinen Beinen hämmerte, doch es hielt nicht lange an.

Zweimal erwachte er aus Träumen, in denen Natalie vorkam. Träumen von ihrem Mund und ihren Händen überall auf seinem Körper und von seinem Mund und seinen Händen überall auf ihrem. *Was brauchst du dann?*, hatte sie ihn gefragt. In seinen Träumen stand es ihm frei, es ihr zu zeigen. Durfte er sie überall berühren. Sie küssen, wo er Frauen gern küsste. Ihre Schenkel öffnen und sich in ihren weichen Körper schieben.

Bei jedem Aufwachen schlug seine Frustration in Wut um, und als er endlich aufstehen konnte, hatte er miese Laune. Von der Sorte, die ihm im Nacken saß und ein Loch in seine Eingeweide brannte. Die Sorte, die seine Sucht in einen Zug auf direktem Weg zu einem Rückfall verfrachtete, wenn er keine Möglichkeit fand, ihn aufzuhalten, bevor er sein Leben entgleisen ließ.

Deshalb zog er seine Laufschuhe an und joggte acht Kilometer über einen Wanderweg in die Berge, doch seine Laune wurde nicht besser. Sie wurde auch nicht viel besser, als er seine Kamera zückte und Bilder vom See knipste. Und erst recht nicht, als er entdeckte, dass Sparky ein Loch in sein Ledersofa gekaut hatte, oder als er dessen Hinterlassenschaften in seinem Garten beseitigen musste.

Blake schob die große graue Mülltonne über seine Auffahrt an den Straßenrand. Wie hatte es so weit kommen können? Wie hatte er als alkoholkranker, sexuell frustrierter Hundehaufenschaufler enden können?

»Was machst du da, Blake?«

Blake stellte die graue Mülltonne an der Straße ab und richtete seine Aufmerksamkeit auf Charlotte, die mit einem violetten Daunenmantel und einer gestrickten Einhorn-Mütze an ihrem Briefkasten stand. »Ich habe gerade etwa viereinhalb Kilo Hundescheiße entsorgt.«

Charlotte schnappte nach Luft. »Das ist ein schlimmes Wort.«

»Hat Sparky Haarbänder von dir gefressen?«

Sie nickte. »Meine Hello-Kitty-Schleife.«

»Ja. Die hab ich gefunden.« Er ging ein paar Schritte auf sie zu. »Sie war in seiner Kacke.«

Sie rümpfte ihr Näschen und schüttelte den Kopf. »Ich will sie nicht wiederhaben.«

Er versuchte zu lächeln. »Ganz sicher? Du könntest sie aus seiner Kacke herauspulen und wieder in deine Haare tun.«

»Iiih!« Sie schüttelte heftiger den Kopf. »Du kannst sie behalten und in *deine* Haare tun.« Dann lachte sie, als sei ihr Gespräch irrsinnig komisch. »Du bist ein Kackkopf.«

Herrgott. Hundekacke-Gespräche mit einer Fünfjährigen. »Deine Mütze gefällt mir.« Er deutete auf das goldene Horn und die weißen Ohren auf ihrem Kopf. »Hübsches Horn.«

Ihr Lachen erstarb, und sie runzelte die Stirn. »Das ist ein Einhorn-Horn.«

Er betrachtete es genauer. »Für mich sieht es aus wie ein ganz normales Horn.«

»Das ist ein Einhorn-Horn.« Sie verdrehte die Augen. »Das Horn von einem Einhorn.«

»Herrgott.«

»Das ist ein schlimmes Wort.«

»Ja, ich weiß.«

War das wirklich sein Leben? Hundescheiße aufzusammeln und mit einer Fünfjährigen über ihr Einhorn-Horn zu sprechen? Ihre Mutter zu begehren und zu wichsen wie ein Teenager?

»Weißt du was?«

Er sah auf seine Uhr. Um halb sieben spielten die Niners gegen die Packers. Wenn er sich sputete, bekäme er die letzte Stunde der Pregame-Show noch mit. »Was denn?«

»Ich hab ein Geheimnis.« Sie blickte verstohlen zu ihrem Haus. »Ich kann es meiner Mom nicht erzählen.«

Er ließ die Hand sinken. Das klang nicht gut. Er hatte nie viel mit Kindern zu tun gehabt, aber dass es nicht gut war, Geheimnisse vor seiner Mom zu haben, wusste er.

»Mein Daddy kommt aus dem Gefängnis nach Hause.«

»Ja?« Er blickte hinunter in Charlottes Gesichtchen. Ihre Wangen waren vor Kälte ganz rot.

»Ich hab gehört, wie meine Oma mit meinem Opa gesprochen hat.«

»Ich glaube, deine Mom weiß davon.«

»Nein. Sie hat es mir nicht erzählt. Und sie erzählt mir immer alles.« Sie schüttelte den Kopf, und ihr Horn geriet ins Wanken. »Ich hab noch ein Geheimnis.«

Er warf einen Blick zur Haustür und sah sie wieder an. »Ja?«

»Ich muss es dir ins Ohr sagen.« Sie bedeutete ihm, sich zu ihr herunterzubeugen.

Also tat er es. Bis ganz nach unten.

»Aber du darfst nicht lachen«, flüsterte sie, und ihr Atem kitzelte an seinem Ohr. »Ich hab Angst.«

»Warum?«

»Ich kenne ihn doch gar nicht.« Sie legte die Hand auf seine Schulter und beugte sich noch etwas dichter zu ihm. »Oma hat zu Opa gesagt, ich kann manchmal bei Daddy übernachten. Sie hat gesagt, ich kann bei ihm wohnen, aber ich will bei meiner Mama wohnen. Ich gehe nie aus dem Haus meiner Mama weg.«

Dazu sollte er lieber nichts sagen. Das ging ihn nichts an, aber Charlottes kleine Hand auf seiner Schulter und ihr leises Stimmchen an seinem Ohr lösten in ihm einen seltsamen Beschützerinstinkt aus. Als sollte er sich einmischen, obwohl er wusste, dass es ihm nicht zustand.

»Und wenn ich ihn nun nicht mag?«

Er bezweifelte, dass Charlotte in absehbarer Zeit bei ihrem Dad wohnen würde. Nein, es stand ihm nicht zu, etwas dazu zu sagen, deshalb zog er sich zurück und machte den Fehler, in ihre blauen Augen zu sehen, in denen ein Ausdruck lag, als erwartete sie, dass er ihr etwas Tröstliches sagte. Als erwartete sie, dass er etwas *unternahm*. Blake war ein Mann der Tat. Die Welt zu verbessern war sein Beruf, aber das überstieg seine Gehaltsklasse. Trotzdem sah sie ihn weiterhin an, als wüsste er eine Antwort, deshalb sagte er: »Du magst ihn bestimmt.«

»Woher willst du das wissen?«

Ja. Woher wollte er das wissen? Er hätte lieber nichts sagen sollen, aber da er es nun mal getan hatte, steckte er in der Sache drin. »Als du mich kennengelernt hast, mochtest du mich nicht.«

Sie nickte. »Du warst gemein.«

»Und jetzt sind wir Freunde.« Er richtete sich wieder auf und schüttelte den Kopf. Befreundet mit einer Fünfjährigen. Einer Fünfjährigen, die die Augen über ihn verdrehte und ihn Kackkopf nannte. Seine Freunde nannten ihn nicht Kackkopf.

»Ja.« Sie sah ihn an, und ihre Mütze rutschte auf ihren Hinterkopf. »Und jetzt haben wir Spa-ky.«

Rekrut Sparky war zurzeit in seiner Box und überdachte sein Verhalten.

Die Haustür schwang auf, und Natalie streckte den Kopf heraus. »Charlotte, komm rein, und wasch dir vor dem Abendbrot die Hände.«

Beim Anblick ihrer blonden Haare machten sich Blakes Ärger und Frustration wieder bemerkbar. Er sollte ihr von seinem Gespräch mit Charlotte erzählen, aber da die Nacht zuvor in seiner Erinnerung noch sehr frisch war, hielt er es für das Beste, Natalie in den nächsten Tagen aus dem Weg zu gehen. Oder in den nächsten Monaten, bis der Geschmack und die Berührung ihres Mundes nur noch eine ferne Erinnerung wären.

SIEBEN

Das Summen und Brummen des Druckers hatte in Natalies Ohren den süßen Klang des Geldes. Die Bestellungen gedruckter Fotos hatten in letzter Zeit so sehr angezogen, dass sie erst am Tag zuvor eine Teilzeitkraft eingestellt hatte. Da Brandy Finley die zwölfte Klasse der Highschool besuchte, waren die Arbeitszeiten für sie perfekt. Natalie brauchte Hilfe an der Kundentheke, wenn alle Bewohner von Truly gleichzeitig beschlossen, ihre Abzüge um fünf Uhr nachmittags abzuholen. Doch vor allem brauchte sie jemanden, der ihr dabei half, die Fotos für die Post fertig zu machen.

»Manchmal laden Kunden unangemessene Fotos hoch, und wir merken es erst, wenn sie schon ausgedruckt sind«, erklärte sie Brandy, während sie ihr zeigte, wie man die Druckfarbe nachfüllte. Dabei dachte sie an Frankie, und dass dieses junge Mädchen seinen Sack zu sehen bekommen könnte. »Wenn du auf Nacktfotos stößt oder auf irgendetwas, das du verstörend findest, leg die Bestellung beiseite, und ich kümmere mich darum.«

»Die Leute laden Nacktfotos hoch?« Brandy sah sie fragend durch ihre Brillengläser an. Selbst wenn sie in ihrer Bewerbung verschwiegen hätte, dass sie Mitglied im Naturwissenschaftsklub war und in der Blaskapelle Klarinette spielte, hätte das nerdige T-Shirt, das sie an ihrem ersten

Tag getragen hatte, sie verraten. Heute trug sie ein Team-Voldemort-T-Shirt mit einem Zauberstab darauf, was Natalie daran erinnerte, dass sie für Brandy Arbeitsblusen bestellen musste, wie sie selbst sie trug. Gestärkte weiße Blusen mit ihrem Logo auf der Brusttasche. Khakifarbene oder schwarze Hosen, aber keine Jeans.

»Leider ja.« Natalie verstand zwar, warum jemand zwanzig Fotos oder mehr bei ihr bestellte, doch warum man seine Privatfotos nicht als Privatsache betrachtete und zu Hause ausdruckte, war ihr unbegreiflich.

Sie zeigte Brandy, wie die Fotos für den Versand verpackt wurden. Während die Schülerin die Versandtaschen zusammenstellte, ergriff Natalie die Gelegenheit, sich den Stapel Bilder zu greifen, die Blake vor ein paar Stunden bestellt hatte. Es war jetzt zwei Tage her, seit sie ihn an ihrem Briefkasten hatte stehen sehen, als sie Charlotte nach draußen geschickt hatte, um ihr Fahrrad wegzuräumen. Und drei, seit sie mit ihm rumgemacht hatte. Sie hatte nur wenige Erinnerungen an jene Nacht. Nur bruchstückhafte Erinnerungen an seinen Kuss und seine Hände auf ihrer Taille. Seine harte Brust an ihrer und seine Muskeln unter ihren Handflächen. Wenn ihre Erinnerung sie nicht täuschte und nicht nur Teil einer alkoholbefeuerten Fantasie war, wusste Blake Junger, wie man eine Frau küsste. Er fragte nicht lange und zögerte nicht. Er senkte einfach sein attraktives Gesicht und ließ mit seinem heißen, kraftvollen Mund jeden Widerstand verglühen. Nicht, dass sie sich erinnerte, großartig Widerstand geleistet zu haben. Nicht einmal der Form halber.

Sie erinnerte sich auch, dass er die Ehe mit einem Grillspieß im Hintern verglichen und sie gefragt hatte, ob sie seine schnelle Nummer für zwischendurch sein wollte. Sie erinnerte sich, dass sie durchaus in Versuchung geraten war. So sehr, dass sie sich am liebsten aus ihrem Robin-Kostüm geschält und sich an seine nackte Brust geschmiegt hätte.

Sie hätte ihren fehlenden Widerstand jeglicher Art nur allzu gern auf den Alkohol geschoben. Sie war an dem Abend wirklich betrunken gewesen. Verantwortungslos und betrunken. Sie war die Mutter einer Fünfjährigen und trank sonst nie so viel. Auf jeden Fall hatte sie noch nie so viele alkoholische Getränke durcheinandergetrunken, von denen sie ganz sicher einen Kater bekam, und schob die Schuld an ihrem zweitägigen Schädelbrummen Michael in die Schuhe. Offenbar ging ihr seine bevorstehende Rückkehr doch mehr an die Nieren, als sie gedacht hatte. Sie hatte mit Nervosität gerechnet, aber nicht mit dieser Niedergeschlagenheit, die mit jedem Tag größer wurde. Sie sorgte sich um Charlotte und wie sie die Nachricht aufnehmen würde, dass ihr Vater diesmal wirklich nach Hause käme. Sie machte sich Sorgen, dass Michael einfach in ihr Leben schneien und den längst verloren geglaubten Daddy spielen würde. Doch am meisten sorgte sie sich, dass er Charlotte das Herz brechen würde, wie er ihres gebrochen hatte.

Natalie betrachtete das erste Foto, das Blake durch die Zweige von Gelbkiefern und gelben Espen hindurch vom Lake Mary gemacht hatte. Er hatte offensichtlich die Blendenzahl erhöht, um die Konturen schön scharf hinzubekommen.

Es half nichts, sich verrückt zu machen oder zu saufen wie ein Matrose auf Landgang. Entweder hatte Michael sich geändert oder nicht. Sie steckte das Foto hinter die anderen und sah sich das zweite an. Hier hatte Blake sich das Licht zunutze gemacht, das durch die Schatten der Bäume schimmerte, um ein Bild von einem Eichhörnchen zu knipsen, das auf einem Baumstumpf hockte. Danach hatte er eine ganze Serie von Sparky gemacht, wie er in den Blättern tobte, auf einem Stock herumkaute und über einem Pinienzapfen das Bein hob. Das war so ein typisches Männerfoto, dass sie schmunzeln musste.

Was neulich Abend in Blakes Wohnzimmer geschehen war, konnte sie nicht ändern, doch je mehr sie darüber nachdachte, desto mehr Bruchstücke fielen ihr wieder ein. Sie erinnerte sich, wie er sie ans Fenster gedrängt und ihren Kopf an den Haaren nach hinten gezogen hatte, und dass es ihr gefallen hatte. Genau wie die kleinen lustvollen Schauder, die ihr über den Rücken gelaufen waren, während er das Kommando übernommen und ihr keine Wahl mehr gelassen hatte. Sie erinnerte sich, dass er plötzlich zurückgewichen war und sie nach Hause geschickt hatte, weil sie betrunken war. Vielleicht war er trotz der Massen an Testosteron und der Aura des harten Kerls, die er ausstrahlte, im Grunde ein anständiger Mann.

Die Glocke über der Tür bimmelte, und als sie aufblickte, kam die Ursache der lustvollen Schauder in einem grauweißen Flanellhemd hereinspaziert, das er in die Jeans mit dem interessanten Hosenstall gesteckt hatte. Als die Tür hinter ihm zuschwang, nahm er seine dunkle Sonnenbrille ab. Seine grauen Augen suchten ihre, und alle bruchstückhaften Erinnerungen überfluteten sie auf einmal. Die Erinnerung an seine Lippen auf ihren und an seinen langen, leidenschaftlichen Kuss ließ ihre Wangen rot anlaufen wie die eines Mädchens. Verlegen brach sie den Blickkontakt ab. Sie sah nach unten auf sein Eichhörnchen-Foto und ... Mist! Sie war dabei ertappt worden, wie sie in Blakes Bildern schnüffelte, und er stand zu nah vor ihr, um es nicht zu bemerken. »Bist du wegen deiner Abzüge da?«, fragte sie das Naheliegendste und versuchte, sich ganz natürlich zu geben, als wäre Rumschnüffeln eine Dienstleistung, die sie ihren Kunden bot.

»Ja.« Während sie hastig seine Abzüge zusammenschob, blieb er vor der Ladentheke stehen. »Hast du deine Neugier befriedigt?«

»Ich habe nur überprüft, ob der Drucker einwandfrei funktioniert. Das nennt sich Qualitätssicherung.«

»Hm-hm.« Er deutete mit der Brille auf die Fotos und schob sie sich dann in die Haare. »Du überprüfst nur, ob Schwanzfotos dabei sind.«

Ihr klappte die Kinnlade herunter. Das war ihr gar nicht in den Sinn gekommen. Aber jetzt schon. Hatte er ein Penis-Bild hochgeladen? War es unter den Fotos von Sparky und dem Eichhörnchen?

»Nein«, antwortete er, als hätte er ihre Gedanken gelesen, und legte die Hände auf die Theke. Seine Hemdsärmel waren bis zu den Ellbogen hochgekrempelt. »Ich brauche keine Aufnahmen von meinem Gehänge zu machen, damit mir eine Frau Beachtung schenkt.«

Eine bruchstückhafte Erinnerung nahm Gestalt an wie ein fehlendes Puzzleteil und war in die Erinnerung an sein »Gehänge« eingebettet, das sich gegen ihren Schritt presste. Sie verdrängte den Gedanken an seine beeindruckende Erektion. »Charlotte hat mir erzählt, dass Sparky dein

Ledersofa zerkaut hat«, sagte sie, um das Thema zu wechseln.

Blake runzelte die Stirn. »Bis runter aufs Holzgestell.« Er griff in seine Gesäßtasche und zog seine Geldbörse heraus. »Sein Kauspielzeug lag als Deko ganz oben auf der Polsterung wie eine Kirsche auf einem Kuchen.«

»Einen meiner blauen Wildlederpumps hat er auch erwischt.« Als sie die Fotos bongte, zog er seine schwarze AMEX-Kreditkarte durch. Sie hatte geglaubt, nur Rapper und Rockstars besäßen schwarze Kreditkarten, was erneut die Frage aufwarf, was der Mann beruflich machte.

»Ich bin fertig mit den Versandtaschen, Natalie«, sagte Brandy hinter ihr. Natalie drehte sich um und machte Blake mit ihrer neuen Angestellten bekannt. Brandy errötete und starrte auf die Theke. Natalie verstand sie nur zu gut. Blake Junger war der größte und bestaussehendste Typ, der sich seit Jahren in die Stadt verirrt hatte.

»Wie viele Horkruxe hast du schon erschaffen?«, fragte Blake Brandy, während er seine Karte zurück in die Geldbörse schob.

Horkruxe? Natalie sah irritiert von einem zum anderen. Was war ein Horkrux?

»Einen«, antwortete Brandy.

»Lass mich raten.« Er steckte die Geldbörse wieder in seine Gesäßtasche. »Deine Katze.«

»Nein!« Sie blickte auf. »Ich würde Pixel niemals etwas tun.« Ein schüchternes Lächeln umspielte ihre Lippen. »Mein Auto.«

»Du hast ein böses Auto?« Blake lachte.

Brandy nickte, und Natalie musste fragen: »Was ist ein Horkrux?«

Ihre Angestellte sah sie durch ihre Brille an, als sei sie überrascht, dass Natalie das nicht wusste. »Ein Gegenstand, in dem eine Hexe oder ein Hexer einen Teil seiner Seele verbirgt, damit er ewig leben kann. Es ist böse.«
Was?
»Das ist aus *Harry Potter*«, erklärte sie weiter, und Natalie kam sich vor, als schwebte ein großer Pfeil über ihrem Kopf und deutete auf den einzigen Mensch auf Erden, der die Bücher nicht gelesen hatte. Aber Blake kannte *Harry Potter* offenbar und wusste über Horkruxe Bescheid. Er steckte voller Überraschungen.

Er wandte den Blick zu Natalie. »Hast du ein paar Minuten? Wir müssen reden.«

Zweifellos wollte er mit ihr über Samstagabend reden, und das war das Letzte, worüber sie mit ihm diskutieren wollte. Sie wollte einfach nicht, dass noch mehr Gedächtnislücken gefüllt wurden. »Ich bin ziemlich beschäftigt.«

»Es geht um Charlotte.«

»Oh.« Das brachte sie aus dem Konzept, und sie wandte sich an Brandy. »Kommst du allein zurecht, wenn ein Kunde hereinkommt?«

Brandy nickte und sah dabei so ernsthaft aus, dass Natalie sie beruhigt ein paar Minuten allein lassen konnte. Sie nahm Blake mit in ihr Büro und ließ die Tür einen Spalt offen. »Hat Charlotte etwas angestellt?«

»Nein.«

Charlotte war normalerweise ein so braves Mädchen, dass sich Natalie nur schwer vorstellen konnte, dass sie etwas so Schreckliches getan hatte, dass dafür ein Gespräch hinter geschlossenen Türen erforderlich war. Sie setzte sich auf den Rand ihres Schreibtischs, auf dem Fotopapier und vereinzelte Rechnungen verstreut lagen, und verschränkte die Arme vor der Brust.

»Sie weiß, dass ihr Dad aus dem Gefängnis kommt.«

Natalie ließ die Arme sinken, und ihr Herz setzte einen schmerzhaften Schlag aus. »Woher?«

»Sie hat mir erzählt, dass sie ein Gespräch ihrer Großeltern mitgehört hat.«

Sie hatte es *ihm* erzählt? »Wann hat sie dir das alles erzählt?«

»Am Sonntag. An deinem Briefkasten.«

Natalie senkte den Blick auf die Knöpfe, die das Flanellhemd über seiner breiten Brust verschlossen. In ihr überschlugen sich unzählige Emotionen. Darunter auch Ärger, dass die Coopers nicht besser achtgegeben hatten, wobei sie sich gar nicht so sicher war, ob Charlotte ihr Gespräch nicht sogar hatte mithören *sollen*. Die Coopers waren gut zu ihr und zu Charlotte, aber manchmal manövrierten sie sie heimlich aus. »Was hat sie sonst noch gesagt?«

»Dass du nicht weißt, dass er rauskommt, weil du es ihr sonst gesagt hättest.«

»Mist.« Sie sah ihm in die Augen. »Ich habe es ihr nicht gesagt, weil er letztes Mal, als es hieß, dass er rauskommt, doch nicht rauskam.« Wie sollte sie ihrem Kind erklären, dass sie davon gewusst hatte, es ihr aber verschwiegen hatte? Was sollte sie ihr sagen? Gott, sie hasste Michael. »Ich bemühe mich wirklich sehr, dieses Kind nie anzulügen. Manchmal lasse ich Sachen weg, die ihr Angst machen könnten, aber ich lüge nicht. Niemals. Und jetzt wird sie denken, sie kann nicht mehr darauf vertrauen, dass ich ihr die Wahrheit sage.«

»Jeder lügt mal ein bisschen.«

Sie schüttelte den Kopf und sah ihm ins Gesicht. »Ich lüge nicht, Blake. Ich hasse Lügen und Lügner. Lügen zerstören Leben.« Sie rieb sich die Stirn und schloss die Augen. »Hat sie noch etwas gesagt?«

»Sie hat Angst, dass sie ihn vielleicht nicht mag.«

»Sie weiß nicht genug über ihn, um ihn nicht zu mögen.« Sie stand auf und drehte sich zu ihrem Schreibtisch. »Manchmal telefoniert sie mit ihm, wenn sie bei den Coopers zu Besuch ist, aber sie hat ihn nie persönlich kennengelernt.« Ihre Hände zitterten, als sie nach den Rechnungen auf dem Schreibtisch griff. »Vielleicht hat sie mal ein Gespräch zwischen mir und Lilah über ihn mitgehört.« Sie sprach ihre Gedanken laut aus. »Oder zwischen mir und meiner Mom. Gott weiß, was ich in all den Jahren alles gesagt habe.«

»Ich glaube, sie hat Angst, dass sie bei ihm wohnen muss.«

Natalie wirbelte herum und ließ die Papiere zu Boden fallen. »Das wird *nie* geschehen.« Es sah Michael ähnlich zu glauben, dass sich die Welt immer noch um ihn drehte. »Er wollte Charlotte nicht.« Sie fühlte die Wut in sich aufsteigen, machte sich aber nicht die Mühe, sie zu kontrollieren. »Ich habe fünf Jahre lang versucht, dieses Kind zu empfangen. Fünf *Jahre*, und an dem Tag, nachdem ich ihm gesagt hatte, dass ich endlich schwanger war, verschwand er mit seiner zwanzigjährigen Freundin und mehreren Millionen Dollar von Kapitalanlegern aus der ganzen Stadt. Er wollte in Schweden oder in der Schweiz ein neues Leben anfangen … oder sonst wo.« Sie hob hilflos die Hand und ließ sie wieder sinken. »Wenn er nicht geschnappt worden wäre, hätte ich niemals erfahren, ob er überhaupt noch am Leben ist. Seine eigenen Eltern hätten es nicht gewusst!« Sie stieß den Atem aus und schüttelte den Kopf. »Ich wünschte, er wäre nicht gefasst worden. Ich wünschte, er wäre entkommen. Ich wünschte, er wäre in den Alpen erfroren. Ich wünschte, sein Gefängnisbus wäre auf dem Weg in den Knast in Brand geraten. Ich wünschte, er wäre von einem Knastbruder erstochen worden!« Sie schlug sich die Hände vor den Mund. Okay, von dem letzten Wunsch hätte sie keinem außer Lilah erzählen sollen. Lilah verstand sie. Sie ließ die Hände sinken und blickte zu ihm auf. Er wirkte eher belustigt als entsetzt über ihren blutrünstigen Ausbruch. »Sorry, wenn ich Frust ablasse. Ich bin jetzt fertig. Es ist nur, dass ich ihn dafür hasse, was er getan hat.« Sie schluckte die Wut herunter, die ihr die Kehle zuschnürte. »Als ich letztes Mal mit ihm telefoniert habe, hat er gesagt, dass er Charlotte und mich oft sehen will.« Vermutlich war sie doch noch nicht ganz fertig mit Frust ablassen und spürte, wie es sie bedrückte wie ein schwarzer Nebel. »Er bat mich, darüber nachzudenken, ob wir an unserer Beziehung arbeiten können.« Sie malte Gänsefüßchen in die Luft. »Charlotte zuliebe.«

Sie liebte Michael nicht mehr und glaubte erst recht nichts mehr von dem, was aus seinem Lügnermund kam. »Auch das wird *nie* passieren. Er will gar nicht wirklich, dass wir eine Familie sind. Das ist bloß ein Schwindel. Schlicht und ergreifend. Und sonst nichts.«

»Wahrscheinlich ist das nicht alles.«

Gott, war Blake etwa wie alle anderen und fand, dass Michael eine zweite Chance verdiente?

»Ich nehme an, er will Sex.«

Sie starrte ihn nur stumm an, doch ihre Augen sprachen Bände.

»Hey.« Er hielt abwehrend beide Hände hoch. »Der Typ kommt aus dem Knast. Da ist es selbstverständlich, dass er Sex will.«

Sie runzelte die Stirn. »Dann sollte er zu einer Prostituierten gehen. Ich bin nicht mehr das junge Mädchen, mit dem er an der Highschool zusammen war, oder die naive Frau, die er geheiratet und dann sitzen gelassen hat.« Sie nahm zwei kurze Atemzüge und starrte auf seinen Adamsapfel über dem Hemdkragen. »Es ist ja nicht so, dass er in den letzten fünf Jahren im Krieg war oder auf einer einsamen Insel gestrandet. Er hat im Gefängnis gesessen, weil er alte Menschen um ihre Pensionsgelder geprellt hat, aber alle in dieser Stadt führen sich auf, als könnten sie es gar nicht erwarten, ihn wieder willkommen zu heißen. Michael Cooper, den Star-Quarterback und rundum guten Menschen. Ich kann verstehen, warum seine Eltern ihm verzeihen. Aber alle anderen?«

Seine Berührung unter ihrem Kinn lenkte ihre Aufmerksamkeit wieder auf seinen kühlen Blick. »Atmen, sonst wirst du noch ohnmächtig.«

Als sie den Kopf schüttelte, strichen seine Fingerspitzen über ihre Haut. »Ich war noch nie ohnmächtig.«

Er tippte mit einem Finger auf die Spitze ihres Kinns und ließ die Hand sinken. »Tu mir den Gefallen und atme ein paarmal durch.«

Sie gehorchte und spürte, wie sich der Nebel ein wenig lichtete.

»Hast du Angst vor deinem Ex?«

Sie hatte Angst, dass er sich ins Herz ihrer leicht manipulierbaren Tochter schleichen würde. »Ich habe Angst, dass er versuchen wird, mir Charlotte wegzunehmen.«

Blakes graue Augen wurden eisig. »Wenn es Blei regnet, ist es gut, mich an deiner Seite zu haben.«

Blei? Meinte er Kugeln? »Ich glaube nicht, dass Michael auf mich schießen wird. Ich hasse ihn, aber ich würde ihn niemals umbringen.« Sie hatte gerade zugegeben, dass sie Michael tot sehen wollte, und hielt eine halbe Sekunde inne, um ihre wirren Gedanken zu ordnen. »Nein. Wirklich. Ich meine ... Ich würde sowieso geschnappt. Die Exfrau wird immer als Erste verdächtigt. Erst letzte Woche wurde in Kalifornien eine Frau festgenommen, weil sie einen Auftragskiller angeheuert hatte, den sie in einer Bar getroffen hatte. Der Auftragskiller wurde gefasst und lieferte die Frau ans Messer.« Sie schüttelte angewidert den Kopf. »Es gibt keinen Ehrenkodex mehr unter Mördern.«

»Such dir nie einen Auftragskiller in einer Bar, Süße.« Er nahm ihre Hand und senkte den Kopf, um ihr ins Gesicht zu sehen. »Professionelle Dienstleister finden ihre Kunden nicht in Bars.«

Natalies Augen wurden groß. *Professionelle Dienstleister?* »Bist du ein Auftragskiller?« Normalerweise hätte sie diese Frage nicht so ungeniert gestellt, aber es ergab Sinn. Er hatte keinen geregelten Arbeitstag, aber eine Menge Geld.

»Wenn ich es dir sagen würde, müsste ich dich töten.«

Sie machte den Mund auf, aber es kam kein Ton heraus. War er wirklich ein Auftragskiller? Ein Glücksritter?

Er lachte, und um seine Augen bildeten sich kleine Fältchen. »Nein. Ich bin kein Auftragskiller. Ich bin eine professionelle private Sicherheitskraft.«

»Und was heißt das?«

»Es heißt, dass ich Navy SEAL im Ruhestand bin, Special Operator First Class, mit einem Koffer voller Fähigkeiten. Private Militärfirmen bezahlen mir eine Menge Geld für den Einsatz dieser Fähigkeiten.«

»Ist das legal?«

»Ja.« Er grinste und zog sie an seine Brust. »Zum größten Teil.« Er legte den Arm um sie.

Ihre Hand fand seine Schulter, als sie an die Mauer aus Muskeln unter seinem Flanellhemd sank. Sie wollte noch mehr über seine Fähigkeiten wissen und was sie genau bedeuteten, konnte jedoch plötzlich an nichts mehr denken als an die Hitze, die er ausstrahlte wie eine Heizung und die ihre Brüste und ihren Bauch wärmte.

»Ich muss verreisen.« Er zog sie auf die Zehenspitzen, sodass ihre Nase auf gleicher Höhe mit seiner war. Seine Augen leuchteten in einem weichen, sexy Grau. »Ich bin vorbeigekommen, um dir Bescheid zu sagen, damit du mich nicht wieder zur Schnecke machst wie beim letzten Mal.«

In ihrem vollgestopften Büro verengte sich alles um sie herum, bis nur noch er existierte. Seine Augen schimmerten verführerisch, und seine Hand glitt zu ihrem Po. »Was tust du da?«, stieß sie schockiert hervor.

»Ich habe Fähigkeiten, Süße. Fähigkeiten, die ich nicht beim Militär gelernt habe. Fähigkeiten, die ich mir selbst angeeignet habe.« Er senkte sein Gesicht, und seine Lippen streiften ihre, als er sagte: »Du wirst die Fähigkeiten aus meinem persönlichen Werkzeugkoffer lieben.«

Sie sollte ihn von sich wegschieben. Das sollte sie wirklich, doch seine Lippen streiften ihre und neckten sie mit warmen Berührungen und der Erinnerung an leidenschaftlichere Küsse, und sie beschloss, noch einen Moment zu warten. Noch einen Moment, um zu entscheiden, ob sein Kuss wirklich so gut war wie in ihrer Erinnerung oder nur eine alkoholbefeuerte Fantasie. Sie neigte den Kopf nach rechts und unterzog ihre Erinnerungen einer Prüfung. Er roch gut, nach Seife und Haut und einer kühlen Brise, und er schmeckte noch besser. Nach warmem Mund und heißem Sex. Ja, daran erinnerte sie sich. Der eine Moment mit zarten, spielerischen Küssen wurde zu zweien. Sie redete sich ein, dass es nur Küsse waren, nicht mehr, und schlang die Arme um seinen Hals. Als sie mit den Fingern durch sein kurzes Haar fuhr, wurde die Atmosphäre im Büro sinnlich und besitzergreifend. Ihre Zunge berührte seine, und er schmeckte so gut, dass sie keinen Gedanken mehr ans Aufhören verschwendete.

Ihre Brüste an seiner harten Brust und dem weichen Flanellstoff fühlten sich schwer an, und ihre Nippel zogen sich lustvoll zusammen. Er fütterte ihren hungrigen Mund mit leidenschaftlichen Küssen, die sie gierig verschlang. Heiße Feuerfäden rannen durch ihre Adern und bündelten sich tief in ihrem Unterleib, wo ihre Schenkel sich trafen, und sie presste die Beine gegen den Ansturm der Gefühle zusammen. Gefühle, die wollten, dass er seine warme Hand von der Rundung ihres Pos nach vorne gleiten ließ und ihr zwischen die Schenkel schob. Ein heißes, flüssiges Gefühl, das sie vergessen ließ, dass sie im Büro von Glamour Snaps and Prints stand und nur eine einen Spaltbreit geöffnete Tür sie vom Kundenbereich trennte.

Dann neigte er den Kopf zur Seite und vertiefte den Kuss, und sie wollte sogar noch mehr. Er schob sie ein paar

Schritte nach hinten und hob sie hoch. Ihr Hintern stieß gegen die Schreibtischplatte, und er trat zwischen ihre geöffneten Schenkel. Dabei streiften die Taschen seiner grauen Cargohose die Innenseite ihrer Beine.

Seine Fingerspitzen strichen über ihre Schlüsselbeine und glitten zum obersten Knopf ihrer Bluse. Sie hielt sich an seinen Schultern fest, während ihre Lippen voll sinnlichem Verlangen an seinen klebten. Die Art von Verlangen, das sie vergessen hatte, während sie ums Überleben kämpfte.

Seine Schultern fühlten sich so solide an. Solide und warm und so stark, dass sie den Rücken zur Hitze seiner Brust hin wölbte. Seine Finger strichen neckend über ihre Haut und streiften ihr Dekolleté, während er nach und nach alle Knöpfe öffnete. Dann glitt seine große Hand hinein, und sie stieß ein kehliges Stöhnen aus, das tief aus dem triebhaften Teil in ihr aufstieg, der Lust und Begierde empfand. Der Teil, der Lust brauchte. Blake umfasste ihre Brust, wog sie in seiner heißen Handfläche, küsste Natalie seitlich auf den Hals und hinterließ knapp unter ihrem Ohr eine kleine feuchte Spur. Schauder liefen ihr bis zum Po über den Rücken, und sein Daumen strich durch den dünnen Nylonstoff ihres Büstenhalters über ihren Nippel – vor und zurück.

»Deine Haut schmeckt süß«, flüsterte er an der Stelle an ihrem Hals, die er mit dem Mund befeuchtet hatte. »Du riechst gut. Gott, ich will dich so sehr, dass ich gleich explodiere.«

»Ja.« In ihrem Kopf läutete eine Alarmglocke, die sie tunlichst ausblendete.

»Nimm ihn raus.« Er biss sie leicht an der Stelle knapp unterm Ohr. »Nimm ihn in die Hand.«

»Mmm.« Sie ließ ihre Hand von seiner Schulter über seine Brust gleiten. Seine Muskeln zogen sich unter ihrer Berührung zusammen. Sein schneller, schwerer Atem streifte seitlich ihren Hals, stockte und wurde in Erwartung ihrer Berührung angehalten.

Wieder schrillte die Alarmglocke, und Natalies Finger schlossen sich um seine Gürtelschnalle. Irgendetwas stimmte nicht. Das Läuten klang sehr nach der Service-Glocke am Tresen. Als es noch einmal läutete, wurde alles in ihr still. Der Lärm vor ihrer Bürotür drang jetzt zu ihrem umnebelten Hirn vor, und sie hörte Brandy und eine tiefe Männerstimme.

»Hör auf«, flüsterte Natalie und versuchte, Blake von sich wegzuschieben. »Vorn ist jemand.«

»Na und?« Sein Griff um ihre Brust verstärkte sich. Nicht so, dass es schmerzte, aber auch nicht so, als wollte er sie loslassen.

»Wir können das hier nicht machen.«

»Und ob.«

»Nein.« Als sie ihn fortstieß, ließ er widerwillig die Hand sinken.

»Toll.« Er trat so weit von ihr weg, dass sie aufstehen konnte. »Dann gehen wir eben zu mir. Mir bleibt noch eine Stunde, wenn wir uns beeilen.«

»Ich habe ein Geschäft. Ich bin Mutter.« Ihre Finger zitterten, während sie ihre Bluse zuknöpfte. »Ich tue so etwas nicht.«

»Du hast gar nichts getan. Noch nicht.«

»Und das werde ich auch nicht.« Sie blickte auf in seine Augen, die jetzt unter den lüstern gesenkten Lidern wütend funkelten. Er war wahnsinnig attraktiv, und sie war wahnsinnig versucht, mit zu ihm zu gehen und eine Stunde mit ihm ins Bett zu fallen. »Niemals«, fügte sie nachdrücklich hinzu, mehr an sich selbst als an Blake gerichtet.

Er atmete tief durch und sah aus, als wollte er etwas zerschlagen. Stattdessen deutete er auf sie. »Dann halt dich von mir fern, Natalie Cooper. Denn ich kann verdammt noch mal garantieren, dass ich beim nächsten Mal nicht aufhöre. Dann ist mir egal, ob du betrunken bist oder über die Hauptstraße spazierst.« Er riss die Tür auf. »Dann ziehst du dich aus, und ich besteige dich.«

Verblüfft sah sie ihm nach, während er aus ihrem Büro stürmte. Er rauschte an den Druckern vorbei, und sie fragte sich, wie viele Kunden sich vorn im Laden aufhielten.

Sei ganz natürlich. Nervosität vermengte sich mit der Lust, die noch immer in ihrem Unterleib pulsierte, während sie Blake dicht auf den Fersen folgte. Sie setzte ein Lächeln auf, als sei nichts geschehen. Als wäre Blake Junger, der superheiß und supersexy aussah, nicht soeben aus ihrem Büro gestürmt. *Sei ganz natürlich.* Als wäre er nicht wie eine dunkle Wolke, die sich an Frankie Cornell vorbeiwälzte.

»Hallo, Natalie.« Frankie stand mit einem Stapel Fotos am Tresen und sah ganz glücklich und zufrieden aus, als ahnte er nicht, dass er soeben Hurrikan Blake entkommen war.

»Hallo, Frankie«, antwortete sie, einen Tick zu freundlich, um natürlich zu klingen.

Blake, der gerade die Tür aufriss, blieb wie angewurzelt stehen. Von der Eingangstür eingerahmt sahen seine Schultern wahnsinnig breit aus. Er drehte sich langsam um und fixierte Frankie. »Ich geb dir einen Rat, Freundchen.«

Er nahm die Sonnenbrille aus seinen Haaren und setzte sie sich auf. »Lass die Kamera aus deiner Hose. Deinen Schwanz will kein Schwein sehen.«

ACHT

Der Mond hing wie eine helle Sichel über der Lehmmauer und dem Gelände dahinter. Es war ein perfekter Mond. Ein Scharfschützenmond in der finsteren Nacht.

»Pennt ihr alle?«, fragte Einsatzleiter Fast Eddy, Delta Force Operator im Ruhestand, das vierköpfige Team über sein Headset.

»Junger wird langsam nervös.«

Von seiner Position auf einem kleinen Hügel aus lachte Blake leise. »Ich bleibe cool.« Seine Sinne waren in höchster Alarmbereitschaft, aber er war entspannt. Er lag auf dem Bauch hinter einer MK11, die auf ein schwenkbares Zweibein montiert war. Die Waffe war halbautomatisch mit einem Zwanzig-Schuss-Magazin mit 7,62 x 51 mm-NATO-Patronen und bis zu vierhundertfünfzig Meter Entfernung zielgenau. Neben dem Gewehr lagen drei zusätzliche Magazine, falls etwas schiefging und er die Nacht mit einem Feuerwerk erhellen müsste. Er und drei andere Einsatzkräfte waren mit Fallschirmen aus über siebentausend Metern Höhe abgeworfen worden und im Schutz der Dunkelheit die gut drei Kilometer bis zu der Siedlung im Südjemen gelaufen.

Durch sein Wärmebildzielfernrohr beobachtete er, wie die drei anderen Einsatzkräfte sich auf die Lehmmauer zubewegten, die das Gelände umgab.

Blake hatte seit seiner Entziehungskur keinen Dienst mehr an der Waffe getan. Es fühlte sich an, als käme er nach Hause. Als würde er sein Leben an dem Punkt wieder aufnehmen, wo er aufgehört hatte, bevor das Trinken es völlig beherrscht hatte. Ins Visier eines Infrarot-Zielfernrohrs zu blicken war ihm vertraut. Er wusste, was zu tun war. Es gab keine Verwirrung. Ganz anders, als wenn er in ein Paar blaue Augen sah und sich so sehr nach ihrer Besitzerin verzehrte, dass er sich selbst nicht wiedererkannte.

Diese direkte Eingriffsmission war genau das Richtige für ihn, um wieder einen klaren Kopf zu bekommen. Um sich daran zu erinnern, dass er eine private Sicherheitskraft war. Ein Mann, der spuckte und fluchte und sich an den Eiern kratzte. Ein Mann, dessen Kumpels spuckten und fluchten und sich an den Eiern kratzten. Und kein Mann, dessen bester Freund eine Fünfjährige war, deren Mutter ihm Kavaliersschmerzen bescherte.

Er hatte zwei Tage lang mit seinen Mitstreitern trainiert, die alle aus verschiedenen Spezialeinheiten ausgeschieden waren. Er kannte den Grundriss der Siedlung wie seine Westentasche. Hinter der Lehmmauer wurde John Morton, Geschäftsführer einer Ölfirma, im kleineren der zwei Gebäude als Geisel gehalten. Mr. Morton war aus seinem Hotel in der Türkei entführt und in den Südjemen, das Herz von al-Qaida, verschleppt worden. Seine Kidnapper verlangten die Freilassung von vier Terroristen, die in Guantanamo festgehalten wurden.

Die US-Regierung verhandelte nicht mit Terroristen, doch das hieß nicht, dass die CIA nicht indirekt an mehreren privaten Militärfirmen rund um die Welt beteiligt war. Das Außenministerium versorgte sie mit den neusten Informationen sowie mit Milliardenbeträgen an Steuergeldern; im Gegenzug lieferten sie der Regierung glaubhafte Abstreitbarkeit.

Den neusten Informationen zufolge gab es auf dem Gelände ein halbes Dutzend mit Sturmgewehren bewaffnete Wachen. Zwei standen an dem verschlossenen Tor, während vier weitere das größere der Gebäude besetzten. Jeden Abend um 1800 Zulu-Zeit brachte einer der Terroristen Brot und Wasser zu dem kleineren Gebäude, in dem sich Mr. Morton befand. Dass sie sich überhaupt die Mühe machten, ihn mit Essen zu versorgen, ließ hoffen, dass er noch am Leben und mit Ketten ans Bett gefesselt war. Doch auch wenn es ein gutes Zeichen war, konnten sie sich nicht sicher sein. Hätten sie sicher gewusst, dass er sich in dem kleineren Gebäude aufhielt, hätten sie Panzerfäuste durch die Fenster des größeren geworfen und wären nach Hause gegangen.

»Irgendwas zu sehen, Junger?«

Im grünen Schein seines Nachtsichtgeräts suchte Blake nach Hotspots in den kleinen Fenstern der Gebäude unter ihm. Keine Bewegung zu sehen, nur ein wenig Licht. Er richtete den Sucher auf eine Position jenseits der hinteren Mauer im Wüstenterrain. »Nur ein paar Schafe zwanzig Meter südöstlich.« Eine der ersten Regeln für das Sammeln von Informationen lautete, alle Aktivitäten zur Analyse heranzuziehen. Selbst das, was nicht wichtig erschien. »Sie sehen aus wie in den Arsch gefickt.«

Alle vier Männer lachten leise in die in ihren Helmen integrierten Mikros.

»Benson ist mal in einer Hütte in den Arsch gefickt worden«, informierte ein großer, rothaariger SEAL namens Farkus die Gruppe.

Benson sah aus wie Ving Rhames aus *Pulp Fiction*. Groß, glänzend schwarz und jederzeit bereit, saubrutal zu werden. Er war Vater von sechs Kindern und behauptete, für die »Firma« zu arbeiten, weil er Urlaub von seiner Brut brauchte. »Von deiner Mama.«

Blake nahm aus den Augenwinkeln einen schwachen Lichtblitz wahr, schwenkte die Waffe herum und stellte den Sucher scharf ein. Adrenalin schoss durch seine Adern, und seine Nackenhaare stellten sich auf. Mit ruhiger, klarer Stimme sagte er: »Zielobjekt auf sechs Uhr.« Es wurde sehr still. »Ein weißer Laster, wie es scheint.« Davon stand nichts in den Infos, die sie bekommen hatten, und es war auch nicht Teil des Schlachtplans.

»Verstanden! Zielobjekt sechs Uhr«, antwortete Fast Eddy. Von seiner Position aus konnte er den Laster nicht sehen. »Nur eins?«

»Korrekt.« Aber Blake war schon auf vielen Missionen gewesen, die nicht abliefen wie geplant. Dafür gab es zu viele Variablen. Die bekannten Unbekannten und die unbekannten Unbekannten. Der Laster war irgendwas dazwischen. »Zwei Scheinwerfer etwa einen Kilometer entfernt.«

»Verstanden. Wie viele Personen?«

»Sieht aus wie zwei im Führerhaus. Einer steht hinten drauf. Sie kommen gerade ins Einsatzgebiet.« Wenn der Laster den kleinen Hügel umrundete, könnten die Terroristen im Lager die Scheinwerfer sehen. »Ich kann mich um sie kümmern, oder wir warten ab, was sie vorhaben.«

»Die führen nichts Gutes im Schilde. Ausschalten.«

»Verstanden.« Um Entfernung und Lufttemperatur auszugleichen, zielte Blake mit dem Fadenkreuz etwas nach links unter den leuchtend rot-gelben Turban, der über das Dach des Lasters lugte. Den Abzug zu drücken war ihm so vertraut wie sein eigener Herzschlag. Der Schalldämpfer am Ende des Gewehrlaufs unterdrückte die Schüsse zu lauten Ploppgeräuschen. Er ließ die Visierung sinken und feuerte noch zwei Schüsse in die Scheinwerfer und vier ins Führerhaus, indem er bei jedem Terroristen zweimal abdrückte. Der Laster kam von der Straße ab und fuhr langsamer. Durch das Nachtzielfernrohr überprüfte Blake, ob sich noch etwas bewegte. Die Beifahrertür öffnete sich, und eine einzelne Person sprang heraus. Sein Tuch schimmerte in hellem Gelb, als Blake den Abzug drückte und einen Schuss in den Massenschwerpunkt abfeuerte. Der Mann sackte zusammen. »Zielobjekt ausgeschaltet.«

»Verstanden. Bewegt sich noch etwas?«

»Jetzt nicht mehr.« Er schwenkte das Gewehr zurück zum Lager und blickte wieder durch das Zielfernrohr. Er sah zu, wie die drei Amerikaner sich in den Schatten bewegten. In der Nähe des Tores gab Fast Eddy das Signal zur Liquidierung, und Blake feuerte vier Schüsse ab. Die Terroristen waren tot, bevor sie auf den Boden aufschlugen. Farkus bestückte das Tor mit einer Ladung Plastiksprengstoff und trat zurück in die Schatten. Das Schloss wurde gesprengt, und bevor sich der Rauch lichtete, waren die drei Amerikaner durch das Tor und auf dem Gelände. Benson trat die Tür des größeren Gebäudes ein, und er und Fast Eddy drangen ein, während Farkus zum kleineren der beiden Gebäude lief, in dem sie die Geisel vermuteten. Das Donnern von Blendgranaten und das Knallen von Schüssen durchschnitten die Luft. In kürzester Zeit war der Kampf vorbei, und Fast Eddys Stimme sprach in Blakes Helm. »Gebäude sauber. Zielpersonen eliminiert.«

Blake hielt das Fadenkreuz auf die Tür gerichtet, hinter der Farkus verschwunden war. »Geisel aufgefunden und am Leben«, meldete der ehemalige SEAL, und alle hörten die Freude in seiner Stimme.

Blake rückte die vier Magazine zurecht, die mit Gurten an seiner Chest Rig festgezurrt waren. Acht tote Terroristen und eine Geisel, die am Leben war und bald wieder mit ihrer Familie vereint sein würde. Blake fühlte sich gut. Der Saft, der durch seine Adern floss, fühlte sich gut an. Das war sein Leben. Sein Element. Hier wusste er, was er zu tun hatte. Es gab nur Schwarz und Weiß. Keine Grauzonen.

Durch sein Headset lauschte er dem Gequatsche unten und wachte weiter über das Lager. Die Geisel war zwar am Leben, aber, wie zu hören war, übel zugerichtet. Nach einer halben Stunde rief Eddy den Black Hawk. Eine halbe Stunde, in der Blake von seinem Posten aus das Areal beobachten musste, um dann zusammenzupacken und zurück in den Oman zu fliegen. Früher hätten er und seine Kumpels sich die nächstgelegene Bar gesucht. Früher hätte er sich mit Bier, Schnaps und einer warmen Frau im Arm entspannt.

Jetzt, wo die Mission vorüber war, jetzt, wo das Adrenalin aus seinem Körper floss, überfiel ihn das Verlangen nach Alkohol stärker als seit Monaten.

Er nahm den Finger vom Abzug und registrierte das leichte Zittern seiner Hand. Er ballte sie zur Faust und schüttelte sie aus. Zum ersten Mal in dieser Nacht, zum ersten Mal, seit er aus der DHC-3 gesprungen und keinen Boden mehr unter den Füßen gespürt hatte, durchbrach ein kleiner Angstschub seine Gelassenheit. Ob in einer Entzugsklinik in Kalifornien, einer Kleinstadt in Idaho oder auf einem Fleckchen Erde im Südjemen, seine Sucht folgte ihm überallhin und holte ihn überall ein.

Seine Sucht war eine Schwäche.

Schwäche war keine Option. Nicht im Jemen oder in Katar oder auf einem anderen NATO-Stützpunkt, auf dem er rund um den Globus landete. Nicht auf seinem Flug zurück in die Staaten, und auch nicht zwei Tage später, als er nach Truly fuhr.

Nein, Schwäche war keine Option, doch als Blake in Truly ankam, war er todmüde. Müde vom Fliegen und vom Kampf gegen den einzigen Dämon, der sich nicht mit einer gut platzierten Kugel ausschalten ließ. Er hatte seinen Dämon besiegt. Hatte dem Flüstern in seinem Kopf nicht nachgegeben, dem Verlangen in seinem Bauch oder dem Zittern seiner Hand. Aber es war nicht leicht gewesen. Sein Rücken schmerzte. Seine Augen waren sandverklebt, und die Füße taten ihm weh.

Willie Nelsons *Nothing I Can Do About It Now* erfüllte das Führerhaus seines Trucks, während er durch die Stadt fuhr und nach links zum See abbog. Sein Dad war ein riesiger Willie-Fan, und Blake war mit seiner Musik groß geworden. Während Willie von der Reue sang, die ihm auf die Stirn geschrieben stand, dachte Blake an die große Whirlpool-Badewanne, die zu Hause auf ihn wartete. Während seines Fluges von Chicago nach Boise in der ersten Klasse und während der zweistündigen Fahrt von Boise nach Truly hatte er an die heißen Wasserstrahlen gedacht, die ihm die Verspannungen aus dem Körper massieren würden.

Blake bog mit seinem Truck in die Red Fox Road ein und bemerkte sofort zwei vertraute Gestalten, die mit einem Hund, der an der Leine zerrte, an der Straße entlangspazierten. Orangefarbene Sonnenstrahlen schienen zwischen den tieferen Schatten der Kiefern auf sie herab.

Blake fuhr langsamer und hielt auf der anderen Straßenseite an. Charlotte trug ihre Einhorn-Mütze und hob eine weiß behandschuhte Hand, um zu winken. »Blake!« Er las seinen Namen mehr von ihren Lippen ab, als dass er ihn hörte. Durch das Grau seiner Fenster hob er den Blick zu Natalie und ihren tiefblauen Augen. Sie trug einen marineblauen Caban und eine blaue Baskenmütze auf ihren langen blonden Haaren. Bei seiner letzten Begegnung mit ihr hatte er ihre Brust in seiner Hand und seine Zunge in ihrem Mund gehabt. Da ihre Wangen erröteten, dachte sie sicher auch daran. Vielleicht lag es aber auch an der kalten Luft, die ihr Gesicht streifte und ihr die Haarspitzen über die Schultern wehte.

Er würgte Willie ab und ließ das Seitenfenster herunter. »Hey, Charlotte.« Er sah Natalie fest in die Augen, obwohl er seine Aufmerksamkeit viel lieber auf die offenen Knöpfe ihres Mantels gerichtet und sich unangemessenen Gedanken hingegeben hätte. »Ms. Cooper.«

»Mr. Junger.«

Charlotte hüpfte hoch und sah zu ihm ins Fenster. »Wir führen Spa-ky aus.«

»Ja. Das sehe ich.«

Wieder sprang sie hoch, wobei das Horn auf ihrer Mütze wippte. »Komm doch mit.« Sie verschwand aus seinem

Blickfeld, bis sie wieder hochsprang. »Wir gehen gern mit ihm in den Pa-k.«

Ein Spaziergang durch den Park war das Letzte, was er jetzt wollte.

»Ich bin mir sicher, Blake hat Besseres zu tun«, sagte Natalie, um ihm aus der Patsche zu helfen.

Der Novemberwind blies blonde Haarsträhnen über ihre Lippen und kitzelte ihre Wange, bevor sie sich die Strähnen hinters Ohr strich. Es war kalt draußen, aber Blake sah noch heißer aus als sonst. Er sah aus, als hätte er sich nicht mehr rasiert, seit er weggefahren war. Die untere Hälfte seines attraktiven Gesichts war mit blonden Bartstoppeln übersät. Mit dunkelgrauen Augen, die zugleich müde und hellwach waren, sah er sie aus dem Führerhaus seines Trucks an.

»Ich komme später nach.«

Die getönte Fensterscheibe glitt wieder nach oben, und Natalie drehte sich um und sah dem großen roten Ford nach, der über die Straße rollte und in seine Einfahrt einbog. Sie griff nach Charlottes Hand und wäre um ein Haar über Sparky gestolpert. Sie hatte den Hund für einen Kurs an der Hundeschule angemeldet, der in einer Woche begann. »Wir müssen Sparkys Schule dazu kriegen, ihm das Gehen an der Leine beizubringen.« Sie lief weiter, doch Charlotte rührte sich nicht vom Fleck.

»Wir müssen auf Blake warten.«

»Er hat gesagt, er kommt später nach.« Obwohl sie bezweifelte, dass er es ernst gemeint hatte. Bei ihrer letzten Begegnung war er so sauer gewesen, dass er damit gedroht hatte, sie mitten auf der Hauptstraße zu besteigen. Und dann hatte er Frankie angeschrien.

Gemeinsam trotteten sie und Charlotte weiter die Straße entlang. Sie hatte keinen Hund gewollt. Noch nicht. Erst, wenn Charlotte mehr Verantwortung für die tagtägliche Pflege eines Welpen übernehmen konnte, aber Natalie musste zugeben, dass Sparky ihr allmählich ans Herz wuchs. Vor allem wenn er nach einem langen Spaziergang schlief.

Sparky stürzte sich bellend auf ein Blatt und ähnelte dabei eher einer Katze als einem Hund. Als Charlotte fröhlich lachte, zog sich Natalies Herz ein klein wenig zusammen. Vom Tag ihrer Geburt an hatte Natalie sich Sorgen gemacht, dass ihre Tochter unter den Entscheidungen, die ihre Eltern getroffen hatten, leiden könnte. Ihre eigenen Eltern hatten sich scheiden lassen, als Natalie neun gewesen war, aber immerhin hatte sie in den ersten prägenden Jahren, in denen ein Vater im Leben eines Kindes wichtig war, beide Elternteile gehabt. Charlotte hatte zwar ihren Großvater Cooper, doch Natalie befürchtete, dass er als Bezugsperson nicht wichtig genug war, um verhindern zu können, dass ihr Kind Teil einer traurigen Statistik wurde. Und vor allem fürchtete sie sich davor, wie Michaels plötzliches Auftauchen sich auf Charlotte auswirken würde.

An dem Tag, als sie erfahren hatte, dass Charlotte über Michaels Entlassung aus dem Gefängnis Bescheid wusste, hatte sie mit ihrer Tochter darüber gesprochen. Sie hatte gewartet, bis Charlotte sich bettfertig machte, bevor sie das Thema anschnitt. Zubettgehzeit war Mutter-Tochter-Zeit. Zeit, in der sie sich unterhielten, während Natalie ihrem Kind die Haare wusch. Charlotte hatte ihr gesagt, dass sie glücklich und aufgeregt darüber wäre, ihren Dad endlich kennenzulernen, aber dass sie nicht bei ihm wohnen wollte. Daraufhin hatte Natalie ihrer Tochter versichert, dass sie nirgendwo anders wohnen müsste als zu Hause bei ihrer Mom.

»Und wenn ich ihn nun nicht mag?«, hatte Charlotte gefragt, während sie ihr die Füße schrubbte. Sie war dabei so ernst gewesen, dass Natalie sich auf die Lippe beißen musste, um nicht zu lächeln. Dass Michael *sie* vielleicht nicht mögen könnte, kam Charlotte gar nicht in den Sinn. Sie ging stets selbstverständlich davon aus, dass alle sie liebten und sie wunderbar fanden. Vielleicht hatten Natalie, ihre Mutter und Lilah ein wenig überkompensiert.

»Und wenn es Spa-ky in der Schule nicht gefällt?«, fragte Charlotte jetzt, während sie den Vierbeiner von der fauchenden Katze eines Nachbarn wegzerrte. Der Nachbar kam aus dem Haus, und Natalie winkte ihm im Vorbeigehen zu.

»Er wird dort andere Hunde treffen und Kunststücke lernen.« Sie rückte die Baskenmütze auf ihrem Kopf zurecht. »Stell es dir vor, wie wenn du zur Schule gehst. Du gehst doch gern in die Schule.«

»Nein, Mama. Ich geh nicht mehr gern in die Schule.«

Erstaunt blickte Natalie auf Charlottes Einhorn-Mütze hinab. »Ich dachte, es gefällt dir, mit deinen Freunden zu spielen und lesen zu lernen.«

Charlotte schüttelte den Kopf. »Nee. Heute hat Amy gesagt, dass ich kein Ferd sein darf, und mich gezwungen, ein Huhn zu sein. Ich will aber kein Huhn sein.«

Sie kamen an dem Haus vorbei, wo Gordon Loosey nach Genuss eines 24er-Packs Bud Light vom Dach gesprungen war.

»Ich wollte ein Ferd sein.«

»Hast du ihr denn gesagt, dass du ein Pferd sein wolltest?« Natürlich hatte das Haus in den letzten drei Jahren leer gestanden.

»Ja. Sie hat gesagt, wenn ich mit ihr und Madison Bauernhof spielen wollte, müsste ich ein Huhn sein.«

Natalie steckte ihre kalten Hände in die Taschen. Pausenhofpolitik konnte grausam sein. »Das ist aber nicht sehr nett.«

»Ich hab ihr gesagt, sie wäre ein großer Kackkopf.«

»Charlotte!«

Die Kleine wandte ihr Gesicht Natalie zu und blickte zu ihr auf. »Was denn?«

»Das sagt man nicht.«

Sie zuckte mit den Schultern. »Blake macht es nichts aus, wenn ich ihn Kackkopf nenne.«

»Du hast Blake Kackkopf genannt?« Sie traten auf den Bürgersteig und stapften über den befestigten Weg zum Park.

»Ja.«

»Wann?«

»Ähm ... an dem einen Tag.« Sie überquerten den kalten Rasen zu einer noch kälteren Bank.

»Welcher eine Tag?«

»Der eine Tag, an dem er die Hundekacke aufgelesen hat.« Nach kurzem Überlegen fügte sie hinzu: »An dem Tag, als ich ihm von meinem Dad erzählt hab.«

»Ah.« Der Tag ihres Halloween-Katers. Der Tag, nachdem Blake sie zum ersten Mal geküsst hatte.

»Können wir Spa-ky jetzt von der Leine lassen?«

»Ja.« Natalie bückte sich, um das Tier loszumachen, während Charlotte ihre Handschuhe auszog und einen Ball aus ihrer Manteltasche kramte. »Aber ihr müsst da bleiben, wo ich euch sehen kann. Denkst du dran?«

»Ich denk dran.«

Natalie richtete sich wieder auf. »Dran mit einem R-Laut.«

»R, r«, übte Charlotte und reichte Natalie den Ball, um ihre Handschuhe wieder überzuziehen. »Dran.«

»Gut gemacht.« Natalie gab ihr den Ball zurück. »Aber wir bleiben nicht allzu lange, weil es kalt ist.«

Sparky sah den Ball und bellte wie verrückt, als Charlotte ausholte und warf. Der Ball segelte ein paar Meter durch die Luft, und der Welpe stürzte sich im selben Moment darauf, als er den Boden berührte. Er sah Charlotte triumphierend an und rannte mit dem neongrünen Ball im Maul davon.

»Komm zurück, Spa-ky!« Sie klopfte auf ihre Knie, und der junge Hund blieb stehen und sah sie an. Er drehte den Kopf zur Seite und ließ den Ball fallen. »Braver Hund«, lobte Charlotte ihn, während sie auf ihn zuging. Natürlich schnappte sich der »brave Hund« den Ball erneut und lief davon. Charlotte rief seinen Namen und rannte hinterher.

»Wie ich sehe, ist die Töle immer noch nicht wohlerzogener als vor meiner Abreise«, sagte Blake hinter Natalie.

Als sie sich umdrehte, kam er auf sie zu, und sie war überrascht, ihn zu sehen. Überrascht, dass er sich tatsächlich blicken ließ.

Er schlenderte in seinen Militärstiefeln und seiner Levi's auf sie zu. Der verschlissene Jeansstoff umschloss seine besten Teile, und sie hob den Blick zu seiner braunen Jacke mit Taschen auf Brust und Armen. Auf den Schultern waren dunklere braune Flecken, als hätte sie einmal Aufnäher gehabt, die er abgerissen hatte. Sein Stoppelbart verlieh ihm ein leicht rücksichtsloses Aussehen und war supersexy.

Sie spürte, wie ihr die Hitze in die Wangen stieg, und in ihrem Bauch flatterten Schmetterlinge. »Nein.« Sie wollte keine Schmetterlinge. Schmetterlinge führten zu anderen Gefühlen. Rein körperlichen Gefühlen, Fantasien und Begierden. »Er ist immer noch ungezogen.«

»Blake!«, rief Charlotte und winkte ihm zu. »Ich wusste, dass du kommen würdest.«

»Hab ich doch gesagt.« Er blieb neben Natalie stehen und steckte die Hände in die Taschen seiner Jeans. »Wie laufen die Geschäfte im Fotoladen?«

Sie sah ihn stirnrunzelnd an. Das war ein heikles Thema. »Nach dem, was du in meinem Laden veranstaltet hast, kann ich von Glück sagen, dass ich überhaupt noch Kunden habe.«

»Niemand hat uns gesehen. Die Tür war zu.«

Ihre Wangen brannten noch heißer, während sie mit großen, runden Augen zu ihm aufsah.

Derweil folgte sein Blick Charlottes und Sparkys Eskapaden. »Wenn du weitermachen willst, wo wir aufgehört haben«, sagte er so beiläufig, als plauderte er mit ihr übers Wetter, »sag Bescheid.«

»Das habe ich nicht gemeint.« Du liebe Güte! »Du hast Frankie vor Brandy wegen seines Monstergehänges angeschrien. Brandy hat es all ihren Freunden an der Truly High erzählt, und bevor ...«

»Moment!«, unterbrach er sie und blickte auf sie herab. »Die Schule hier heißt Truly High?«

»Ja.« In der Geschichte der Stadt waren schon mehrfach Gesuche eingereicht worden, den Namen zu ändern. Ohne Erfolg.

Blake lachte. »Echt?«

Sie warf einen Blick zu Charlotte, der es gelungen war, Sparky den Ball wieder abzujagen. »Jedenfalls weiß jetzt die ganze Stadt von Frankies Monstergehänge-Fotos.«

»Ist es nicht das, was er wollte?«

»Aber nicht das, was *ich* wollte.« Sie legte die Hand auf ihre Brust. »Jetzt denken alle, dass ich mir ihre Fotos ansehe.«

»Tust du ja auch.«

»Zu Zwecken der Qualitätssicherung!«

»Behauptest du zumindest.« Er lachte. »Ist dein Geschäft zusammengebrochen?«

»Noch nicht.« Ihre moralisch-ethischen Geschäftspraktiken schienen ihn genauso wenig zu jucken wie Lilah. Und da sie gerade vom Geschäft sprachen … Sie konnte sich nicht erinnern, was genau er als seinen Beruf angegeben hatte. Er hatte gesagt, er sei ein Navy SEAL im Ruhestand und irgendeine Art von Dienstleister. »Wie ist dein Auftrag gelaufen?«, fragte sie, während sie sich die Haare hinters Ohr strich. Sie war eindeutig neugierig.

»Gut. So gut, wie zu erwarten war.«

Das war alles? Sie sah zu, wie Charlotte mit Sparky herumtollte. »Wo warst du denn?«

»Im Jemen.«

Sie sah ihn aus den Augenwinkeln an. Durch seinen Bart kamen seine Lippen besser zur Geltung. »Im Jemen?« Sie wusste noch nicht mal genau, wo das lag. »Was hast du denn im Jemen gemacht?«

»Hast du schon mal was von John Morton gehört?« Er

warf ihr einen Blick zu und konzentrierte sich wieder auf Charlotte und Sparky. »Dem Manager eines Ölkonzerns, der vor ein paar Wochen in der Türkei entführt wurde?«

»Vage.« Sie sah keine Nachrichten. Manchmal schaltete sie sie ein, während sie das Abendessen kochte oder die Wäsche machte. Normalerweise war sie zu abgelenkt, um groß darauf zu achten, aber um nichts von dem amerikanischen Geschäftsmann mitbekommen zu haben, der als Geisel festgehalten wurde, hätte sie tot sein müssen. »Ich glaube, er wurde vor ein paar Tagen befreit.«

»Am Samstag. In einer Siedlung im Südjemen.«

»Moment.« Sie legte die Hand auf den Ärmel seiner Jacke, und er wandte sich zu ihr. »Willst du damit sagen, dass du den Mann befreit hast?«

Er sah auf ihre Hand. »Ich war Teil des Rückholtrupps.«

Groß genug dafür war er sicherlich, und seine Rückkehr passte zeitlich, aber sie war eine Frau, die nicht alles glaubte, was ihr ein Mann weismachte. Erst vor wenigen Tagen hatte Chris Wilfong versucht, ihr vor dem Maverick ein gefälschtes Lotterielos zu verkaufen. Er hatte nur fünftausend Dollar für ein Zehntausenddollar-Rubbellos haben wollen, als wäre sie so beschränkt. Und dann war da noch Michael. Er hatte sie jahrelang belogen.

»Du glaubst mir nicht?« Er schaukelte auf die Fersen zurück und runzelte die Stirn. »Verfickt noch mal.«

»Du fluchst zu viel.« Sie ließ ihn wieder los. »Ich weiß überhaupt nicht, was du beruflich machst.«

»Ich hab dir doch gesagt, dass ich privater Militärunternehmer bin.«

»Was macht ein privater Militärunternehmer?«

»Wir sind hoch qualifizierte Spezialisten.«

Das beantwortete ihre Frage immer noch nicht so ganz. »Und was ist *deine* Spezialität?«

Er überlegte kurz. »Ich werde mit vielen Dingen beauftragt, aber meine Spezialität ist Geiselbefreiung.«

Er konnte ziemlich charmant sein, aber sie konnte sich nicht vorstellen, wie er Entführern Honig ums Maul schmierte. »So was wie ein Verhandlungsführer?«

»Wenn ich hinzugezogen werde, Natalie, sind die Verhandlungen vorbei.«

Aha. »So was wie ein Scharfschütze?«

»Nein. Nicht *wie* ein Scharfschütze.« Er kratzte sich an der stoppeligen Wange und schob die Hand in seine Jackentasche. »Ich *bin* Scharfschütze. Das habe ich dir doch gesagt.«

»Hast du nicht.« Sie warf Charlotte einen Blick zu und sah wieder ihn an. »Du hast gesagt, du wärst ein Navy SEAL im Ruhestand. An das Wort ›Scharfschütze‹ hätte ich mich erinnert.«

Er sah sie mit seinen wachsamen grauen Augen an. »Jetzt weißt du's«, sagte er mit gesenkter Stimme.

Ja, jetzt wusste sie's, aber sonst so gut wie gar nichts. Sie wusste, dass er vorher in Virginia gelebt hatte, mit einem Schongarer kochte und einen Bruder hatte. Er war noch nie verheiratet gewesen und konnte es sich auch nicht vorstellen. Das war so ziemlich alles, außer dass sie jetzt auch noch wusste, dass er ein Navy SEAL im Ruhestand und Scharfschütze war. Das passte zu ihm. Manchmal kühl und distanziert, manchmal intensiv, aber immer wachsam.

Schweigen erfüllte die kalte Luft zwischen ihnen, und sie tat sich schwer, etwas zu sagen. Sie konnte ihn ja nicht gerade fragen, wie viele Menschen er schon … aus dem

Hinterhalt erschossen hatte, aber immerhin hatten sie eine Gemeinsamkeit. Gewissermaßen. »Ich kann ziemlich gut mit meinem .22 Revolver umgehen.« Er fixierte sie mit seinen kühlen grauen Augen, was sie nur noch mehr verunsicherte. »Ich meine, immerhin so gut, dass ich auf einer Biber-Zielscheibe den Schwanz treffe.«

Eine Falte erschien auf seiner Stirn, als litte er unter Schmerzen. »Das ist nicht besonders gut, Süße. Das ist nicht mal eine Fleischwunde.« Bevor sie etwas erwidern konnte, lief er schnurstracks auf Charlotte zu. Nicht, dass sie gewusst hätte, was sie hätte erwidern sollen – offensichtlich.

Ihr Blick glitt über seine breiten Schultern zum Saum seiner Jacke und seinem Hintern in der Levi's. Nicht jeder Mann sah in Levi's gut aus. Heiße Lust strich über ihren Bauch und ihre Brüste. Manche Männer hatten flache Hintern. Wie ihr Dad. Und Michael hatte trotz seines guten Aussehens immer einen enttäuschenden Hintern gehabt. Irgendwie länglich, statt perfekt gerundet wie Blakes. Sie zog die Schultern hoch und vergrub die Nase im Kragen ihres Caban. Sie fragte sich, wie viele Kniebeugen er jeden Tag machte.

Seine Anziehungskraft war rein körperlich, und sie legte den Kopf schief. Sie konnte wirklich nichts dafür. An Blake gab es einfach so viele Stellen, die es wert waren, angestarrt zu werden.

Charlotte schrie, und als Natalie aufblickte, sah sie, wie Sparky auf Charlottes Rücken sprang und sie der Länge nach zu Boden warf. Natalie stürzte zu ihr, als Sparky in das Horn an Charlottes Einhorn-Mütze biss und sie schüttelte wie ein Kauspielzeug.

Blake erreichte den Hund zuerst. »Aus!«, befahl er und ließ sich auf ein Knie nieder. Charlottes Schrei wurde schriller, und sie schlug um sich. Er befreite das Horn aus dem Maul des Welpen und fragte: »Hast du dir wehgetan, Charlotte?«

»Ja!«, jammerte sie.

Natalie kniete sich hin und rollte ihre Tochter auf den Rücken. »Wo tut es dir weh?«

»Mein Knie. Spa-ky hat – mich – mich umgeworfen und in meine Mütze gebissen.«

Natalie richtete ihre Aufmerksamkeit auf Charlottes Beine und das kleine Loch in ihrer violetten Leggings. Das Loch war vorher noch nicht dort gewesen, aber Blut war keins zu sehen. »Sieht so aus, als wärst du schlimm auf dein Knie gefallen.«

Charlotte setzte sich auf, und Tränen strömten über ihre kalten Wangen. »Ich glaub, es ist ge-gebrochen.«

»Ich glaube nicht, dass es gebrochen ist.«

»Do-och.« Sie rieb sich mit dem Rücken ihrer behandschuhten Hand unter der Nase. »Es tut weh.«

»Lass mich mal sehen«, schaltete Blake sich ein und schob den Hund beiseite. Ausnahmsweise einmal setzte sich die Töle und rührte sich nicht. »Mit gebrochenen Knien hab ich Erfahrung.«

Charlotte schluckte und stieß zwischen Schluchzern hervor: »Ja?«

»Ja. Ich musste meins sogar operieren lassen. Ich hab eine große Narbe.« Er hob Charlottes Bein an und beugte ihr Knie. »Tut das weh?«

»Ja.« Charlotte nickte. »Ich w-will keine Operation und eine Narbe!«

Blakes graue Augen sahen in ihre, und um seinen Mund zuckte es, als versuchte er, nicht zu lachen. »Ich glaube nicht, dass du eine Operation brauchst.«

Als Natalie ihm in die Augen sah und den Humor, der darin aufblitzte, und den Stoppelbart auf seinen Wangen registrierte, schien sich die Atmosphäre zwischen ihnen zu verändern. Jedenfalls für Natalie. Sie wurde dichter, und Natalies Lungen brannten. Ihr Puls hämmerte in ihrer Brust und in ihren Ohren. Blake konzentrierte sich wieder auf Charlottes Bein, und seine großen Hände betasteten behutsam ihr Knie und ihr Schienbein. »Das war ein ganz schön übler Sturz«, sagte er und bewegte ihren Fuß mit dem Stiefel hin und her. »Tut das weh?«

Sie schüttelte schniefend den Kopf. »Ich brauche ein Pflaster.«

»Eindeutig einen dicken Verband. Ich habe vier davon, dann können wir beide Beine verbinden.« Er wirkte so ernst, dass Natalie sich nicht ganz sicher war, ob er Witze machte. »Vielleicht finden wir noch ein paar mehr, damit wir auch deine Arme einwickeln können wie bei einer Mumie.«

»Mom hat Tinkerbell-Pflaster. Ich will keine Mumie sein.«

Blakes Lachen begann tief in seiner Brust und arbeitete sich nach oben. Es erwärmte die Atmosphäre zwischen ihnen. Wenigstens kam es Natalie so vor, als sie sein Lachen tief in sich einsog. Es wärmte ihre Brust und brannte sich in ihr Herz wie ein Brandmal. Sie setzte sich auf den Hintern, als hätte es ihr den Atem verschlagen, und rang nach Luft.

»Fühlst du dich besser?«, fragte Blake, und sie hätte

fast geantwortet, bevor ihr klar wurde, dass er Charlotte meinte. Bevor ihr klar wurde, dass ihm gar nicht auffiel, dass die Welt sich verändert hatte. Dass sie selbst sich veränderte und das Ziehen in ihrem Herzen nicht mehr ignorieren konnte. »Bist du wieder okay?«

Nein! Sie würde nicht wieder okay sein. Wie kam es, dass er die Veränderung nicht auch spürte? Sie überwältigte sie und erdrückte sie von allen Seiten. Sie war dabei, sich in einen Mann zu verlieben, der nicht an die Ehe oder an Beziehungen glaubte und noch nie ein Gefühl empfunden hatte, das stärker war als Lust.

Sie drehte ihr Gesicht weg, bevor er es bemerkte. »Kannst du aufstehen, Süße?«, fragte sie Charlotte.

»Vielleicht.« Charlotte wischte sich die Tränen von einer Wange, und Natalie rappelte sich hoch und half ihr auf die Beine. »Es tut immer noch weh.«

»Ich weiß.« Sie wischte Charlottes andere Wange mit ihrem Mantelärmel ab. Sie durfte sich nicht in Blake verlieben. Es war inakzeptabel. »Aber wir müssen nach Hause laufen.«

»Ich kann nicht, Mama.« Es war oft schwer zu beurteilen, ob Charlotte wirklich verletzt war oder nur eine Show abzog. Natalie verdrängte die beängstigenden Gefühle, die ihr Herz umschlangen, und konzentrierte sich auf ihr Kind. Vielleicht war Charlotte schlimmer verletzt, als Natalie dachte. Sie hatte sich in ihre Gefühle für ihren Nachbarn hineingesteigert und war eine schreckliche Mutter.

Sie nahm noch einmal Charlottes Knie in Augenschein, sah aber immer noch kein Blut. »Wir haben kein Auto dabei.«

»Dann musst du mich tragen.«

»Ich kann dich nicht den ganzen Weg nach Hause tragen.«

»Ich nehme sie huckepack«, bot Blake sich an, während er Sparky zwischen den Ohren kraulte. »Du wiegst bestimmt nicht mehr als ein Rucksack.«

Da war es wieder. Die inakzeptable Veränderung, die sie vollkommen ignorieren wollte. »Du musst sie nicht den ganzen Weg nach Hause tragen.« Sie zupfte ein paar Grashalme aus dem Garn von Charlottes Mütze, nicht ganz sicher, ob ihre Tochter, wenn sie ihr noch ein paar Minuten gab, nicht doch laufen könnte.

»Es ist nur ein halber Kilometer, und ich hab schon viel Schwereres getragen.« Er reichte ihr die Hundeleine. »Während des SEAL-Qualifikationstrainings musste ich mit Mouse Mousley auf dem Rücken neunzig Meter sprinten. Glaub mir, für einen SEAL war er ein Fettarsch.«

Charlotte schnappte nach Luft. »Das ist ein schlimmes Wort.«

»›Fettarsch‹ ist kein schlimmes Wort.« Er drehte sich um und bedeutete Charlotte, auf seinen Rücken zu klettern. »Sondern ein schlimmes Leiden.«

»Darf ich das sagen?«

»Nein!« Natalie half Charlotte dabei, die Arme um seinen Hals zu legen und hob sie hoch, während er seine Ellbogen um ihre Knie klemmte. Sie roch die kühle Brise in seinen Haaren und auf seiner Haut, und alles war so unwirklich und verwirrend. »Das ist kein Leiden. Es ist nicht wie Orangenhaut. Es ist ein schlimmes Wort.«

Er stand mühelos mit Charlotte auf, als hätte er tatsächlich schon viel Schwereres getragen. Natalie erinnerte sich nicht, dass je ein Mann ihr Kind getragen hätte. Vielleicht

Großvater Cooper, aber seit Charlotte ein Baby war, nicht mehr.

Natalie lief neben den beiden her und hielt Sparkys Leine. Gedanken rasten ihr durch den Kopf, von denen sie keinen kontrollieren konnte. Genauso wenig wie ihr außer Kontrolle geratenes Herz.

Am Rande des Parks schnürte Charlottes Umklammerung Blake fast die Luft ab. Er gab auf, und sie hielten an, damit er Charlotte auf seine Schultern heben konnte.

»Sieh nur, Mom. Ich schwebe.«

Natalie blickte zu Charlotte auf und stimmte in Blakes Lachen ein. »Das ist Musik in meinen Ohren.«

Seine großen Hände umfassten Charlottes Boots. »Deine Mom hat recht. Du bist schwer. Was gibt sie dir zu essen? Blei?«

»Nein!« Charlotte lachte. »Spaghetti.«

Natalie blieb stehen, um Sparkys Beine von der Leine zu befreien, und Blake wartete, bis sie die beiden wieder eingeholt hatte. Jeder, der es nicht besser wusste, hätte sie für eine Familie halten können, aber das waren sie nicht. Ihre engste Verbindung war ein renitenter junger Hund. Von Sparky einmal abgesehen lief nichts zwischen ihnen.

Als hätte er ihre Gedanken gelesen, drehte er den Kopf und bewies ihr das Gegenteil. Er blickte hinab auf ihre Lippen, ihre Wangen und schließlich in ihre Augen. Ihre Haut wurde heiß und kribblig und erinnerte sie daran, dass zwischen ihnen massenhaft Lust brannte. Aber manchmal hatte Lust nichts mit Liebe zu tun. Manchmal war Lust einfach nur Lust.

Blake lachte über eine Bemerkung von Charlotte und lächelte Natalie an. Ein charmantes Aufblitzen weißer Zähne und ein Verziehen seiner erotischen Lippen. Ein heißer Funke in seinen Augen, der als intensiveres Gefühl missverstanden werden konnte.

Natalie senkte den Blick auf ihre Sneakers. Sich in Blake zu verlieben wäre ein Fehler. Ein Riesenfehler. Vielleicht sogar ein noch größerer, als so viele Jahre lang Michaels Schwachsinn zu glauben. Bei ihrem Exmann konnte sie sich zumindest einreden, dass er nicht mehr der Mann gewesen war, den sie geheiratet hatte, und dass es nicht ihre Schuld war. Blake hingegen war von Anfang an gnadenlos ehrlich gewesen. Er war emotional unzugänglich, litt unter Bindungsproblemen und hielt keins von beidem für ein Problem. Sie hatte es die ganze Zeit über gewusst, und trotzdem war sie hergegangen und hatte sich in ihn verliebt.

Nein, Blake hatte kein Problem. *Sie* hatte das Problem. Sie hatte sich in einen emotional verkrüppelten, heißen, attraktiven Mann verliebt, und ihr Problem war, dass sie herausfinden musste, wie sie sich wieder *ent*lieben konnte.

NEUN

In der Mittelstufe hatten seine braunen Augen sie dahinschmelzen lassen. Als Michael Cooper sie zum ersten Mal geküsst hatte, hatte sie sich so richtig kitschig in ihn verliebt. Natalie hatte Michael mit Leib und Seele geliebt. Sie hatte seine Haare und seinen Teint geliebt und wie braun er im Sommer wurde. Sie hatte seine Brust und seine langen Beine geliebt, und dass sein mittlerer Zeh kürzer war als die anderen. Sie hatte es sogar geliebt, ihm beim Atmen zuzusehen, während er schlief. Doch dann hatte er ihr das Herz gebrochen und ihr Leben zerstört. Sie hatte Jahre gebraucht, um sich davon zu erholen, und jetzt war er wieder da und stand vor ihr. Seine braunen Augen betrachteten sie und ihr Kind, und sie empfand nichts dabei. Keine Liebe, die ihr das Herz zusammenzog. Keine überschäumende Freude, und was am verwunderlichsten war, auch keinerlei Bedürfnis danach, ihm eins auf die Nase zu geben. Noch nicht.

»Sie sieht aus wie du.«

Sie stand mit Charlotte an ihrer Seite im Wohnzimmer seiner Eltern. »Ja.« Natalie half Charlotte aus ihrem violetten Mantel. »Aber sie hat deinen ulkigen Zeh.«

»Ach ja?«

Carla nahm Natalie und Charlotte die Mäntel ab und legte sie über die Armlehne der Couch. »Und sie ist blitzgescheit. Genau wie du in dem Alter.«

Natalie spürte die fast unmerkliche Veränderung im Rückhalt der Coopers für sie. Es war nichts, was sie exakt benennen konnte. Nichts Konkretes, es war nur ein Gefühl.

»Und sie liebt Käsemakkaroni, genau wie du als Kind.« Vor Freude, ihren Sohn wieder zu Hause zu haben, strahlte Carla übers ganze Gesicht, und Natalie verstand diese Freude, auch wenn sie sie nicht teilte.

Die meisten Kinder liebten Käsemakkaroni, dachte Natalie, als sie und Charlotte sich auf das alte Blümchensofa setzten, das schon seit 1999 im Wohnzimmer der Coopers stand.

»Aber nur die aus der blauen Schachtel«, ergänzte Charlotte, die praktisch auf Natalies Schoß saß. »Die in der gelben Schachtel mag ich nicht.«

Michael setzte sich auf den Ledersessel seines Vaters nur wenige Meter entfernt. Als Teenager hatten sie in diesem Sessel rumgemacht. »Magst du sie mit Kochwurststückchen drin?«

»Das hatten wir noch nie.« Charlotte, deren blasse Wangen hochrot angelaufen waren, blickte zu ihrer Mom auf. »Ich mag keine schrumpeligen Kochwürstchen.«

Lächelnd nahm Natalie die Hand ihrer Tochter in ihre. Sie streichelte Charlotte über den Rücken und spürte, wie sie sich einen Tick entspannte. »Verkochte Würstchen werden schrumpelig«, erklärte sie ihr.

»Und Eis.« Carla setzte sich neben Charlotte ans Ende der Couch. Sie hatte kurze braune Locken und ein rundes Gesicht, und Natalie konnte fast sehen, wie sie vor Glück überschäumte. Michael war ihr Junge. Ihr einziges Kind. »Sie geht wahnsinnig gern mit ihrem Opa Eis essen.«

Natalie fand, dass Carla ein wenig zu dick auftrug. Charlotte war ein braves Mädchen. Sie war gutherzig und liebte Tiere und Menschen. Sie konnte manchmal überdramatisch sein, sich taub stellen, wenn es ihren Zwecken diente, und hatte eine verrückte kleine Roboter-Phobie, aber sie war ganz von allein wundervoll und unwiderstehlich. Natalie wusste, dass alle Mütter ihren Nachwuchs für wunderschön, lustig und begabt hielten. Das konnte nicht für jedes Kind gelten, traf auf ihres aber natürlich zu.

»Was habt ihr heute in der Schule gemacht?«, fragte Michael, ganz auf sein Kind konzentriert, und Natalie kam nicht umhin, sich zu fragen, was in seinem Kopf vor sich ging. Könnte er Charlotte lieb gewinnen, oder würde er sie wieder verlassen?

»Computerraum, und ich hab ein Lied über Tuut-hähne gesungen.«

Michael sah Natalie fragend an. »Truthähne?«

»Ja. Charlotte vergisst manchmal, das R auszusprechen, aber sie arbeitet daran.«

»Trrrrruthahn.«

»Michael konnte kein L aussprechen.« Carla lachte. »Er sagte allen, sein Name wäre Meik-o.«

»Das hast du mir schon erzählt, Oma.« Charlotte verdrehte seufzend die Augen. »Ungefähr fünfhundertmal.«

Michael lachte. »Das ist oft.«

»Na ja, vielleicht nicht ganz so oft.« Charlotte verschränkte die Fußknöchel und baumelte mit den Beinen. »Vielleicht auch nur siebenhundertmal.«

»Siebenhundert ist mehr als fünfhundert«, erklärte Natalie ihr. »So wie sieben mehr als fünf ist.«

»Ach so.« Charlotte nickte, und ihr kleiner Pferdeschwanz wippte. »Stimmt ja.«

»Vielleicht sollten du und ich in die Küche gehen.« Carla sah Natalie an, während sie sich erhob. »Michael und Charlotte brauchen ein paar Minuten, um sich kennenzulernen.«

Natalie spürte, wie sich Charlottes Rücken unter ihrer Hand versteifte. »Ist schon in Ordnung. Sie können sich kennenlernen, während ich dabei bin.«

Carlas Lippen wurden schmal. Natalie widersetzte sich nur selten ihren Wünschen, weil dazu meist keine Veranlassung bestand. Jetzt spürte sie das Missfallen ihrer Schwiegermutter, die unwillig wieder Platz nahm. Das letzte Mal, als Carla sie so angesehen hatte, war am Tag von Charlottes Geburt gewesen, als Natalie ihr den Namen ihrer Urgroßmutter und nicht den von Michaels Großmutter Patricia gegeben hatte. In letzter Zeit gerieten sie und Carla sich nur noch selten in die Haare, doch sie vermutete, dass sich das bald ändern würde.

In der nächsten halben Stunde unterhielten sich die vier über Belanglosigkeiten wie Charlottes Hund und ihren Schwimmunterricht im letzten Sommer. Nach Weihnachten war sie für einen Skikurs angemeldet, und ihre Lieblingsfarbe war violett. Es war alles äußerst surreal. Das Haus der Coopers hatte sich seit den Neunzigerjahren nicht mehr verändert. Es steckte in einer Zeitschleife aus Carlas Sammlung kostbarer Augenblicke fest: Den riesigen TV/Hi-Fi-Schrank füllte der Großbildfernseher aus, und überall hingen und standen Fotos, meist von Charlotte und Michael in seinen Glanzzeiten.

Merkwürdig. Eindeutig merkwürdig, mit Michael in diesem Raum zu sitzen. Alles sah noch so aus wie früher, und dennoch war alles anders. Äußerlich hatten die fünf Jahre Michael nicht sehr verändert. Er sah noch genauso aus wie damals, und auch seine Stimme klang noch so. Sie hatte gelegentlich mit ihm telefoniert, aber es war seltsam, ihn gleichzeitig zu sehen und zu hören.

Als es Zeit zum Aufbrechen war, half Natalie Charlotte in ihren Mantel und wartete, während sie Carla zum Abschied umarmte.

»Ich bringe euch raus«, sagte Michael und schnappte sich einen blauen Mantel aus dem Wandschrank am Wohnzimmer. Er hielt den beiden die Tür auf und schloss sie hinter ihnen. Sie gingen über die breite Veranda und stiegen die Stufen des Hauses hinunter, in dem Michael und Natalie vor vierzehn Jahren geheiratet hatten.

»Ich hatte vergessen, wie gut die Luft in Truly riecht«, bemerkte er.

Natalie knöpfte ihren Mantel zu und schlang sich den roten Schal um den Hals. Sie ging davon aus, dass außerhalb des Gefängnisses die Luft überall gut roch.

»Ich würde euch zwei diese Woche gern an einem Abend zum Essen einladen.«

»Ich weiß nicht so recht.« Sie öffnete die Tür zu ihrem Subaru und ließ Charlotte einsteigen. »Willst du deinem Dad nicht Auf Wiedersehen sagen?«

Charlotte hob die Hand. »Wiedersehen.«

Natalie beugte sich in den Wagen und schnallte sie an. »Alles in Ordnung?«

»Ja, Mama.« Sie warf einen Blick durchs Fenster zu Michael. Normalerweise war Charlotte wie ein offenes Buch, aber Natalie konnte ihre Miene nicht deuten. Das beunruhigte sie. Sie richtete sich wieder auf und schloss die Autotür. Als sie sich umdrehte, stand Michael direkt vor ihr. Nah. Zu nah. Um seine kakaobraunen Augen waren kleine Fältchen, die dort vorher nicht gewesen waren. Er schien nicht mehr so kräftig wie in ihrer Erinnerung, und er war kleiner. Sie war sich ziemlich sicher, dass er kleiner war. Da sie flache Schuhe trug, konnte es nicht daran liegen.

»Du bist so schön wie immer, Natalie.«

»Michael, nicht.« In ihrem Kopf läuteten die Alarmglocken. Was wollte er? »Ich bin die Mutter deines Kindes. Mehr nicht.«

Ein kühler Wind wehte ihm das dunkle Haar in die Stirn. »Du bist die erste Frau, die ich je geliebt habe.«

»Du hast mich verlassen, als ich schwanger war. Du bist abgehauen …« Sie schüttelte den Kopf und lief zur anderen Seite ihres Subaru. »Ich werde das nicht tun, nicht mit meinem Kind im Wagen. Ich werde nicht mit dir die Vergangenheit wieder aufwärmen. Niemals.«

»Du könntest dir meine Entschuldigung anhören.«

Sie warf ihm einen Blick übers Autodach zu. »Das ist nicht mehr wichtig. Ich habe das hinter mir gelassen. Dazu brauche ich keine Entschuldigung von dir.«

»Aber vielleicht«, sprach er in den Wind, »brauche ich die Entschuldigung für mich.«

Sie stieg in den Wagen und drehte den Zündschlüssel. Er brauchte die Entschuldigung für sich selbst. Sie setzte rückwärts aus der Einfahrt und fuhr nach Hause. Sie wusste, was Michael meinte. Damit er sich selbst verzeihen konnte, musste sie ihm verzeihen. Das überraschte sie. Nicht in einer Million Jahren hätte sie vermutet, dass er sich selbst verzeihen musste.

Doch da gab es nur ein Problem. Sie wusste nicht, ob

sie das konnte. Ja, sie hatte die Vergangenheit hinter sich gelassen, aber vergessen hatte sie es nie. Sie hatte nie vergessen, wie sie allein in ihrem Haus gesessen und geglaubt hatte, dass der Mann, den sie liebte, vermisst war. Verletzt oder tot oder sonst etwas. Doch keine dieser Vorstellungen hatte beinhaltet, dass er mit seiner neuen Freundin geflüchtet war, um ein neues Leben ohne sie und das Baby anzufangen, um dessen Empfängnis sie sich so sehr bemüht hatten. Wenigstens sie hatte sich sehr darum bemüht. Er war nur mit dabei gewesen.

»Mom?«

Natalie sah in den Rückspiegel. Sie hielt den Atem an und wartete darauf, dass Charlotte etwas über ihren Vater sagte. Ihre Tochter hatte so still auf der Couch gesessen. Nun ja, still für ein kleines Mädchen, das normalerweise pausenlos quasselte. In dem kleinen Gehirn musste sich etwas zusammenbrauen.

»Können wir heute Abend Corn Dogs essen?«

Das war alles? »Ich habe keine Corn Dogs.«

»Was haben wir denn?«

»Ich sehe nach, wenn wir nach Hause kommen.« Sie sah wieder auf die Straße, die von Pinien und Gelbkiefern gesäumt war. »Wie findest du deinen Dad?«

»Weiß nicht. Okay, denk ich mal.«

»Willst du ihn wiedersehen?«

Natalie hätte damit leben können, wenn die Antwort nein gelautet hätte.

»Ja. Wenn ich bei Oma bin.« Charlotte hielt inne. Dann sagte sie: »Ich hab aus der Schulbibliothek ein Buch über einen verschwundenen Hund ausgeliehen. Es heißt *Ein-verschwundener-Hund*-Buch.«

Das Gespräch über Michael war offensichtlich beendet, und Natalie drang nicht weiter in sie. »Wir lesen es heute Abend im Bett.« Sie bog auf die Red Fox Road ab.

Als sie zu Hause waren, rief sie Lilah an, und eine halbe Stunde später kreuzte ihre Freundin mit einer Pizza – halb Peperoniwurst, halb Käse – und einer Flasche Wein auf. Sie hatte sich die Spitzen ihrer Stachelfrisur weiß gefärbt und war mit einer Color-Block-Bluse und einem Bleistiftrock fast konservativ gekleidet. Abgesehen von ihren kniehohen Yeti-Boots.

»Irgendwann fallen dir noch die Haare aus«, prophezeite Natalie ihr, während sie den Tisch deckte.

»Ich strapaziere Haare niemals zu sehr. Auch nicht meine eigenen.«

»Mir gefällt's.« Charlotte biss ein Stückchen von ihrer Pizza ab. »Es sieht aus wie Buddy, unser Schul-Leguan.«

Natalie lachte, während Lilah schmunzelte. Sie aßen zu Abend, und danach bekam Charlotte ein Schälchen Eis zum Nachtisch, und sie warteten darauf, dass sie das Thema Michael anschneiden würde. Sie warteten, während sie ihr bei den Hausaufgaben halfen und während sie alle zusammen »Bow Tie bei einer Parade« spielten. Bow Tie war natürlich immer das schickste und schnellste Pferd in der Show. Sie warteten darauf, dass sie ihr erstes Treffen mit Michael erwähnte, während sie ein Bad nahm und während Lilah ihr eine Gutenachtgeschichte vorlas, doch sie erwähnte ihren Vater kein einziges Mal.

»Das war seltsam«, meinte Lilah, als sie über den Flur ging und sich zu Natalie in der Waschküche gesellte. »Ich dachte, sie wäre aufgeregt, ihren Vater endlich kennenzulernen.«

»Ich weiß.« Natalie griff unter das rosafarbene »Ferkeleien machen«-T-Shirt, das Lilah ihr letztes Jahr gekauft hatte. Auf der Vorderseite prangten zwei sich küssende Schweine, weshalb es nur dazu taugte, im Bett getragen zu werden. Sie hakte ihren BH auf, zog die Träger über ihre Arme und warf ihn auf den Haufen weißer Unterwäsche im Wäschekorb. »Ich hab versucht, mit ihr über ihn zu sprechen, aber sie hat einfach dichtgemacht.«

»Wie sieht Michael aus?«

Natalie zog sich eine rot getupfte Schlafanzughose an und machte sich nicht die Mühe, ihr T-Shirt hineinzustecken, das eng an ihrer Taille und ihrer Hüfte anlag. »Gut.« Sie warf ihre schwarze Hose in die Waschmaschine und dosierte Waschpulver und Weichspüler. »Irgendwie blass, wenn ich jetzt so drüber nachdenke.« Sich in der Waschküche umzuziehen war praktisch. Sie hatte es sich angewöhnt, als Charlotte noch ein Baby gewesen war und alles vollgespuckt hatte, was Natalie gehörte.

Sie schaltete die Waschmaschine ein und knipste das Licht in der Waschküche aus. Dann schnappte sie sich ihr Glas Wein von der Küchentheke und schlenderte ins Wohnzimmer. »Vielleicht ein bisschen kleiner.« Sie setzte sich auf die blaue Couchgarnitur aus leicht zu reinigender Mikrofaser. »Entweder ist er kleiner geworden oder ich bin größer.«

»Kleiner?« Lilah setzte sich auf die Couch ihr gegenüber. »Schrumpfen Männer im Knast?«

Natalie zog einen nackten Fuß unter sich und nippte an ihrem Chardonnay. »Ich glaube nicht. Vielleicht hab ich nur vergessen, wie groß er war.« Vielleicht hatte sie ihn auch unterbewusst mit Blake verglichen. Was keinem

Mann gegenüber fair war. Blake war größer und heißer. Nicht von dieser Welt.

»Hmm. Hat Michael ein Knast-Tattoo?« Lilah deutete auf ihren Augenwinkel. »Vielleicht eine Träne?«

»Eine Träne für seine toten Knastbrüder?« Natalie deutete mit den Fingern auf sie wie mit einer Pistole. »Oder lässt man sich eine Träne stechen, wenn man einen Knastkumpel abknallt?«

»Hör dir diesen Gangster-Slang an!« Lilah schüttelte lachend den Kopf. »Hast du Elliot Perrys Tattoo gesehen?«

»Nein.« Sie waren mit Elliot und etwa fünf anderen Perrys zur Schule gegangen.

»Es ist ein großer Totenkopf, der seinen gesamten Hinterkopf einnimmt. Es ist ziemlich verstörend, wenn man es von hinten sieht.«

»Hat er blutige Augen?«

Lilah nickte und trank einen Schluck.

»Letzte Woche kam Kim in den Laden, um ihre Abzüge abzuholen«, erzählte Natalie und meinte Elliots dritte Frau. »Unter den Fotos war ein Bild von diesem Totenschädel auf dem knöchernen Kopf von irgendjemandem. Ich hätte wissen müssen, dass es Elliot war.« Sie schwenkte den Wein in ihrem Glas. »Kim hat auch ein Bild von *ihrem* neuen Tattoo gemacht.«

»Was ist es? Irgendein kitschiger Spruch wie: ›Glaub an die Liebe‹ oder ›Hör nie auf zu träumen‹? ›Bleib dir treu‹ mit äu geschrieben?«

Natalie grinste und hob ihr Glas an die Lippen. »Eine Muschi direkt neben ihrer Muschi.«

Lilah rümpfte die Nase. »Bäh!«

»Rate, wie sie ihre Muschi genannt hat.«

»Stinkie?«

Natalie lachte. »Nein, aber das würde zu Kim passen. Pussy Galore.«

»Das ist so dämlich. Niemand könnte ihr je Stilsicherheit vorwerfen.« Sie drehte sich zur Seite und streckte ihre schwarzen Fellstiefel auf Natalies Sofa aus.

Apropos Stilsicherheit, Lilah sah aus, als hätte sie Ziegenbeine. Nicht, dass Natalie ihr das sagen würde. Und wenn doch, würde es Lilah nichts ausmachen.

»Sieht Michael immer noch so gut aus?«

Natalie überlegte kurz und nickte. »Er ist immer noch ein sehr attraktiver Mann. Ich bin mir sicher, er wird kein Problem haben, irgendeine verzweifelte Frau zu finden, die er poppen kann.«

»Bist du dir auch sicher, dass du nicht insgeheim wieder mit ihm zusammenkommen und mit ihm poppen willst?«

Jetzt war es an Natalie, angewidert die Nase zu rümpfen. »Nein.«

»Gut. Ich hab nämlich gelesen, dass manche Leute nach einer Trennung weiter poppen, weil es leichter ist, als jemand Neues zu finden, den man poppen kann.«

»Entspann dich, Dr. Sommer. Als ich ihn heute gesehen habe, hat das in mir keinerlei Bedürfnis ausgelöst, irgendetwas mit ihm zu machen. Schon gar nicht, Sex mit ihm zu haben.« Ehrlich gesagt kam ihr, wenn sie in letzter Zeit an Sex dachte, nur ihr Nachbar in den Sinn. Seine nackte Brust, seine Arme und sein Mund, der ihr ihren kläglichen Widerstand aussaugte. Sie rückte das gestreifte Kissen hinter sich zurecht. Sie mochte blonde Männer mit grauen Augen und kantigem Kinn. Männer, die Türen eintraten, um Geiseln zu retten, und kleine Mädchen auf den Schultern trugen, beides mit gleicher Nonchalance. »Aber er will mich und Charlotte zum Abendessen einladen.«

»Werdet ihr hingehen?«

Das Problem bei Männern wie Blake war, dass man sich nicht darauf verlassen konnte, dass sie blieben, nachdem die Tür eingetreten war. »Ich weiß nicht, ob ich mit Michael gesehen werden will.« Sie zuckte mit einer Schulter. »Nicht weil er im Gefängnis war, sondern weil alle in der Stadt tratschen und sich fragen werden, ob wir wieder zusammen sind. Dann werde ich erklären müssen, dass dem nicht so ist, und ich will mein Leben niemandem erklären, weil es keinen etwas angeht.« Natalie drehte sich nach hinten und stellte ihr leeres Glas auf den Beistelltisch aus Eisen und Holz.

»Weißt du noch, dass seine Mom immer seine T-Shirts und seine Jeans für ihn gebügelt hat?«

»Ja. Als Michael und ich frisch verheiratet waren, hatte Carla ein Problem mit mir, weil ich seine Klamotten nicht bügeln wollte.« Oder dafür sorgen wollte, dass er genug Flüssigkeit zu sich nahm.

»Carla war schon immer eine Nervensäge.« Lilah legte ihre pelzigen Beine übereinander und gähnte. »Es ist zu kalt, um nach Hause zu fahren. Hast du was dagegen, wenn ich im Gästezimmer penne?«

Natalie reckte und streckte sich. »Natürlich nicht. Deine Zahnbürste ist im Bad.« Als es an der Tür klingelte, ließ sie die Hände in den Schoß sinken. Verwundert blickte sie auf die kunstvoll verzierte Uhr aus Eisen auf ihrem Steinkamin. Es war zwanzig vor neun. Der einzige Mensch, der so unverschämt war, um diese Zeit aufzukreuzen, ohne vorher anzurufen, saß auf der Couch ihr gegenüber.

»Erwartest du jemanden?« Lilah biss sich auf die Lippen, und ihre Augen leuchteten auf.

»Nein.« Natalie stand auf und lief über den kurzen beigefarbenen Teppich. Vielleicht weil sie über ihn gesprochen hatten, rechnete sie damit, dass es Michael war. In dem Fall war sie sich sicher, dass sie ein verspätetes Verlangen überkommen würde, ihm eins auf die Nase zu geben, und sie konnte nicht versprechen, dass sie ihm nicht nachgeben würde. Abgesehen davon, dass sie Michael nicht mochte, konnte ein Mann nicht einfach so spät am Abend auf der Veranda einer Frau aufkreuzen. Es war ungehörig und unverschämt.

Der Steinboden im Eingangsbereich kühlte ihre nackten Füße, als sie durch den Türspion lugte. Es war zwar nicht Michael, aber eindeutig jemand, der ungehörig und unverschämt war. Auf ihrer Veranda stand Blake, dessen beigefarbene Navy-Baseballkappe die obere Hälfte seines Gesichts verbarg.

Als er Charlottes Einhorn-Mütze hochhielt, öffnete sie die Tür.

»Wo hast du die gefunden?« Die kalte November-Nachtluft drängte ins Haus und strich über ihr Gesicht und ihre Arme, als sie die Mütze von ihm entgegennahm.

Er antwortete nicht sofort und stand regungslos da, als wäre er plötzlich festgefroren.

»Blake?«

»Ich hab sie in Sparkys Box gefunden«, antwortete er schließlich. »Bist du allein?«

Natalie suchte Charlottes Lieblingsmütze nach Zahnabdrücken und Löchern ab. »Lilah ist da, und wir reden.«

»Nur Lilah?« Er hatte sich rasiert, seit sie ihn das letzte

Mal gesehen hatte, und sah fast seriös aus. Seriös auf große, böse, Ich-tret-deine-Tür-ein-Art.

»Ja.« Die Mütze hatte einen kleinen gezogenen Faden, war aber sonst in gutem Zustand. »Danke, aber du hättest sie auch morgen vorbeibringen können.«

»Ich fahre morgen früh weg.« Er trat ein und zwang sie, ein paar Schritte rückwärtszugehen. »Ich werde versuchen, Sparky zu euch rüberzubringen, bevor du zur Arbeit fährst.«

Er schloss die Tür hinter sich, was vermutlich hieß, dass er bleiben wollte. »Bringt es etwas, dich zu fragen, wohin du diesmal fährst?«

»Nach Südamerika.«

»Südamerika ist groß.« Seine Hüfte und sein nackter Arm stießen gegen ihre, als sie das Wohnzimmer betraten. Natalie war sich ziemlich sicher, dass Platz für sie beide gewesen wäre, ohne einander anzurempeln. Sie war sich auch ziemlich sicher, dass ihr die Berührung seines kühlen Unterarms gefiel, der ihre wärmere Haut streifte. »Konkreter geht's nicht?«

»Doch. Es ist nicht Brasilien.«

Lilah stand an der Couch und schlüpfte gerade in ihren schwarzen Wollmantel. »Ich muss gehen.«

»Was? Ich dachte, du wolltest bei mir übernachten?«

»Ich hab morgen zu tun. Ich kann nicht den ganzen Abend mit dir picheln.« Lilah sah Blake an, als wüsste sie nicht, welchen Teil von ihm sie als Erstes anstarren sollte. Das kam Natalie bekannt vor. Ihn in ihrem Haus zu haben war, als wäre G. I. Joe mit nichts als seiner Maschinenpistole und seinem salzigen Schweiß von der Kinoleinwand gesprungen und in ihrem Wohnzimmer gelandet. Er trug ein körperbetontes T-Shirt, eine Cargohose und seine Kappe, die einen Schatten auf Augen und Nase warf. »Hallo, Blake.«

»Wie geht's, Lilah?«

»Gut.« Sie ging auf Natalie zu. »Ruf mich an, wenn Michael irgendwas versucht. Ich kenne die Menschen.«

Sie hatte keine Ahnung, wovon Lilah sprach. Sie kannten dieselben Leute. »Okay.« Sie brachte ihre Freundin zur Tür und umarmte sie zum Abschied.

»Bitte«, flüsterte Lilah ihr ins Ohr, »lass dich von dem Mann flachlegen.«

»Er will nur Charlottes Mütze zurückgeben.«

»Schwachsinn. Er sieht dich an wie ein Sahneschnittchen. Seine Blicke sind so heiß, dass es mich überrascht, dass deine Klamotten nicht versengt sind.«

Wie hatte Lilah unter seiner Kappe seine Blicke sehen können?

»Jetzt mach dich locker, und geh da rein«, befahl ihr Lilah, die auf einmal wie ein Football-Coach klang. »Mach dir Notizen. Mach Fotos. Opfer dich für die Mannschaft, und erzähl mir alles.«

Natalie hatte nicht vor, irgendetwas locker oder sonst irgendwie zu machen. Sie sah Lilah nach, die in ihrem Honda wegfuhr, bevor sie zurück ins Wohnzimmer ging. »Wir haben heute Morgen überall nach dieser Mütze gesucht.« Blake stand mit Charlottes Schulfoto in der Hand vor dem Kamin.

»Das waren ohne Frage die gruseligsten Stiefel, die ich je gesehen habe«, sagte er, während er das Bild betrachtete. »Und ich grusele mich nicht so leicht.«

»Ich glaube, sie sind aus Ziegenfell.«

Sein Mundwinkel verzog sich nach oben. »Ich dachte, sie hätte einem schwarzen Labrador das Fell abgezogen.« Er stellte den Bilderrahmen zurück auf den massiven Kaminsims. »Wo ist Charlotte?«

»Im Bett und schläft.«

Er warf ihr einen Blick über die Schulter zu, wobei der Schatten seiner Baseballmütze über seine Oberlippe glitt. »Was war heute mit deinem Ex los?«, fragte er. »Hat er sich danebenbenommen?«

»Nein.« Sie warf Charlottes Mütze auf den Couchtisch.

»Warum glaubt Lilah dann, dass er etwas versuchen könnte?«

»Weil ich die erste Frau war, die er geliebt hat, und er sich einbildet, dass das etwas bedeutet.«

»Tut es das denn?«

»Für ihn vielleicht.«

Er nahm seine Kappe ab und warf sie neben Charlottes Mütze. Seine Pupillen waren sehr schwarz und seine Augen ein heißes, heißes Grau, das sie wiedererkannte. Ob diese Augen Klamotten versengten, wusste sie nicht, aber ihre Schenkel versengten sie.

»Bedeutet es etwas für dich?«

»Nein. Ich liebe Michael nicht mehr, und selbst wenn ich es täte, könnte ich ihm nie verzeihen. Er ist ein Lügner und ein Betrüger. Betrogen zu werden hat wehgetan, aber ich hasse es, wenn ich angelogen werde.« Sie presste die Beine gegen das heiße Ziehen zusammen, das sich dort bündelte. »Sonst noch Fragen?«

»Nur eine.«

Sein Blick glitt von ihren Augen auf ihre Lippen, wo er verweilte, bevor er zu ihrem Kinn und ihrem Hals wanderte. »Ist dir kalt?«, fragte er, und seine Stimme wurde samtig und leise, während sich sein Blick auf ihr T-Shirt senkte. »Oder freust du dich nur, mich zu sehen?«

Natalie blickte an sich herab, und ihre Kinnlade klappte herunter. Sie hob die Hände, um ihre harten Brustwarzen zu verdecken, die aus den Augen der zwei küssenden Schweine auf ihrem Shirt hervorragten. »Ich hab keinen BH an«, erklärte sie überflüssigerweise, während ihr die Hitze in die Wangen stieg, so heiß und schnell, dass sie befürchtete, ohnmächtig zu werden.

»Ist mir aufgefallen.« Blake trat einen Schritt vor und packte sie an den Handgelenken. »Dein Shirt ist das Erotischste, was ich seit sehr langer Zeit gesehen habe.« Er zog ihre Hände weg und hielt ihre Handgelenke weit auseinander.

Sie sollte sich aus seinem Griff befreien. Er durfte sie nicht einfach packen und ihre Arme zur Seite zwingen. Sie sollte ihm Einhalt gebieten und ihn vor die Tür setzen. Außer dass das eine Eigenschaft an ihm war, die sie antörnte. Er fragte nicht lange. Er schob sie gegen das Fenster, zog sie an den Haaren oder packte sie an den Handgelenken. Er war ein bisschen grob, und das gefiel ihr. Vielleicht sollte es das nicht, aber so war es.

»Du löst in mir den Wunsch aus, mein Gesicht in deinem T-Shirt zu vergraben und durch den Baumwollstoff deine Brustwarzen zu lutschen.«

Gott stehe ihr bei, das wollte sie auch. Er war kaum fünf Minuten in ihrem Haus, und schon wünschte sie sich, dass er sie berührte. Sie stand regungslos da, um ihm nicht instinktiv den Rücken entgegenzuwölben. Es war wirklich schockierend, wie sehr sie ihn begehrte und wie sehr sie ihm geben wollte, was er von ihr wollte. »Charlotte ist nebenan.« Doch gleichzeitig wünschte sie sich einen Mann, der sie gern hatte. Und zwar so sehr, dass er eine Bindung zu ihr eingehen wollte, die länger dauerte als nur eine Nacht. Sosehr sie sich auch bemühte, ihr Problem zu ignorieren oder darüber hinwegzukommen, sie war drauf und dran, sich in Blake zu verlieben, und es fühlte sich nicht mal falsch an.

»Dann sind wir eben leise.«

»Wir können keinen Sex haben, wenn mein Kind im Haus ist«, sagte sie, während ihre Brustwarzen unter seinem Blick noch härter wurden.

»Wer hat was von Sex gesagt, Süße?« Er runzelte die Stirn, als hätte sie ihn missverstanden. »Ich will mich nur ein bisschen amüsieren.«

Sie glaubte ihm keine Sekunde. »Und womit?«

»Mit Erwachsenenspielen.« Er ließ ihre Handgelenke los und legte die Hände auf ihre Taille. »Wie lange ist es her, dass ein Mann dich am ganzen Körper geküsst hat? Oben angefangen und unten damit aufgehört hat?«

Oh Gott. Oh nein. Sie wollte es. Sie wollte von oben bis unten geküsst werden. Er zog ihre Hüften zu sich und presste ihre dünne Baumwoll-Pyjamahose gegen den Reißverschluss seiner Cargohose. Er ließ sie seine mächtige Erektion spüren, und ihr Bauch zog sich lustvoll zusammen. Und statt ihn wegzuschieben, wie sie es tun sollte, legte sie die Hände auf seine warmen Unterarme und beobachtete, wie er sich an ihr rieb. »Eine sehr lange Zeit. Ich war superbeschäftigt.«

»Eine schöne junge Frau wie du ist niemals zu beschäftigt, um sich zu amüsieren.« Er hob ihren Kopf an und sah ihr in die Augen. »Wo soll ich dich zuerst küssen?«

Himmel, was war sie nur für eine schwache Frau, die ein moralisches Dilemma zwischen dem, was sie tun *sollte*, und dem, was sie tun *wollte*, durchlitt.

»Ich gebe dir mehrere Optionen, und wir müssen nichts machen, was dir nicht gefällt.« Wieder schaukelte er mit seiner Erektion gegen sie, und ihr wurde ganz kribblig und schwindlig zugleich. »Ich kann an der kleinen warmen Stelle knapp unter deinem Ohr anfangen, wo deine Haut nach Blumen schmeckt.«

Das klang recht unschuldig.

»Und dann ziehe ich dir dein Shirt aus und nehme deine Nippel in den Mund.«

Sie leckte sich die Lippen, während sich die Haut an ihrem ganzen Körper anspannte und sie nicht mehr denken konnte. An nichts als den harten, mächtigen Druck, der sich gegen den Scheitelpunkt ihrer Schenkel schob, und die Verheißung von Leidenschaft in Blakes Augen. Sie war eine erwachsene Frau. Sie wusste, wohin das alles führte.

»Ich kann auch in deinen Kniekehlen anfangen und mich an deinen Schenkeln hoch bis zu deinem Honigtopf lecken.«

Oh. Das klang überhaupt nicht mehr unschuldig, aber wenn sie Regeln und Optionen hatten, hätte sie danach zumindest noch Selbstachtung. Vielleicht. Wahrscheinlich. Wahrscheinlich nicht. Sie versuchte, es rational zu sehen. Es war ihr egal.

»Ich kann wählen? Wie bei einer Speisekarte?«

»Ja. Sag mir einfach, was du willst, und wie du es willst. Wenn du dich nicht entscheiden kannst, habe ich noch andere Vorschläge.« Er streifte ihre harten Brustwarzen.

»Wenn du etwas nicht aussprechen kannst, zeig einfach drauf.«

Sie wusste genau, was sie wollte, und auch, wie sie es aussprechen musste. Ihr gefiel die Vorstellung, die Wahl zu haben und von seiner Speisekarte zu bestellen. Es gab ihr eine gewisse Kontrolle. Über ihren Körper, wenn auch nicht über ihr Herz. »Wenn du ›unten‹ sagst, meinst du aber nicht meinen Po?« Sie hatte noch nie einen Mann ihren Hintern anfassen lassen. Nicht, dass es je einer versucht hätte. »Nur meine ... Vorderseite. Oder?«

»Vorder- oder Hintertürchen, ich spiele da, wo du willst. Es liegt ganz bei dir.«

Jetzt wurde ihr ein bisschen heiß und schwindelig, und sie war mehr als bereit für die Berührung eines Mannes. Seine Hände, seinen Mund und seinen harten Penis. »Wie schnell bist du?«

»So schnell, wie du mich haben willst.«

»Okay.« Sie konnte fast hören, wie der Auktionshammer neben ihr fiel. »Ich will einen Quickie von vorn.«

Er sah mit Schlafzimmerblick auf sie herab und lächelte. »Sollst du haben.«

ZEHN

Er hatte gelogen. Heute Nacht würde überhaupt nichts schnell gehen, und er war nicht der Typ, der halbe Sachen machte. In der Sekunde, als sie die Haustür geöffnet hatte, war sein Blick auf ihren Brustwarzen gelandet, die sich gegen die knutschenden Schweine reckten. Sein Schwanz war so schnell so hart geworden, dass er befürchtet hatte, aufgrund der Blutleere in seinem Kopf vornüberzufallen. Er hatte fast einen Hirnschaden davongetragen und fand, dass sie ihm etwas schuldig war. Deshalb und wegen der blauen Hoden, mit denen er sich jetzt schon seit Monaten herumquälte. Er hatte Natalie schon begehrt, als er sie das erste Mal bis zum Hintern in den Blumen gesehen hatte, und wirklich lange auf sie gewartet. Sicherlich länger, als er je auf eine Frau gewartet hatte.

»Du hast einen wunderschönen Hintern.« Er ließ die Hände zu ihrem Po gleiten und umfasste durch ihre dünne Hose ihre Pobacken. Er kippte ihr Becken und stieß seine Erektion gegen den Innensaum. Als sie nach Luft schnappte, zogen sich seine Hoden zusammen. Er blickte in ihr wunderschönes Gesicht und in ihre blauen Augen, die vor Erregung glänzten wie an dem Tag in ihrem Büro. Doch inzwischen kannte er sie besser. Hatte sie durchschaut. Was Frauen anbelangte, brauchte er normalerweise nicht so lange. Natalie war für ihn wie ein offenes Buch, aber eins, das widersprüchlich und kompliziert war.

»Ich habe keine Hand mehr frei«, stellte er fest. »Zieh dir dein Shirt bitte selbst aus.« Natalie war Geschäftsfrau. Sie war ihr eigener Boss und hatte rund um die Uhr, sieben Tage die Woche das Sagen. Ihr Verstand riet ihr, eine feste Beziehung zu suchen, doch ihr Körper sagte ihr etwas anderes. Blake ließ das Zünglein an der Waage nur allzu gern zu seinen Gunsten ausschlagen.

Sie umfasste den Saum des rosafarbenen Baumwollstoffs und zog ihn über ihren Hosenbund und ihren Nabel, über ihren flachen Bauch und die drallen Unterseiten ihrer Brüste. Sie brachte ihn noch um, und ihm drängte sich die Frage auf, wer hier in Wahrheit die Kontrolle hatte. Er hielt den Atem an und wartete. Sie lächelte leise, ob aus Befangenheit oder routinierter Anmache konnte er nicht sagen. Dann zog sie das Shirt weiter über ihre festen rosa Nippel und ihren Kopf. Ihre Haare fielen wieder nach unten und streiften ihre Schultern und ihre rechte Brustspitze. Sein Magen sackte ihm in die Kniekehlen.

»Wunderschön.« Er hob die Hand und strich mit den Fingerspitzen über sie. Sie erschauderte und presste ihre Brust in seine Hand. Als sie ihm das Gesicht entgegenhielt, küsste er sie auf den Mund. Sie schmeckte gut, nach Natalie und Sex. Sie reckte sich auf die Zehenspitzen, wobei ihre Brustwarzen durch sein T-Shirt seine Brust streiften.

Er ließ sie nur kurz los, um sich seines Shirts zu entledigen und es beiseitezuwerfen. Dann machte er sich über sie her. Küsste sie, berührte sie, spürte so viel Haut wie möglich. Ihre harten Brustspitzen stießen gegen seine nackte Haut. Zwei Punkte aus purer Lust, während sie mit den

Fingern durch seine Haare fuhr. Ihre kurzen Nägel kratzten über seine Kopfhaut und sandten eine Welle glühend heißer Lust über seinen Rücken bis zu seinen Füßen. Er musste das Tempo rausnehmen. Das Tempo drosseln, bevor es vorbei war. Bevor er sie auf die große Couch warf und sich auf sie stürzte.

Er zog sich zurück und sah ihr in die Augen, die vor Erregung ganz schläfrig waren. Als sie sich die feuchten Lippen leckte, spürte er es in seinen Lenden. Er zog ihr die Hose an den Beinen herunter, bis sie nur noch im knappen weißen Slip vor ihm stand. Zu spät bemerkte er, dass er kein Kondom hatte, was ihn nicht davon abhielt, sie hochzuheben und auf die gepolsterte Armlehne der Couch zu setzen. Sie stützte sich nach hinten ab und wölbte ihm den Rücken entgegen, als er seinen Mund auf ihre Brust senkte. Ihr Nippel war steif, und er rollte ihn mit seiner Zunge wie eine Beere.

»Ja«, flüsterte sie leise keuchend. »Genau so, Blake.«
»Gefällt es dir?«
»Mmm. Ja.«

Er nibbelte weiter an ihr und umfasste ihren Schritt. Ihr Slip war feucht, und er schob die Finger unter den Beinabschluss und berührte ihr schlüpfriges Fleisch. Sie stöhnte so lange und so tief, dass er schon fürchtete, sie käme zum Höhepunkt. Das ging ihm zu schnell. Er wollte tief in ihr sein, wenn sich die Wände ihres Körpers pulsierend um ihn krampften.

»Komm noch nicht«, warnte er sie, zog ihr den Slip aus und ließ ihn zu Boden fallen.

»Dann mach schnell«, befahl sie und griff nach seinem Hosenstall. »Ich will nicht mehr warten.« Er war ihr mit dem Knopf und dem Reißverschluss behilflich, und sie schob ihre Hand hinein. »Du hast gesagt, du würdest schnell machen.«

»Ja.« Aber das hatte er nicht so ernst gemeint. Er wollte sie nackt sehen. Alles an ihr. Er wollte sie am ganzen Körper berühren und schmecken. Doch dann umfasste sie seinen Schwanz, und er musste mehrfach lange und tief durchatmen, bevor er sich noch in Verlegenheit brachte und sich in ihrer Hand entlud. Er drehte sie um und schob ihre Füße auseinander. »Halt dich an der Armlehne fest«, befahl er und positionierte sich zwischen ihren Beinen. Sie war feucht und bereit und stieß ein kehliges Stöhnen aus, als er sich in ihr unglaublich weiches Fleisch schob. Sie war eng, und er musste sich noch ein paarmal zurückziehen und wieder in sie schieben, bevor er so tief in ihr vergraben war, dass sein Unterleib gegen ihren hübschen Hintern gepresst war.

»Alles okay?«, fragte er und hielt den Atem an.

»Ja.« Sie schob sich zurück und sah ihn über die Schulter an. »Hör nicht auf.«

Seine Hände lagen auf ihrem weichen Po, während er ihr mit langen, gleichmäßigen Stößen gab, was sie wollte. Wieder und wieder stieß er in die heiße, packende Lust ihres Körpers. Er beugte sich vor und schob ihre blonden Haare zur Seite. »Mehr?«, raunte er ihr ins Ohr, während er eine Hand auf ihre nackte Schulter legte.

»Ja, Blake. Du fühlst dich gut an. Hör nicht auf.«

Sein Herz hämmerte in seiner Brust und in seinem Kopf. Er würde vor ihr kommen. Himmel, das wollte er nicht. Er versuchte, es zurückzuhalten, obwohl er sich in ihren engen Wänden schneller bewegte. »Komm für mich, Natalie«, flüsterte er an ihrem Hals. Dann hörte er ihr langgezogenes Stöhnen und spürte das erste Pulsieren ihres Orgasmus, der ihn heftig molk und ewig anzuhalten schien. Der ihn fester und fester drückte und marterte, während er sich zurückhielt. Trotz der heißen, intensiven Lust, die nicht aufhörte. Sie kam länger als alle Frauen, mit denen er je zusammen gewesen war, und er konnte sich des Tsunamis aus leidenschaftlicher Lust tief in seinen Lenden nicht erwehren, der seine Hoden erfasste und seine Zehen krampfen ließ. Blake biss die Zähne zusammen und machte sich bereit, sich aus ihrem heißen Körper zurückzuziehen. Den zeitigen Rückzug beherrschte er wie ein Profi. Er hatte Kontrolle darüber, wohin er sich ohne Kondom ergoss. Er versuchte es einmal und noch einmal, bevor er sich tief in ihrem Körper entlud. Der intensivste Orgasmus, den er im Leben je verspürt hatte, peitschte durch seinen Körper. Er zuckte knisternd über seine Haut, erfasste seine Eingeweide und setzte seine Lungen in Brand. Er glaubte, sterben zu müssen. Über eine schöne Frau auf einer blauen Couch gebeugt, aber es war ihm egal. Er konnte sich nicht rühren. Er konnte nicht atmen. Er konnte nicht denken. Sie hatte ihn umgebracht, und sobald er wieder Luft bekam, wollte er wieder von ihr umgebracht werden.

Dann hörte er ein leises Kichern.

»Was ist?«, fragte er und biss sie sachte in die Schulter. Er würde gleich aufstehen. Sobald er sich bewegen konnte.

»Nichts.«

Er ließ die Hand zu ihrem Po gleiten und gab ihr einen sanften Klaps. »Sag's mir.« Er streichelte sie.

»Das war wirklich schnell.«

»Du bist lange gekommen.«

»Ich weiß. Das war der beste Quickie, den ich je hatte. Danke.«

»Gern geschehen. Ich finde, dafür verdiene ich einen Orden.« Er glitt aus ihrem Körper und schlang die Arme um ihre Taille.

»Wofür? Den besten Quickie auf einer Couch?«

»Für die beste Kondition.« Er stand auf und zog sie mit sich hoch. »Wie ein Rennpferd.« Er schlang die Arme um ihre Schultern. »Das war bloß das Aufwärmtraining. Auf der Langstrecke bin ich sogar noch besser.«

Sie trat von ihm weg und griff nach ihrem Slip. »Wir haben uns auf einen Quickie geeinigt.« Sie zog ihn sich an und stieg in ihre Pyjamahose. Durch ihre Haare, die ihr ins Gesicht fielen, sah sie zu ihm auf. »Einen Frontalquickie von deiner Speisekarte.« Sie griff nach ihrem Oberteil und zog es sich über den Kopf. »Auch wenn du mich vornüber gebeugt hast, hast du technisch gesehen deinen Teil der Abmachung erfüllt.«

Moment mal. Wollte sie ihn etwa vor die Tür setzen? Er fing gerade erst an. »Ich hab noch die ganze Nacht, um dich in viele andere Richtungen zu beugen.« Unterwäsche und Hose hingen um seine Fußknöchel, und er zog sie hoch.

»Es ist schon spät.«

Er rückte seine besten Teile zurecht und sah zu, wie sie ihr Shirt anzog. So spät war es gar nicht. »Wirfst du mich etwa raus?«, fragte er ungläubig, denn Frauen warfen ihn nicht raus. Nicht, nachdem er ihnen einen qualitativ hochwertigen Quickie beschert hatte und sie noch die ganze Nacht hatten, um es langsam angehen zu lassen.

»Charlotte und ich stehen früh auf.« Sie griff nach seinem T-Shirt auf dem Boden. »Wenn du Sparky rüberbringst, sind wir wahrscheinlich schon weg. Ich lasse die Seitentür für dich offen.« Sie warf ihm sein Shirt zu, das er gerade noch auffing, bevor es sich um sein Gesicht wickelte. »Und sorg dafür, dass er vorher sein Geschäft gemacht hat.«

Sie warf ihn echt raus. Unfassbar.

Am nächsten Morgen hob Natalie lächelnd eine Tasse Kaffee an ihre Lippen. Sie stand im Lagerraum ihres Ladens und zog einen Tacker aus einer Schublade unter ihrem Arbeitstisch.

Blakes Miene gestern Abend war unbezahlbar gewesen. Er hatte echt verdutzt aus der Wäsche geguckt, als sie ihn hinauskomplimentierte. Es war derselbe Gesichtsausdruck gewesen wie an dem Abend, als Charlotte und Sparky an ihm vorbei in sein Haus gehuscht waren und seinen sorgsam ausgetüftelten Plan durchkreuzt hatten, nachdem er sich so sicher gewesen war, den Hund los zu sein.

Sie stellte die Tasse auf dem Tisch ab. Dann wickelte sie ein Leinwandbild einer der hässlichsten Katzen, die sie jemals gesehen hatte, um einen Holzrahmen. Vermutlich hatten ihn noch nicht sehr viele Frauen nach dem Sex rausgeworfen. Wahrscheinlich sperrten sie ihn die ganze Nacht ein und bestellten von seinem Menü. Es mochte stimmen, dass Natalie seit sehr langer Zeit keinen Sex mehr gehabt hatte, doch sie erinnerte sich durchaus, dass Quickies nicht immer befriedigend waren. Jedenfalls nicht für die Frau. Frauen brauchten mehr Vorlauf. Mehr Vorbereitungszeit. Mehr Vorspiel.

Blake hatte recht. Er verdiente wirklich einen Orden.

Sie tackerte die Leinwand sorgfältig hinten am Rahmen fest. Blake war gut in Quickies. Als hätte er viel Übung darin. Sie war sich sicher, dass er schon seit Ewigkeiten Frauen vornüberbeugte. Wahrscheinlich seit der Pubertät.

Sie gab es nur ungern zu, aber die Vorstellung, dass er andere Frauen berührte, wie er sie berührt hatte, störte sie mehr, als sie sollte. Mehr, als ihr zustand. Sie hatte von seiner Speisekarte bestellt, und er hatte geliefert. Er hatte sogar erstaunlich gutes Essen geliefert. Sie hatte gewusst, was sie bekam. Sie hatte gewusst, dass Sex mit Blake nichts mit einer Beziehung und Gefühlen zu tun hatte. Er trennte beides voneinander, als würde eins das andere ausschließen.

Sorgfältig legte sie das auf den Keilspannrahmen aufgezogene Foto von Ted Porters haarloser Katze in einen Setzkasten. Sie konnte Blake nicht böse sein. Wenigstens sollte sie ihm nicht böse sein. Schließlich war sie diejenige, die eine liebevolle Beziehung zu einem Mann aufbauen wollte, bevor sie mit ihm ins Bett ging. Sie war diejenige, die vor Jahren diese Entscheidung getroffen hatte, und war selbst dafür verantwortlich, dass sie ihren Prinzipien untreu geworden war.

Bis sie Blake begegnet war, war ihr diese Entscheidung nicht schwergefallen. Die meisten Männer in Truly waren verheiratet oder wohnten mit einem Dutzend Katzen noch bei ihrer Mom und rochen nach Friskies. Sie hielt das Leinwandbild prüfend hoch. Männer wie Ted. Bis sie Blake getroffen hatte, war ihre Haltung zu Sex und Beziehungen kein Problem gewesen. Ihre Willenskraft war nie auf die

Probe gestellt worden, weil es keine Männer gegeben hatte, die sie interessierten. Ganz sicher keinen Mann, der sie so in Versuchung geführt hatte wie Blake.

Sie zog einen Bleistift aus ihrem Schürzenlatz und brachte an der Innenseite des Setzkastens Markierungen an. Blake hatte nicht gelogen. Sie hatte gewusst, woran sie bei ihm war. Wenn sie tiefere Gefühle für ihn hegte als er für sie, war das nicht seine Schuld. Sie war sich nicht sicher, ob sie ihre Gefühle für ihn Liebe nennen sollte. Blake Junger war nicht der Typ Mann, in den eine kluge Frau sich verliebte. Er war der Typ Mann, auf den eine Frau sich verlassen konnte, wenn sie entführt oder von Juwelenschmugglern in Cartagena gejagt wurde. Er hatte es selbst gesagt, wenn einem das Blei um die Ohren flog, war es gut, ihn dabei zu haben. Als Frau konnte man sich darauf verlassen, dass er einen beschützte. Rein körperlich, aber eine Frau konnte sich nie darauf verlassen, dass ihr Herz bei ihm sicher war.

Natalie maß die Innenseite des Setzkastens aus und tupfte Leim auf den Leinwandrahmen. Aber Blake war auch der Typ Mann, der eine Fünfjährige nach Hause schleppte, wenn sie sich am Knie verletzt hatte und ein Drama daraus machte. Das war der Mann, der ihr Herz in Wallung gebracht und sie von innen gewärmt hatte. Das war der Mann, der sie verwirrte und sie empfänglich für sein Menü machte. Dieser Blake war viel gefährlicher als der private Militärscharfschütze.

Beides war derselbe Mann. Beides derselbe Blake. Er war ein Mann, der körperlich perfekt, aber seelisch verkümmert war. Er war ein Herzensbrecher.

Natalie legte das gerahmte Foto beiseite und nahm das

zweite Leinwand-Katzenfoto für Ted in Angriff. Sie und Blake teilten sich einen Hund. Sie waren Nachbarn, und Charlotte hielt ihn für ihren besten Freund.

Sie wusste, dass Blake sie mochte, aber dass er sie mochte, bedeutete nicht, dass er mit ihr zusammen sein wollte, genauso wenig wie ein Quickie bedeutete, dass sie ein Liebespaar waren. Dass er sie mochte, hieß genauso wenig, dass er sein Leben mit ihr teilen wollte, wie die Bruchstücke, die er ihr aus seinem Leben anvertraute, bedeuteten, dass er für sie ein offenes Buch war.

Als Natalie den zweiten Setzkasten fertig hatte, bimmelte die Glocke im Kundenbereich des Ladens. Sie rechnete mit Lilah, die auf einen Kaffee vorbeikommen und mit ihr über Fotos sprechen wollte, die sie für ihre Mappe anfertigen lassen wollte. Jedenfalls war das Lilahs Vorwand, bei ihr vorbeizuschauen, doch sie wussten es beide besser. Lilah wollte Natalie wegen letzter Nacht auf den Zahn fühlen. Natalie wollte nicht alle Details ausplaudern, aber Lilah würde sie aus ihr herausquetschen. So wie immer.

Sie verließ den Lagerraum und lief an ihrer Transferpresse vorbei. Statt Lilah stand Blake auf der anderen Seite der Kundentheke. Er trug seinen braunen Mantel und ein khakifarben und schwarz gemustertes Palästinensertuch um den Hals. Es hatte angefangen zu schneien, und geschmolzene Schneeflocken reflektierten das Licht und leuchteten in seinem Haar. Sein Gesicht war ausdruckslos. Gewollt ausdruckslos, doch seine Augen verfolgten aufmerksam, wie sie sich auf ihn zubewegte, mit Blicken, die so heiß waren, dass sie Angst hatte, ihre Haare würden zu qualmen beginnen. Der sengende Blick, den Lilah erwähnt hatte. Der, der Natalie empfänglich für sein Menü machte. Der, der ihre Welt ins Wanken brachte und ihr den Kopf verdrehte.

»Ich dachte, du wärst weg.«

»Ich fahre jetzt.« Er fuhr sich mit den Fingern durchs Haar. »Ich hab Sparky zu euch ins Haus gebracht und die Tür hinter mir verschlossen. Du solltest deine Türen nicht unverschlossen lassen.«

Er war doch wohl nicht vorbeigekommen, um ihr zu sagen, dass er ihre Seitentür verschlossen hatte. »Ich lasse sie für Tilda und Charlotte offen.« Sie hatte der Babysitterin Schlüssel anfertigen lassen, doch die hatte sie schon zweimal verbummelt. »Bist du zu Thanksgiving zurück?«, fragte sie. Sie wollte nicht über gestern Abend reden. Sie wollte, dass er auf seiner Seite des Tresens blieb, seine Hände bei sich behielt und mit ihr übers Wetter plauderte. Jedenfalls nicht über Sex mit ihm. Er war gut darin, über Sex zu reden, und darüber zu reden führte immer dazu, es auch zu tun, oder wenigstens fast.

»Nein.« Er schob die Hände in die Hosentaschen. »Wenn ich wieder im Land bin, treffe ich mich mit meinem Bruder in San Diego, um Thanksgiving bei meinem Vater zu verbringen.« Er zog eine Hand aus der Tasche und sah wieder auf die Uhr. »Wenn ich zurückkomme, sprechen wir über gestern …«

»Ich vereinbare für Sparky einen Termin beim Tierarzt«, unterbrach sie ihn, um dem Thema zu entgehen.

»… gestern Abend.«

»Er muss kastriert werden.«

Er runzelte die Stirn. »Du wechselst das Thema.«

Sie grinste. »Keine Klöten mehr.«

Blake machte eine Bewegung, als wollte er seine Genitalien schützen, besann sich jedoch eines Besseren und verschränkte die Arme vor der Brust. »Er kriegt die Eier abgehackt?«

Sie bewegte die Finger wie eine Schere. »Schnipp. Schnapp.«

»Herrgott.« Jetzt bewegte er wirklich seine Hand, um seine Männlichkeit zu schützen. »Ich kann meinen Garten einzäunen. Er soll nicht gedemütigt mit leerem Hodensack herumlaufen.«

»Er ist ein Hund. Er wird aus deinem Garten entwischen und noch mehr herrenlose Welpen zeugen, wie er selbst einer war.«

Er sah aus, als wollte er sich weiter für Sparkys Eier einsetzen, ließ dann jedoch die Hand sinken. »Heb die Quittungen auf. Ich werde für die Kastration des armen Kerls aufkommen.« Er warf einen Blick auf seine Armbanduhr und sah sie wieder an. »Du weichst dem Grund aus, weshalb ich mit dir sprechen wollte.«

Allerdings, und es überraschte sie nicht besonders, dass er das bemerkt hatte. Natalie war meist nicht allzu schwer zu durchschauen.

»Wenn ich gewusst hätte, dass du ernsthaft nur an einem Quickie interessiert warst, wäre ich etwas anders an die Sache rangegangen.« Er senkte den Blick auf ihren Mund. »Ich hätte mir die Zeit genommen, es besser zu machen.«

»Es war genau das, was ich von dir wollte. Mach dir deshalb keine Gedanken.«

»Ich mache mir keine Gedanken. Wenn ich zurückkomme, versuchen wir es noch mal und kriegen es richtig hin.«

Für sie hatte es sich richtig angefühlt. »Nein.« Sie schüttelte den Kopf. »Wir können das nicht noch mal machen. Mir reicht das eine Mal.«

Er griff unter sein Palästinensertuch und zog den Reißverschluss seines Mantels auf. »Ich wusste, dass du das sagen und mich dazu zwingen würdest, dir das Gegenteil zu beweisen.«

Sie hob abwehrend die Hand. »Warte.«

»Hast du Angst?« Er trat um den Tresen herum und lächelte wie ein Jäger, der sich an seine Beute heranpirscht. »Angst, dass ich dir ein so gutes Gefühl gebe, dass du sofort mehr von meinem Menü verlangen wirst?«

»Ich habe keine Angst.« Sie hatte Panik. »Ich hab dir immer gesagt, dass ich nicht in der Gegend rumvögeln kann, nur weil es sich gut anfühlt.«

Er nahm ihre Hand und hielt sie fest. »Ich will mehr, als nur einmal mit dir zusammen sein. Ich will mehr von dir.«

Einen schrecklichen Herzschlag lang blickte sie in seine Augen, die im Nu von kalt zu heiß wechseln konnten, und ihr wurde ganz anders. »Und was willst du?«

»Ich will Küsse, die zu langen, faulen Tagen im Bett führen.«

»Aber ich habe ein Kind.« Natürlich hatte er nicht mehr gemeint als Sex.

Er küsste sie auf die Handfläche. »Nächte, die so heiß werden, dass die Laken an der Haut kleben.«

»Aber ich habe ein Kind«, wiederholte sie.

Er fuhr mit dem Mund zu ihrem Puls und saugte ein leichtes Prickeln an ihre Hautoberfläche. »Ich weiß. Ein lustiges, süßes Mädchen, das Hunde liebt und sich für ein Pferd hält. Dass du ein Kind hast, heißt nicht, dass du keinen Sex haben darfst.«

»Es heißt, dass ich verantwortungsbewusst handeln muss.« Sie entzog ihm ihre Hand, um nicht der Versuchung zu erliegen, ihm zu erlauben, auch an anderen Stellen ein Prickeln auszulösen. »Wir haben gestern Abend kein Kondom benutzt.«

»Ja. Es ist mir erst aufgefallen, als es schon zu spät war.«

»Mir ist es heute Morgen aufgefallen. Es ist eine Weile her, seit ich zum letzten Mal Sex hatte, aber das ist keine Entschuldigung dafür, nicht verantwortungsbewusst damit umzugehen.«

»Ich bin sauber«, versicherte er ihr. »Ich bin so sauber, dass es quietscht. Ich lasse mich regelmäßig auf alles von Typhus bis HIV testen. Wenn du einen Beweis brauchst, habe ich Kopien aller Laborbefunde aus dem letzten Jahr. Ich bringe sie dir vorbei.«

»Okay.« Typhus?

Er trat einen Schritt näher, bis sie den Kopf in den Nacken legen musste, um zu ihm aufzusehen. »Und du bist nicht sexuell aktiv, und nach allem, was du erzählt hast, brauche ich mir auch keine Sorgen zu machen, dass ich dich geschwängert haben könnte.«

Das war traurig, aber wahr. Sie hatte eine ganze Weile keinen Sex mehr gehabt und konnte kein Kind bekommen. Jedenfalls nicht ohne große Anstrengung. »Glaubst du mir das einfach so?« Sollte er nicht Beweise dafür verlangen?

»Ja. Du bist einer der ehrlichsten Menschen, die mir je begegnet sind.« Er legte die Hand an ihren Hals. »Das ist eines der Dinge, die ich an dir mag. Das und dein nettes Lächeln und dein toller Hintern.« Sein Daumen strich über ihre Kehle. »Und wenn ich zurückkomme, werden wir vögeln, bis sich keiner von uns mehr rühren kann.«

»Vögeln?« Sie verzog die Mundwinkel nach unten.

»Gefällt dir der Ausdruck nicht? Wie wär's dann mit: ein Schäferstündchen halten, eine Nummer schieben, ficken wie wilde Affen. Oder dein persönlicher Lieblingsausdruck: Ferkeleien machen. Such dir einen aus.«

»Ferkeleien machen« war nicht ihr Lieblingsausdruck. Es stand auf dem T-Shirt, das Lilah ihr geschenkt hatte. »Sich lieben.« Er hatte wahrscheinlich noch nie geliebt. Nur Schäferstündchen gehalten oder was auch immer.

»Das ist auch gut. Wenn ich zurückkomme, werden wir eine Nummer schieben und uns lieben wie wilde Affen.«

Sie klappte den Mund auf, um gegen Affenliebe zu protestieren. Zum Glück blieb ihr eine Antwort erspart, als Lilah zur Tür hereingeschneit kam und Schnee und zwei Styroporbecher mit Kaffee mitbrachte. Sie drehte sich nach ihrer Freundin um, die eine Fellmütze und einen Mantel trug, als lebte sie im russischen Zarenreich, statt in Truly, Idaho. »Ach, hallo, Blake«, begrüßte Lilah ihn, als sie die Becher zum Mitnehmen auf dem Tresen abstellte. »Wenn ich gewusst hätte, dass Sie auch hier sind, hätte ich mehr Kaffee mitgebracht.«

»Danke, aber ich hab schon eine ganze Kanne intus.« Er stand so nahe bei Natalie, dass die Vorderseite seines Mantels ihren Rücken streifte, und sie musste gegen das Bedürfnis ankämpfen, sich an seine feste Brust zu lehnen.

»Was ist passiert, nachdem ich gestern Abend gegangen bin?«

»Wir haben geredet«, antwortete Natalie und blinzelte Lilah zu.

»Es war nur ein kurzer Plausch«, fügte Blake hinzu und zog den Reißverschluss seines Mantels hoch. Dabei strichen die Rückseiten seiner Fingerknöchel über ihren Rücken. »Nächstes Mal unterhalten wir uns länger.«

»Lange Gespräche sind immer besser.« Lilah nahm sich ihren Kaffee. »Schöne laaange Gespräche.« Sie trank einen Schluck und sah aus, als wollte sie sich benehmen. »Beim Flötenkonzert«, fügte sie hinter ihrem Becher hinzu.

»Lilah!« Natalie blinzelte mehrmals, wie ein Morsezeichen für ihre Freundin, verdammt noch mal die Klappe zu halten. »Wir sind nicht mehr in der sechsten Klasse.«

»In der sechsten Klasse hab ich gern auf der Fleischflöte gespielt.« Blake lachte und legte die Hand auf Natalies Schulter. »Meinem Bruder gefiel Schenkelschnorcheln.«

Seine schwere Hand spendete Wärme und fühlte sich auf ihrer Schulter seltsam tröstlich an. Lilah hatte offenbar einen Gleichgesinnten gefunden, was sexuelle Umschreibungen betraf, und Natalie sah ihn über die Schulter an. »Ich dachte, du magst Schäferstündchen.«

Er sah ihr in die Augen, als würde er über ihre Worte nachdenken. Seltsam, dass er gerade »Schenkelschnorcheln« gesagt hatte. »Ich dachte, wir sprechen über Oralsex. Im Gegensatz zu Sexstellungen.«

»Schenkelschnorcheln hab ich noch nie gehört.« Lilah lachte. »Das ist ein guter Ausdruck.«

Natalie drehte sich zu ihrer Freundin um und sah sie finster an. Wenn Lilah einen Raum mit Erwachsenen betrat, drehte sich plötzlich alles um Sex. Natalie fragte sich, was sie sich als Nächstes einfallen ließe, oder ob sie sich jetzt endlich benehmen wollte.

Blake raunte ihr ins Ohr: »Wenn du den Unterschied nicht kennst, erteile ich dir eine eingehende Lektion, wenn ich nach Hause komme.«

Sie brauchte keine eingehende Lektion, und sie wusste auch nicht, warum sie überhaupt darüber sprachen. Sie spürte, wie ihre Wangen heiß anliefen. Sie hatte einen einmaligen Quickie mit Blake gehabt. Das war alles, und sie fühlte sich nicht wohl genug mit ihm, um über Sex zu reden, und das schloss auch eine eingehende Unterhaltung über Flötenkonzerte, auf der Fleischflöte zu spielen oder Schenkelschnorcheln mit ein.

»Sei nicht sauer«, bat Lilah.

»Ich bin nicht sauer. Es ist mir bloß superunangenehm, und ich frage mich, was als Nächstes kommt, das alles noch ein bisschen peinlicher macht.«

Wie als Antwort auf ihre Frage schwang die Ladentür auf, und ihr Exmann schneite mit einer Böe aus eiskalter Luft und Schneegestöber herein, das sich auf seinen dunklen Haaren niederließ. Er trat seine Stiefel auf der Matte ab und blickte auf. Seine Aufmerksamkeit richtete sich zunächst auf Natalie, dann auf Blake hinter dem Tresen. »Hallo.«

Toll. Ganz toll.

»Hallo, Michael Cooper«, flötete Lilah und stellte ihren Kaffee ab.

Er runzelte die Stirn, während er sie inmitten all des Fells ansah. Dann lächelte er. »Delilah Markham.« Er breitete die Arme aus. »Lass dich umarmen.«

Da Lilah Lilah war, konterte sie: »Ich weiß nicht so recht. Willst du mir meine Geldbörse klauen?«

Natalie riss entsetzt die Augen auf und schnappte nach Luft. Hinter ihr lachte Blake.

Michael schüttelte nur lächelnd den Kopf. »Meine Tage als Langfinger sind vorbei.«

»Dein Exmann?«, fragte Blake, als Michael so viel von Lilah umarmte, wie er mit den Armen umschließen konnte.

»Ja«, antwortete sie, und dann wurde alles noch merkwürdiger, als sich die Tür erneut öffnete und Ted Porter mit seiner haarlosen Katze hereinschneite.

»Michael Cooper!«, rief er aus, so aufgeregt, als fände im Glamour Snaps and Prints ein Highschool-Wiedersehenstreffen statt. Als wäre ihre Schulzeit nicht fünfzehn Jahre her und Michael hätte die letzten fünf davon nicht im Gefängnis verbracht. Als würde Ted nicht dort stehen und eine Katze im Arm halten, deren riesengroße blaue Augen unter einem Pillbox-Hut hervorlugten und die einen perfekt dazu passenden Leopardenfell-Mantel trug.

»Hallo, Ted.« Michael schüttelte ihm die Hand. Dann suchte und fand sein Blick wieder Natalie. »Wie geht's dir?«, fragte er Ted, während er sie über den kahl werdenden Kopf des Mannes hinweg ansah. »Wie geht es deiner Mutter?«

»Gut.« Während Ted und Lilah das schicke Outfit von Diva, der Katze, gebührend bewunderten, sah Michael weiterhin zu Natalie herüber, als versuchte er, sich über etwas klar zu werden.

Sie drehte sich um und sah zu Blake auf. »Ich muss Teds Bilder holen.« In Wahrheit wollte sie für ein paar Momente entkommen und durchatmen. Dieser Morgen erinnerte sie an Charlottes Lieblingsbuch *Wacky Wednesday* von Dr. Seuss. Nach jedem Umblättern passierte etwas noch Abgefahreneres, bis Schweine flogen und Alligatoren Auto fuhren. Es hätte sie nicht überrascht, wenn Mabel mit einem rosa Roller mit violetten Griffen und Wimpeln angerollt gekommen wäre.

Blake schlang den Arm um ihre Taille und vereitelte so ihre Fluchtpläne. »Vergiss nicht, was ich dir gesagt habe.« Er zog sie an sich und auf die Zehenspitzen. »Wenn ich zurückkomme …« – er senkte den Kopf und flüsterte an ihren Lippen – »… heiße, verschwitzte Nächte.« Dann legte er die Hand an ihr Gesicht und drückte ihr einen sanften Kuss auf die Lippen. »Wilde Affenliebe.« Er vertiefte den Kuss ein paar Sekunden länger, als am Arbeitsplatz angemessen war. Ein paar Sekunden, die so heiß waren, dass es alles Abgefahrene auslöschte, bevor er den Kopf wieder hob. »Das wird eine lange Woche.« Er tippte mit dem Finger an ihr Kinn. »Benimm dich, während ich weg bin.«

Natalie blieb vor Schreck stocksteif stehen, während sie zusah, wie er um den Tresen herumging. Das Geräusch von Blakes Stiefeln durchbrach die betretene Stille, doch das schien ihm nicht aufzufallen, während seine langen Beine ihn zur Tür hinaustrugen und er einen Wirbel aus Schneegestöber und Schweigen hinter sich ließ.

»Tja.« Lilah fand als Erste die Sprache wieder. »Ich glaube, da hat gerade jemand sein Revier markiert.«

ELF

»Ich mag keinen Frühstücksspeck«, sagte Charlotte, während sie ein Stück Pfannkuchen aufspießte. »Ich hab ihn mal probiert, und er ist salzig.«

»Deshalb schmeckt er mir ja so gut.« Michael hielt ein krosses Stück Speck hoch und steckte es sich in den Mund. »Mjam.«

Während Meg Castle ihr Kaffee nachschenkte, lehnte sich Natalie in der Nische im Shore View Diner zurück. »Danke.«

»Gern geschehen. Darf ich Ihnen noch etwas bringen?«

»Ich glaube, wir sind versorgt.« Unter den Kaffeeduft, den Fettgeruch und das Stimmengewirr der Restaurantgäste mischte sich das Klappern von Tellern und Tassen. Samstagvormittags war im Shore View immer viel los, und Natalie wünschte, Michael hätte sich für sein zweites Treffen mit Charlotte ein weniger belebtes Restaurant ausgesucht. Ein Lokal, in dem sie nicht unverhohlen angestarrt wurden und Gegenstand heimlichen Getuschels waren.

Natalie biss ein Stück von ihrem English Muffin ab, während Michael Charlotte in ein Gespräch verwickelte. Sie brauchte das Getuschel gar nicht zu verstehen, um zu wissen, dass die anderen Gäste über ihre und Michaels Vergangenheit tratschten und über ihre Zukunft spekulierten. Sie musste nicht mit eigenen Ohren hören, dass sie über Michael und sie und den großen, stattlichen Kerl sprachen, der im alten Allegrezza-Haus wohnte.

Offenbar hatte Ted seine Katze und seine Bilder mit nach Hause genommen und seiner Mutter erzählt, was er vor vier Tagen im Glamour Snaps and Prints erlebt hatte. Seine Mutter hatte es brühwarm ihren Freundinnen weitererzählt, und vom nächsten Tag an waren sie, Michael und der große, stattliche Kerl von der Grace Episcopal Church in der Pine Street bis hin zu Hennessy's Saloon um die Ecke Stadtgespräch gewesen.

Natalie pustete in ihre Kaffeetasse und trank einen Schluck. Es war ihr gelungen, jahrelang ohne Tratsch zu leben. Sie hatte sich von Michaels Skandal und ihrer Scheidung freigeschwommen. Sie hatte alle Spekulationen über ihre Verstrickung in seine Konflikte mit dem Gesetz vergessen gemacht und bewiesen, dass sie eine ehrliche Geschäftsfrau war, eine ehrbare Bürgerin und eine alleinerziehende Mutter, die sich alle Mühe gab, ihr Kind großzuziehen. Sie hatte den Klatschweibern von Truly keinen Angriffspunkt geboten. Nicht bis zu dem Tag, als der große, stattliche Kerl sie vor ihrem Exmann, ihrer besten Freundin, Ted Porter und seiner haarlosen Katze geküsst hatte. Doch dank Blake, der praktischerweise verreist war, unterstellte man ihr jetzt, in eine Dreiecksbeziehung verwickelt zu sein.

»Ich kann schon meinen ganzen Namen schreiben.« Charlotte schob ihren Teller beiseite und machte Platz für ihre Kinderspeisekarte. Sie suchte nach dem Achterpack Farbstifte, den Natalie in ihrer Handtasche mit sich herumtrug, und machte sich daran, auf die Papierspeisekarte zu schreiben. Es dauerte ein paar Minuten, aber sie schaffte es, mehr schlecht als recht. Ein paar Buchstaben waren größer geraten als die anderen, und als ihr der Platz ausging, hatte sie die letzte Hälfte ihres Nachnamens oben aufs Papier gekritzelt. »Da.« Mit einem Lächeln drehte sie die Karte um und schob sie über den Tisch zu Michael. »Charlotte Elizabeth Cooper.«

»Wow.« Er studierte ihre Schrift, während er seine Kartoffelrösti aß. »Das ist wirklich gut.« Er sah zu Natalie auf. »Können ihre Schulkameraden auch schon ihren ganzen Namen schreiben?«

»Ein paar.« Er hatte keine Ahnung von den Entwicklungsphasen und kleinen Erfolgserlebnissen einer Fünfjährigen, und seine Frage zeigte nur allzu deutlich, wie wenig Anteil er bisher am Leben seines Kindes gehabt hatte. »Charlotte und ich haben den ganzen Sommer lang geübt.«

Er senkte den Blick auf seine Tochter. »Was kannst du sonst noch schreiben?«

Achselzuckend aß sie noch ein Stück Pfannkuchen. »Ich kann wö-klich gute Bilder malen.« Sie trank einen Schluck Milch und leckte sich das Milchbärtchen von der Oberlippe. »Hast du Papier, Mom?«

Natalie durchsuchte ihre Handtasche und zog den leeren Umschlag einer Stromrechnung heraus. »Mal auf die Rückseite.«

»Okay.« Charlotte wählte einen blauen Stift und machte sich an die Arbeit.

»Was macht ihr zwei an Thanksgiving?«, fragte Michael.

»Wahrscheinlich bleiben wir einfach zu Hause. Meine Mutter wohnt ja jetzt bei meiner Tante Gloria.«

»Ich hab davon gehört. Wie geht es deiner Mutter?«

Ihre Mutter hasste Michael, und Natalie war sich ziemlich sicher, dass das auf Gegenseitigkeit beruhte, und das nicht erst seit Michaels Festnahme. Ihre Mutter gab Michael die Schuld daran, dass Natalie nie studiert hatte. Doch trotz allem, was man ihm vorwerfen konnte – daran war er ausnahmsweise nicht schuld. »Mom geht's gut. Nach ihrer Pensionierung hat sie ihr Haus verkauft und sich einen Wohnauflieger gekauft.« Hier in dem Diner zu sitzen, in dem sie schon als Teenager gegessen hatten, war einfach grotesk und unangenehm. Sie kannte den Mann, der ihr gegenübersaß. Wusste, dass er ein Muttermal auf der Schulter und am Knie ein Dreieck aus Sommersprossen hatte. Und trotzdem kannte sie ihn überhaupt nicht. »Sie hängen ihn an Onkel Jeds Truck und reisen zu dritt viel damit rum.« Den Michael, der sie einfach hatte sitzen lassen, hatte sie nicht gekannt, und diesen Michael hier kannte sie auch nicht. »An Thanksgiving sind sie wahrscheinlich noch in Arizona.« Ihre Mom liebte den Wohnauflieger, Charlotte auch, aber Natalie hätte sich keine schlimmere Art vorstellen können, den Feiertag zu verbringen.

»Dann solltet ihr zwei an Thanksgiving zu meinen Eltern kommen.«

Außer mit den Coopers. »Nein.«

Als Natalie den Kopf schüttelte, ließ er ein schmeichelndes Lächeln aufblitzen, das früher ihr Herz erweicht hätte. Die Zeiten waren vorbei. »Es ist mein erster richtiger Feiertag seit langem, und ich würde ihn sehr gern mit euch verbringen.«

Und sie würde ihn sehr gern in Pyjamahose und T-Shirt verbringen. Von morgens bis abends. An den Tagen nach

Thanksgiving machte sie den Fotoladen immer zu und wollte einfach nur faul sein. »Charlotte mag nicht mal Truthahn.« Sie würden einen Junkfood-Tag einlegen und sich Fertigkroketten und Pizza Rolls in den Ofen schieben. »Wir wollen einfach nur zu Hause bleiben.«

»Verbringst du den Tag mit deinem Freund?« Sein Lächeln verschwand.

Sie machte sich nicht die Mühe, ihm zu sagen, dass Blake nicht ihr Freund war. Wenn es dabei half, Michael davon abzuhalten, sich wieder bei ihr einzuschmeicheln, war ihr das nur recht. »Das geht dich nichts an.«

»Wenn er Umgang mit meinem Kind hat, tut es das.« Er lehnte sich zurück und griff nach seiner Tasse.

Spielte er auf einmal den besorgten Vater? »Nein.« Sie schob ihren Teller weg und beugte sich vor. »Du bekommst kein Mitspracherecht, wenn es darum geht, wer Umgang mit ...« Sie hielt inne, da sie sich Charlottes kleiner Ohren und der größeren Ohren der anderen Restaurantgäste bewusst wurde. »... mit du weißt schon wem hat. In den letzten fünf Jahren warst du auch nicht da.«

»Aber jetzt schon, und ich bleibe hier.«

Klar. »Mir fällt es schwer, dir das zu glauben.« Sie lehnte sich zurück. »Ich habe ... du weißt schon wen ... ganz allein großgezogen, und du kannst nicht einfach zurück in unser Leben kommen und anfangen, mich herumzukommandieren.« Sie warf einen Blick auf Charlotte, die völlig ins Malen vertieft war. »Wenn du nächstes Jahr um diese Zeit immer noch hier bist, reden wir weiter.«

»Ich hab doch gesagt, ich bleibe hier.«

»Ich hab's gehört.« Natalie warf ihre Serviette auf den Tisch und sah sich um, um sich zu vergewissern, dass niemand im Diner sie belauschte. »Du hast die Vergangenheit vielleicht vergessen, aber ich nicht.«

»Ich hab es nicht vergessen. Ich lebe jeden Tag damit.« Reue zerfurchte seine Stirn. »Ich muss mit der Reue, mit der Scham und mit den Dingen leben, die ich nicht ändern kann. Ich kann nur Wiedergutmachung leisten und den Leuten zeigen, dass ich mich verändert habe.«

Das könnte eine Weile dauern, dachte sie sarkastisch und fühlte sich sofort schlecht, weil er ihr aufrichtig vorkam. Andererseits war Michael ein glänzender Lügner und hatte sie schon in der Vergangenheit getäuscht.

»Fertig.« Charlotte drehte den Umschlag herum. Sie hatte eine Sonne gemalt, drei staksige Strichmännchen und ein schwarzes Fellknäuel mit kurzen Beinen. »Das sind Mama und ich.« Sie deutete auf die zwei unterschiedlich großen Strichmännchen mit gelben Haaren. »Und das ist Spa-ky, mein Hund.« Dann zeigte sie auf die andere Figur. »Und das ist Blake.«

Michael hob fragend den Blick zu Natalie, während Charlotte weiterschwatzte.

»Blake ist mein bester Freund. Er macht Spa-ky-Kacke weg«, erklärte sie und sprach schneller, bevor ihre Mutter sie davon abhalten konnte. »Einmal hat Spa-ky meine Hello-Kitty-Haarschleife gefressen, und sie war in seiner Kacke. Blake hat sie gefunden und ein wö-klich schlimmes Wort gesagt.«

»Charlotte, das ist ekelhaft.« Es war ihr doch tatsächlich gelungen, zweimal das Wort Kacke einzubauen und einmal zu petzen. Eine echte Sternstunde. »Nimm bei Tisch bitte nicht dieses Wort in den Mund.«

Charlotte hielt sich kichernd die Hand vor den Mund.

Michaels Mundwinkel verzogen sich nach oben, und er fing an zu lachen. »Ich hatte mal einen Hund, der Steine gefressen hat. Erinnerst du dich noch an Henry, Natalie?«

»Na klar.« Henry war ein extrem unausstehlicher Beagle gewesen.

»Henry hatte *immer* Steine in seiner Kacke.«

Charlotte schüttete sich aus vor Lachen.

»Dein Opa ist ständig mit dem Rasenmäher drübergefahren.«

»Michael«, warnte Natalie ihn.

»Einmal ist aus dem Mäher ein Stein in Omas Garten geflogen und hat einem blöden Gartenzwerg den Kopf abgeschlagen.«

Charlotte sah ihn mit großen Augen an. »War Oma sauer?«

»Ja. Sie hat ihn wieder zusammengeklebt. Aber ein Auge hat sie nie wiedergefunden. Ich glaube, den ramponierten Gartenzwerg hat sie immer noch irgendwo.«

»Den will ich sehen.«

»Wenn ihr zu Thanksgiving vorbeikommt, kann ich ihn dir zeigen.«

»Können wir hingehen, Mama?«

Natalie zog die Augenbrauen zusammen. »Ich denk drüber nach.«

»Das heißt immer nein.« Charlotte seufzte.

»Ich hab viel wiedergutzumachen, Natalie.« Michael betrachtete das Bild, das Charlotte gemalt hatte, und Natalie wusste, was er dachte. Dass *er* auf dem Bild sein sollte statt Blake. Wenn er sich anders entschieden hätte, wäre er mit Charlotte und Natalie darauf zu sehen. Vielleicht aber auch nicht. Er war von ihr gelangweilt gewesen und hatte sich eine andere gesucht. Er konnte behaupten, ein anderer Mensch zu sein, es vielleicht sogar ernst meinen, aber was geschehen war, konnte er nicht ändern. Und Charlotte hatte recht. »Ich denk drüber nach« hieß immer nein.

Auf Ron Coopers Großbildfernseher prallten die Cowboys und die Ravens mit den Helmen zusammen. Vielleicht waren es auch die Steelers und die Lions oder die Packers und die Raiders. Natalie hatte keine Ahnung und bekam den Football-Spielplan nie auf die Reihe. Hauptsächlich, weil es ihr schlicht und ergreifend egal war.

Sie war dabei, den Thanksgiving-Tisch der Coopers mit Bestecken und Leinenservietten einzudecken. Als Jugendliche war sie zwar Cheerleaderin gewesen, hatte sich aber nie für Sport interessiert.

Wie kam es bloß, dass sie heute hier gelandet war? Und den Tisch deckte, während Carla den Truthahn beträufelte und Michael und Ron sich das Spiel ansahen und alle einen auf glückliche Familie machten? Wie war das passiert, obwohl sie letzte Woche beim Frühstück mit Michael ausdrücklich nein gesagt hatte? Sie hatte ihm ausführlich erklärt, dass sie und Charlotte zu Hause bleiben wollten. In gemütlichen Pyjamahosen und Lämmchen-Hausschuhen, und trotzdem fand sie sich mit ihrem braunen Pulloverkleid, T-Riemen-Pumps und einer Strumpfhose im Esszimmer der Coopers wieder. Sie hatte sich die Haare aufgedreht und Make-up aufgelegt, und das alles nur, weil sie sich einen kurzen, schwachen Augenblick egoistisch und hartherzig vorgekommen war. In diesem schwachen Moment im Shore View Diner hatte sie sich schlecht gefühlt, weil Charlotte auf dem Bild Blake statt Michael gemalt hatte, und ihm versprochen, über Thanksgiving nachzudenken. Jeder wusste, dass »Ich denk drüber nach« nein hieß. Genau wie »Schauen wir mal« nein hieß und »Vielleicht« »Ich kann durch Nörgeln dazu genötigt werden«.

Jammerschade, dass Carla das nicht wusste. Sie hatte am Tag nach dem Frühstück im Shore View bei Natalie angerufen, um ihr ein Thanksgiving-Gericht zuzuteilen. Michaels geliebte Cranberry-Götterspeise natürlich. Sie und Charlotte hatten sich nach Kräften bemüht, sie in ihrer Gockel-Form herzustellen. Leider war sie nicht ganz steif geworden und sah eher aus wie blutige Schmiere.

»Ich bin so froh, dass du heute gekommen bist.« Carla umarmte Natalie im Vorbeigehen. »Es ist so schön, die Familie wieder beisammenzuhaben.«

»Carla ...« Natalie schüttelte den Kopf, während sie das letzte Besteck auf eine Leinenserviette legte. Nebenan schrien Michael und Ron aufgeregt vor dem Fernseher, und zum ersten Mal, seit sie zurück nach Truly gezogen war, fühlte sich Natalie im Haus der Coopers unwohl und deplatziert. »Ich bin seine Exfrau. Kein Teil der Familie mehr.«

»Natürlich bist du das.«

Carla und Ron hatten Natalie auf jede mögliche Art und Weise unterstützt, doch das musste sich jetzt ändern. Michael war wieder zu Hause. Er war ihr Sohn. Ihre Loyalität wäre immer ihm geschuldet, und die Wahrheit lautete, dass sie nicht mehr zur Familie gehörte. Sie war keine Blutsverwandte. Sie legte das letzte Messer hin und drehte sich zu ihrer ehemaligen Schwiegermutter um. »Carla, du und Ron wart mir in den letzten fünf Jahren eine riesengroße Hilfe, und ihr sollt wissen, dass ich für alles, was ihr für mich getan habt, dankbar bin.«

»Wir haben dir gern geholfen.«

Natalie schluckte. Sie wollte ihnen Thanksgiving nicht verderben, aber sie fand, dass sie reinen Tisch machen musste. »Vor ein paar Monaten hat Michael mich gefragt, ob wir nicht wieder zusammenkommen wollen.«

Carla stellte lächelnd Kerzen auf den Tisch. »Er hat es mir erzählt. Ron und ich würden uns freuen, wenn es so käme.«

Genau das hatte Natalie befürchtet. »Das wird nicht passieren, Carla.«

»Ich weiß, dass du momentan nicht so denkst, aber ...«

»Ich werde meine Meinung nicht ändern«, unterbrach sie. »Ich liebe Michael nicht mehr.«

Carla richtete sich auf, und ihr Lächeln erstarb. »Vielleicht jetzt nicht, aber du könntest dich wieder in ihn verlieben.«

Natalie schüttelte den Kopf. »Nein. Das wird nie passieren.«

Carla blinzelte, und ihre braunen Augen füllten sich mit Tränen. »Er hat sich geändert. Ihm tut leid, was er getan hat, und er bekennt sich zu seinen Fehlern.«

»Das hoffe ich aufrichtig.« Mist. Sie hatte Carla zum Weinen gebracht. An Thanksgiving. Sie versuchte, die Situation zu retten. »Willst du nicht, dass Michael eine Frau findet, die ihn so lieben kann, wie er es verdient?« Wie hatte das passieren können? Wieso war sie plötzlich die Böse? »Diese Frau bin ich nicht.«

»Aber du hattest seit Jahren keinen Freund mehr.«

Hatte ihr Warten auf den Richtigen den Coopers falsche

Hoffnungen gemacht? »Ich wollte Charlotte nicht mit einem Mann konfrontieren, solange es mir nicht ernst war, aber das heißt nicht, dass Michael und ich je wieder zusammenkommen. Das werden wir nicht.«

Carla schien an Ort und Stelle in sich zusammenzufallen, als hätte Natalie sie mit einer Nadel gepiekst. Tränen liefen ihr über die Wangen, und sie murmelte etwas von einem gebrochenen Herzen, bevor sie aus dem Zimmer rannte.

»Was ...?« Natalie hatte nur das Richtige tun wollen. Sie hatte nur gewollt, dass dieses neue Kapitel in ihrer aller Leben harmonisch begann. In gutem Einvernehmen, doch stattdessen hatte sie Thanksgiving verdorben. Danach ging alles schief, was schiefgehen konnte. Carla verbrannte die Brötchen, und der Truthahn war trocken wie Sperrholz. Charlotte zappelte auf ihrem Stuhl herum und wollte nicht essen. Sie verschüttete ihre Milch und zog sich ihren Tüllrock über den Kopf. »Tschuldjung«, murmelte sie unter dem großen, bauschigen Rock.

»Entschuldigung«, korrigierte Natalie ihre Tochter, vielleicht strenger als sonst. Sie wischte die Sauerei weg und zog Charlotte in die Küche, um sie ins Gebet zu nehmen. Charlottes Lippe zitterte, dann brach sie in Tränen aus. Toll! Wen würde Natalie als Nächstes zum Weinen bringen?

Sie und Charlotte kehrten an den Tisch zurück, wo Ron und Michael sich weiter unbeschwert unterhielten, als wären sie alle eine große glückliche Familie. Carla saß Natalie gegenüber und fuchtelte mit einer Hand mit ihrem Messer herum, während sie sich mit der anderen die Augen wischte. Okay, das Messerfuchteln bildete sich Natalie vielleicht nur ein.

»Ich habe diesen Märchenfilm für Charlotte gekauft.

Von Disney«, verkündete Carla, als sie ihr Besteck auf dem Teller ablegte und ihn beiseiteschob.

Sie bot nicht an, ihn ihnen mit nach Hause zu geben. »Charlotte ist müde. Wir können ihn uns nächstes Mal ansehen.«

»Ich will bleiben und den Märchenfilm angucken, Mama.« Charlotte drehte sich um und sah Natalie an. »Es ist mein Lieblingsfilm. Ich bin jetzt auch wö-klich brav. Versprochen.«

»Schätzchen, ich bin müde.« Natalie atmete tief ein und stieß die Luft wieder aus. Ein dumpfer Schmerz drückte auf ihre Schläfen, und sie hätte sich lieber mit Carlas Gartenzwerg eins überbraten lassen, als eine Sekunde länger als nötig bei den Coopers zu verbringen. »Wir können ihn uns ein andermal ansehen.«

»Ich kann sie später nach Hause bringen«, bot Michael an.

Natalie hob den Blick zu ihrem Exmann und sah in seine braunen Augen. Er hatte weder sein billiges Grinsen noch ein charmantes Lächeln aufgesetzt. Er sah sie nur an und wartete auf ihre Antwort.

»Bitte, Mommy.«

»Okay«, gab sie nach, weil sie so gern nach Hause wollte, dass sie befürchtete, als Nächste in Tränen auszubrechen. Außerdem könnte sie so ein paar Stunden ungestört ein ausgiebiges Bad nehmen. Oder ein Nickerchen machen oder sich im Fernsehen ansehen, was sie wollte. Oder Staubsaugen.

»Sie kann auch hier übernachten«, warf Carla ein.

Bevor Natalie nein sagen konnte, sprang Charlotte von ihrem Stuhl auf. »Ja! Dann kann ich den Märchenfilm zweimal sehen. Vielleicht auch fünfmal.« Sie warf die Hände in die Luft und schüttelte den Kopf. Dann rannte sie los und galoppierte vom Esszimmer in die Küche, um ihre Aufregung abzureagieren.

»Es ist zu früh.« Natalie fühlte sich unter Druck gesetzt, und das passte ihr nicht.

»Sie übernachtet doch ständig hier«, erinnerte Carla sie.

Das stimmte. Charlotte hatte bei den Coopers sogar ihr eigenes Zimmer. Sie wollte gern bleiben. Sagte Natalie nur nein, weil sie sich unter Druck gesetzt und manipuliert fühlte? Das war Charlotte gegenüber nicht fair. »Na schön«, gab sie nach, war aber nicht glücklich darüber. Sie legte ihre Serviette auf den Tisch und stand auf. »Ich helfe dir noch mit dem Abwasch, bevor ich gehe.«

»Nicht nötig.« Auch Carla, plötzlich wieder ganz fröhlich, erhob sich und komplimentierte Natalie praktisch hinaus. Wahrscheinlich aus Angst, dass sie es sich noch anders überlegen könnte.

»Sorg dafür, dass sie mich heute Abend anruft, bevor sie ins Bett geht«, sagte Natalie, während sie ihren Caban zuknöpfte und sich ihre schwarze Handtasche schnappte.

»Natürlich.«

Sie gab Charlotte einen Abschiedskuss, und Michael brachte sie hinaus zum Auto. Die Absätze ihrer Pumps versanken in dem zentimeterhohen Schnee auf dem Gehsteig der Coopers. Michael nahm ihren Arm. Es war eine galante Geste. Etwas, das er für jede Frau tun würde, aber sie war nicht irgendeine Frau. Es hatte einmal eine Zeit gegeben, als seine Berührung ihr ein Gefühl der Sicherheit vermittelt hätte. Und eine andere, als ihr Arm davon gekribbelt hätte. Doch heute fühlte sie sich nur unwohl.

»Tut mir leid, dass ich die Thanksgiving-Feier deiner Mutter verdorben und sie zum Weinen gebracht habe«, sagte sie, während sie zur Fahrertür ihres Subaru gingen.

»Worum ging es denn?« Michael trug keinen Mantel, nur sein blaues Hemd und eine marineblaue Hose. Der kalte Wind fuhr ihm in die Ärmel, zerzauste sein kurzes Haar und verlieh seinen Wangen Farbe. Er sah gut aus. So attraktiv wie der Junge, mit dem sie ausgegangen war und den sie geheiratet hatte.

»Sie hat sich Hoffnungen gemacht, dass du und ich wieder zusammenkommen. Ich hab ihr gesagt, dass daraus nichts wird.«

Er ließ die Hand sinken und schob sie in seine Hosentasche. »Das ist wahrscheinlich meine Schuld. Sie weiß, dass ich meine Familie zurückhaben will.«

»Wir sind keine Familie, Michael.« Sie deutete auf ihn und dann auf sich. »Ich bin nicht mehr mit dir verheiratet. Du hast mich für ein Bankkonto im Ausland und eine jüngere Frau verlassen. Warum bin ich die Einzige, die sich daran zu erinnern scheint?«

Er sah betreten auf seine Schuhspitzen und runzelte die Stirn. »Ich erinnere mich, Natalie. Ich erinnere mich daran, was ich getan habe. Was ich dir, meiner Familie und den Menschen angetan habe, die mir ihr Geld anvertraut haben.« Er schüttelte den Kopf. »Ich könnte dir erklären, warum ich es getan habe, aber jetzt scheint kein guter Zeitpunkt dafür zu sein.«

Sie glaubte nicht, dass es je einen guten Zeitpunkt dafür geben würde. »Du hast mir gesagt, du wärst gegangen, weil ich langweilig sei.«

Er blickte auf. »Das weiß ich nicht mehr.«

»Ich schon.«

Er holte tief Luft und stieß sie wieder aus. »Du warst nicht langweilig. Es hatte eigentlich gar nichts mit dir zu tun. Es lag an mir.«

»Es hatte nichts mit mir zu tun?« Machte er Witze? »So hat es sich aber verdammt noch mal angefühlt.«

»Ich meine, es war nicht deine Schuld. Ich habe die Prinzipien und Werte verloren, die meine Eltern mir anerzogen haben. Ich habe mich selbst und dich verloren.« Er zog frierend die Schultern hoch. »Ich habe eine Menge verloren.«

Sie auch.

»Wirst du mir je verzeihen können?«

Sie zuckte die Schultern. Er hatte nicht viel mehr gesagt, als dass es ihm leidtäte, und sie wusste nicht, ob sie mehr hören wollte. Sie wusste nicht, ob es irgendetwas gab, das er sagen könnte, was sie dazu bringen könnte, ihm das Unverzeihliche zu verzeihen. »Wenn du nur mich verlassen hättest, könnte ich dir vielleicht verzeihen. Ich bin auch nicht perfekt. Ich habe sicher auch Fehler gemacht, aber du hast Charlotte im Stich gelassen. Du hast dein Baby im Stich gelassen, und du wolltest nie zurückkommen.« Sie versuchte, das Brennen in ihren Augen wegzublinzeln. »Ich liebe dieses Kind so sehr, dass in meinem Herzen nicht genug Platz dafür ist. Jedes Mal, wenn ich sie ansehe, wird meine Liebe noch größer. Sie bedeutet mir alles. Alles, und du bist abgehauen, als wäre sie ein Nichts. Ich glaube nicht, dass ich dir das je verzeihen kann.«

»Sie war damals nicht real für mich.« Er trat einen Schritt vor und legte die Hände auf ihre Arme. »Das ist keine Entschuldigung. Wir haben uns so lange so sehr bemüht, sie zu bekommen. Als du endlich schwanger wurdest, hatte mein Leben eine ganz andere Richtung genommen.« Er drückte ihre Arme und schüttelte den Kopf. »Ich glaube, wir haben vergessen, wie es ist, ein Paar zu sein. Wir haben vergessen, wie unkompliziert es zwischen uns war. Wir haben vergessen, dass wir uns schon seit der zehnten Klasse geliebt haben.«

Sie hatte nicht vergessen, wie es gewesen war, mit ihm zusammen zu sein. Sie war mit ihm nicht unglücklich gewesen. Sie war viel zu sehr mit ihren Fruchtbarkeitsbehandlungen und ihren verzweifelten Versuchen, ein Baby zu bekommen, beschäftigt gewesen, um darüber nachzudenken, ob sie unglücklich war. »Ich habe mich gefragt, ob es nicht zu viel für dich war. Ich habe mich oft gefragt, ob du unglücklich warst, während ich so von meinem Kinderwunsch in Anspruch genommen wurde, dass ich es nicht bemerkt habe.« Nicht, dass das sein Handeln entschuldigte, und sie hatte schon vor Jahren aufgehört, sich selbst in Frage zu stellen.

»Du warst immer so unkompliziert.« Er legte die Arme um ihre Taille und zog sie an sich. »Du hast mir gefehlt, Nat.«

Ein paar Sekunden ließ sie seine Umarmung zu. Während der kalte Wind die Spitzen der Kiefern durchrüttelte, erlaubte sie sich, seine Arme und seine Wange an ihrer Schläfe zu spüren. Es fühlte sich seltsam an. Als wäre er jemand, den sie kennen sollte, aber nicht kannte. Sie liebte ihn nicht. Sie hasste ihn nicht. Sie wollte nur nach Hause.

Sie befreite sich aus seiner Umarmung. »Nicht, Michael.«

»Ich liebe dich, und ich will dich zurück.«

Sie sah ihm in die Augen und sagte ihm die Wahrheit. Um seiner, ihrer und Charlottes willen. »Ich liebe dich nicht, Michael.« Sie verletzte ihn und zog keine Befriedigung aus dem Schmerz in den braunen Augen, die sie einmal über alles geliebt hatte. »Und ich glaube auch nicht, dass du mich liebst. Ich bin nur unkompliziert, wie du eben gesagt hast.«

»Sag mir nicht, dass ich dich nicht liebe, Natalie. Ich habe im Gefängnis viel Zeit gehabt, über alles nachzudenken.« Er schniefte und ließ die Hände sinken. »Liebst du ihn? Den Riesenkerl, der Hundekacke aufliest?«

Blake? Liebte sie Blake? Sie senkte den Blick auf ihre Schuhe und kramte die Autoschlüssel aus der Manteltasche. Ihre Füße waren eiskalt.

»Ist es so?«

Sie befürchtete sehr, dass es so war, doch der letzte Mensch, mit dem sie darüber sprechen wollte, war ihr Exmann. Vor allem, da Blake nicht dasselbe für sie empfand. »Geh ins Haus, Michael. Es ist eiskalt hier draußen, und meine Füße sind taub.«

»Liebst du ihn, Nat?«

Aber sie kannte Michael. Wenn sie beim zweiten Mal nicht antwortete, würde er sich seinen Teil denken. Sie sah auf. »Ja.«

Er schloss die Augen, und sie befürchtete, dass er weinen würde. Zuerst Carla, dann Charlotte und jetzt Michael. Sie war heute in Top-Form.

»Ich bringe Charlotte morgen nach Hause.« Als er ihr die Autotür öffnete, sahen seine dunklen Wimpern verdächtig feucht und seine Wangen ein wenig zu gerötet aus. »Ich rufe vorher an.«

»Fröhliches Thanksgiving«, sagte sie, als wäre der Zug nicht längst abgefahren. Sie stieg in ihren Wagen, und Michael schloss die Tür. Es war nicht ihre Schuld, dass alle weinten, sagte sie sich, als sie den Schlüssel im Zündschloss drehte. Charlotte war fünf und konnte auf Kommando die Tränenschleusen öffnen. Es war nicht ihre Schuld, dass Carla und Michael weinten. Sie liebte Michael nicht, und das war Michaels Schuld und nicht ihre. Es hatte einmal eine Zeit gegeben, als er ihr Ein und Alles gewesen war. Eine Zeit, als sie alles für ihn getan hätte. Er war ihr Geliebter und ihr bester Freund gewesen, und sie hätte ihn nur allzu gern bis ans Ende ihrer Tage geliebt. Es war nicht ihre Schuld, dass sie ihn jetzt nicht mehr liebte.

Sie legte den Rückwärtsgang ein und sah hinter sich. Aber wenn es nicht ihre Schuld war, wieso fühlte sie sich dann so schlecht?

ZWÖLF

Die Töle ist bei mir.

Natalie griff nach dem Stück Küchenkrepp, das mit einem Cupcake-Magnet an ihrem Kühlschrank befestigt war. Die schwungvollen, kräftigen Lettern waren mit dem rosafarbenen Marker geschrieben, der auf der Theke lag. Das hieß wohl, dass Blake zurück war. Sie kannte seine Handschrift nicht, aber es musste seine sein. Entweder das, oder ein Fremder war in ihr Haus eingedrungen und hatte den Hund entführt. Nach dem Tag, den sie hinter sich hatte, hätte es sie nicht überrascht, wenn sie eine Lösegeldforderung mit einer Locke von Sparky vorgefunden hätte.

Natalie schüttelte ihren Mantel ab und warf ihn auf die Küchentheke. Sie war müde. Emotional erschöpft und kurz vor einer Panikattacke. Der Tag hatte mit einem Götterspeise-Desaster begonnen, sich langsam gesteigert, indem sie alle zum Weinen gebracht hatte, und hatte darin gegipfelt, dass sie dazu genötigt worden war, Charlotte zu erlauben, bei den Coopers zu übernachten.

Es wäre das Klügste, in die Wanne zu steigen und sich zu entspannen. Aber das war nicht das, was sie tun wollte. Sie starrte auf die Mitteilung in ihrer Hand und verspürte ein seltsames Glühen in der Brust. Es wurde heißer und heißer, und sie atmete tief durch. Dieses Gefühl hatte sie bisher nur einmal im Leben verspürt. Bei dem Mann, den sie soeben weinend in der Einfahrt seiner Eltern zurückgelassen hatte, und wenn sie sich nicht vorsah, würde sie sich noch dabei ertappen, wie sie Herzchen aufs Küchenkrepp malte und mit dem Fahrrad Blakes Haus umkreiste.

Wenn ich zurückkomme, hatte Blake zu ihr gesagt, *werden wir eine Nummer schieben und wilde Affenliebe machen.*

Natalie biss sich auf die Unterlippe und legte den Zettel auf die Theke. Dann hatte er sie vor Michael und Lilah, Ted und dessen Katze Diva geküsst. Lilah fand, dass das etwas zu bedeuten hatte. Natalie hatte keinen Schimmer, was es bedeutete. Was Blake betraf, wusste sie von keiner seiner Aktionen, was sie bedeuteten. Warum hatte er Sparky zu sich geholt, als sie nicht da war? Warum hatte er nicht gewartet, bis sie nach Hause kam? Wollte er ihr aus dem Weg gehen?

Ich will Küsse, die zu langen, faulen Tagen im Bett führen. Die Erinnerung an seine verführerische Stimme brachte die Erinnerung an seine Liebkosungen mit sich, an ihrem Gesicht, auf ihrem Bauch und zwischen ihren Beinen. Erinnerungen, von denen sie ganz feucht wurde.

Hatte er ihr die Nachricht am Kühlschrank in der Hoffnung hinterlassen, dass sie sie sehen und den kurzen Weg zu seinem Haus zurücklegen würde? Er hatte ja nicht wissen können, dass Charlotte nicht zu Hause übernachtete. Sie warf einen Blick auf die Uhr am Ofen. Es war siebzehn Uhr dreißig. Hatte er vor, Sparky zurückzubringen, wenn Charlotte im Bett war, und glaubte, die Nacht damit verbringen zu können, mit ihr in den Laken zu wühlen und sie ins Schwitzen zu bringen?

Sie dachte an neulich Abend. An seinen heißen Mund auf ihrer Brust und wie gut es sich angefühlt hatte, von seiner Speisekarte zu bestellen. Er hatte versprochen, dass sie Sex auf jede Art und Weise haben könnte, die sie wollte. Er hatte versprochen, sich Zeit zu nehmen, wenn er zurückkäme.

Das war es, was sie wollte. Nein, er hatte nicht explizit gesagt, dass sie eine feste Beziehung hatten oder auch nur miteinander ausgingen, doch durch den Kuss in ihrem Laden hatte er das alle in der Stadt glauben lassen. Er hatte die Art von Klatsch und Tratsch verursacht, die sie seit Jahren zu vermeiden versucht hatte. Da konnte sie genauso gut genießen, wovon die Leute glaubten, dass sie es sowieso tat.

Natalie schnappte sich eine Flasche Merlot aus dem Kühlschrank und lief zum Nachbargrundstück, bevor sie es sich anders überlegte. Sie zog den Kopf ein, da der Wind aufgefrischt hatte. Die kalte Luft wehte ihre Haare hoch und drang durch ihr Pulloverkleid. Wenn die ganze Stadt sie für ein Paar hielt, hieß das auch, dass die ganze Stadt davon ausging, dass sie Sex hatten. Und wenn die ganze Stadt glaubte, dass sie Sex hatten, konnte sie genauso gut vom Menü des Riesenkerls bestellen.

Natürlich war ihr bewusst, dass sie ihr Handeln zu rechtfertigen versuchte. Es war ihr egal. Sie hatte einen grauenhaften Tag gehabt, und eine Nacht mit Blake klang viel besser, als allein zu sein. Sie war drauf und dran, sich in ihn zu verlieben. Hals über Kopf, und sie wollte mit ihm schlafen. Sie wollte, dass er sie ihren Scheißtag vergessen ließ.

Die Entscheidung fiel ihr leicht.

Die Absätze ihrer Pumps klapperten auf den Steinstufen und über Blakes Veranda zur Tür. Sie atmete tief durch und drückte die Weinflasche an ihre Brust. Für ein paar Sekunden erwog sie, den Wein zu öffnen und ein paar Schlucke zu trinken, um ihre zitternden Hände zu beruhigen und ihre Nervosität zu bekämpfen. Da sie keinen Korkenzieher dabeihatte, klopfte sie stattdessen an die Tür. Drinnen bellte Sparky, und durch das wellige Glas sah sie, wie sich Blakes große verschwommene Silhouette auf sie zubewegte. Ihr Herz hämmerte, und ihr Mund wurde ganz trocken, während sie ihre Entscheidung, hierherzukommen, fieberhaft noch einmal überdachte. Vielleicht war er müde. Was, wenn er sie gar nicht sehen wollte? Auf der Küchenkrepp-Nachricht hatte nichts davon gestanden, dass er sie sehen wollte.

Als die Tür aufschwang, klebte ihre Zunge am Gaumen fest. Er trug ein schwarzes, langärmliges T-Shirt, das eng an seiner muskulösen Brust anlag. Er hatte sich die Haare etwas kürzer schneiden lassen, sodass sie stachelig vom Kopf abstanden. Ihr gefiel es, wenn sein Haar so lang war, dass sie mit den Fingern hindurchfahren konnte, aber das war unwichtig. Der Mann bot ihr eine umfangreiche Speisekarte. Er sah zum Anbeißen aus, und sie hatte nicht gefrühstückt, zum Abendessen ein angebranntes Brötchen und grüne Bohnen gehabt und war am Verhungern.

Er sah sie mit seinen grauen Augen an. Musterte sie, als wäre er sich nicht ganz sicher, was er davon halten sollte, dass sie mit einer Flasche Merlot vor der Brust auf seiner Veranda stand.

»Hallo«, sagte er schließlich.

Gott, sie liebte seine Stimme. Sie ging ihr durch Mark

und Bein. »Ich hab darüber nachgedacht, was du gesagt hast.« Sie schluckte trotz des Kloßes in ihrem Hals und der sich ausdehnenden Glut in ihrer Brust. Dann sagte sie, bevor sie den Mut verlor: »Und du hast recht. Wir sind beide erwachsen, und Charlotte ist bis morgen bei den Coopers. Wir haben die ganze Nacht. Ich will das machen, was du versprochen hast.«

Er zog eine Augenbraue hoch. »Und was genau war das?«

»Das fragst du mich?« Irgendetwas an ihm war anders. Etwas Subtiles, das sich nicht ganz greifen ließ. Vielleicht wirkte seine Stirn durch die neue Frisur etwas breiter. Vielleicht lag es auch an seinen Augen. Wenn er sie ansah, flackerte in seinem Blick nicht das gleiche Interesse auf wie sonst. »Zwingst du mich, es auszusprechen?«

Er verschränkte grinsend die Arme vor der breiten Brust. »Und ob.«

Sie schluckte noch einmal und umklammerte ihre Weinflasche fester. »Ein Schäferstündchen. Eine Nummer schieben. Heiße Affenliebe.« Sie spürte, wie ihre Wangen brannten, und das lag nicht an der Kälte. »Aber ich mache immer noch lieber Liebe.«

»Heiße *Affen*liebe.« Er legte den Kopf in den Nacken und lachte. »Echt?«

Er benahm sich merkwürdig. Als hätte er während dieses supergeheimen militärischen Dings, das er beruflich machte, einen harten Schlag auf den Kopf abbekommen.

»Vielleicht sollte ich lieber wieder gehen«, murmelte sie und trat einen Schritt zurück. In der Sekunde, als Blake den Kopf schüttelte, als wollte er, dass sie blieb, lugte eine dunkelhaarige Frau um seine Schulter herum.

»Worüber lachst du?«, fragte die Frau. Sie sah Natalie mit großen blauen Augen an, und ein langer Vorhang ihres schwarzen Haares fiel über Blakes Arm.

»Oh«, stieß Natalie hervor und wich noch einen Schritt zurück. Die Glut in ihrer Brust erlosch, und sie fühlte sich, als hätte sie einen Schlag in die Magengrube bekommen. Als müsste sie sich gleich übergeben. Blake hatte Besuch. Frauenbesuch mit blauen Augen.

»Sie müssen eine Freundin von Blake sein.« Sie war jung und schön und lächelte, als freute sie sich, eine Frau vor Blakes Haustür zu sehen.

»Ich bin eine ... seine Nachbarin.« Vielleicht war die Frau mit ihm verwandt.

Blake warf einen Blick über die Schulter. »Hey Schatz, holst du ihn mal?«

Schatz? So nannte ein Mann keine Verwandte.

»Kommen Sie doch rein.« Die Frau winkte sie hinein. »Es ist kalt draußen.«

»Nein danke.« Zu Natalie sagte Blake nicht »Schatz«. Er nannte sie »Süße«. Vielleicht nannte er alle Frauen in seinem Leben anders, um sie besser auseinanderhalten zu können. »Ich störe offenbar.«

»Wir sind seit einer Stunde fertig. Jetzt sehen wir uns nur das Spiel an.« Die Frau sah hinter sich. »Da kommt er.«

Fertig? Natalie verschluckte sich fast an dem Kloß aus Schmerz, Wut und Beschämung in ihrem Hals. Sie machte den Mund auf, um ihm zu sagen, dass er ein Riesenarschloch war, wofür sie ihn schon bei ihrer ersten Begegnung gehalten hatte, doch als das erste Wort heraussprudelte, drängte sich Blakes Ebenbild an Blake vorbei.

»Ich hab heute nicht mit dir gerechnet«, sagte der zweite Blake. Das T-Shirt dieses Blake war marineblau.

Natalie blickte von einem zum anderen. Ihr Gehirn schaltete sich ab und weigerte sich zu verarbeiten, was vor ihr stand. »Was?«, war der einzige Gedanke, der durchdrang und ihr über die Lippen kam. Ihre Ohren klingelten, und sie blinzelte, weil plötzlich alles vor ihr verschwamm. Eine schwindelerregende Welle wogte kribbelnd über ihren Hals und ihre Brust, und die Flasche entglitt ihr. Sie zersprang zwischen ihren Füßen, während Blakes Doppelgänger auf sie zustürzte.

»Natalie.« Blake hatte sich ihren schlaffen Körper über die Schulter geworfen. Nicht gerade die romantischste Methode, eine Frau zu tragen, aber die schnellste und effektivste. Mit einem Arm um ihre langen Beine und der anderen Hand auf ihrem Po schleppte er sie durchs Haus.

»Hat sie sich den Kopf angeschlagen?«, fragte sein Bruder Beau, während er diverse Kissen vom Sofa warf.

»Ich konnte sie noch auffangen.« Er setzte sich, legte sie vorsichtig auf die dunkelbraunen Lederpolster und strich ihr die blonden Haare von der Wange, die einen Teil ihres Gesichts verdeckten. »Natalie. Kannst du mich hören?« Als sie nicht reagierte, rüttelte er sie leicht an der Schulter. Sie hatte so blass ausgesehen, als sie auf seiner Veranda stand. Er hatte gesehen, wie ihr das Blut aus dem Gesicht gewichen war, und war auf sie zugestürzt, als ihre Augen sich nach hinten verdrehten. »Natalie.« Noch einmal schüttelte er sie leicht. »Wach auf.« Es sah nicht so aus, als hätte sie etwas an, das sie einengte, doch er tastete sicherheitshalber ihren Körper und ihr Kleid ab, bevor er zwei Finger auf ihre Halsschlagader legte. »Kannst du mich hören?«

»Sie hat Glassplitter in den Schuhen«, bemerkte Beau, während er ihr ein Kissen unter die Füße schob.

Blake ließ den Blick über ihren Körper und ihre Beine bis zu ihren Füßen gleiten. Ihr Kleid sah aus wie ein langer, hautfarbener Pulli. Es lag eng an ihrem Körper an und war ihr bis zur Hälfte des Oberschenkels hochgerutscht. Durch ihre dünne Strumpfhose war Rotwein an ihren Beinen hochgespritzt. »Wir müssen ihr die Schuhe ausziehen, und in dieser Strumpfhose sind wahrscheinlich auch Glassplitter.«

Beau zog eine Augenbraue hoch, während er nach der Fernbedienung griff und das Football-Spiel, das sie sich angesehen hatten, ausschaltete. »Du willst, dass ich ihr die Strumpfhose ausziehe?«

»Nein.« Er hatte in seinem Leben schon hundertmal gesehen, wie Männer in Ohnmacht fielen, aber bei Natalie war es verdammt beängstigend gewesen.

»Das sehe ich auch so.« Beaus Verlobte Stella stand ein Stückchen hinter ihm und sah besorgt und erschrocken aus. Blake konnte es immer noch nicht fassen, dass sein Zwillingsbruder heiratete.

»Bringst du mir bitte einen kalten Lappen?«, bat er sie, eher als Beschäftigungstherapie als aus praktischen Gründen. »Natalie, wach auf.«

»Ist ihr das schon mal passiert?« Beau zog Natalie die Schuhe aus und stellte sie auf den Boden.

»Nicht in meiner Gegenwart.« Sie sah wunderschön aus, wie ein ohnmächtiges Aschenputtel. Oder war es Dornröschen? Er war sich nicht sicher. Als kleiner Junge hatte er nie so auf diese Disney-Zeichentrickfilme für Mädchen gestanden. »Wach auf, Natalie.«

»Sie sollte jeden Moment wieder zu sich kommen.«

»Ist schon eine Minute vergangen?« Er schüttelte sie noch einmal und sah ihr ins Gesicht. Sie war noch nicht lange genug bewusstlos, um sich Sorgen zu machen. Warum also schlug sein Herz schneller in seiner Brust?

»Eine Minute und drei Sekunden.«

»Natalie!« Es kam ihm länger vor. Er schüttelte sie heftiger und sprach lauter. Der nächste Schritt zur Wiederbelebung eines Ohnmächtigen war das Zufügen von Schmerz. Da er das nicht wollte, sah er sie an und suggerierte ihr mit aller Kraft, die Augen aufzuschlagen. »Wach auf.«

»Hör auf«, flüsterte sie.

»Kannst du mich hören?«

Sie riss die Augen auf.

»Da bist du ja.« Erleichterter, als er sich anmerken ließ, atmete er auf. »Schön, dich zu sehen.«

Verwirrt zog sie die Augenbrauen zusammen. »Wo bin ich?«

»Bei mir«, sagte er, während Stella ihm einen feuchten Waschlappen reichte. Doch bevor er ihn Natalie auf die Stirn legen konnte, bellte Sparky und quetschte sich zwischen sie. Der Welpe leckte ihr das Gesicht und rieb seinen Kopf an ihr. Blake wusste, wie der Hund sich fühlte. Er war so erleichtert, dass er auch seinen Kopf an ihr reiben wollte.

»Sparky?« Sie hob schwach die Hand, um den Hund wegzuschieben.

»Wie fühlst du dich?« Er schubste den Hund hinter sich und legte ihr sacht den Lappen auf die Stirn.

»Keine Ahnung. Was ist passiert?«

»Du bist in Ohnmacht gefallen.« Er sah ihr in die Augen, die noch leicht glasig waren. »Ist Charlotte zu Hause?«, fragte er. Er hielt Natalie zwar nicht für eine von den Müttern, die ihr Kind allein zu Hause ließen, während sie mit dem Nachbarn Wein tranken, aber er musste sich vergewissern, dass sie nicht nebenan saß und auf ihre Mom und Sparky wartete.

»Sie ist bei den Coopers.« Sie hob die Hand und tastete nach dem Waschlappen auf ihrer Stirn. »Ich bin ohnmächtig geworden?«

»Ja. Ist dir das schon mal passiert?«

»Nein. Moment. Einmal, als ich schwanger war.« Sie runzelte die Stirn. »Wie bin ich hierhergekommen?«

»Ich hab dich getragen.« Ihre blassen Wangen ließen ihre blauen Augen noch blauer und ihre roten Lippen noch röter wirken. »Wir müssen dir die Strumpfhose ausziehen.«

Sie schob sich den Waschlappen ein bisschen höher. »Können wir noch ein paar Minuten warten, bevor wir uns ausziehen?«

Hinter ihm brach sein Bruder in Gelächter aus.

»Hör auf, Beau«, brachte Stella ihn zum Schweigen.

Natalie drehte den Kopf und folgte mit dem Blick dem Heiterkeitsausbruch seines Bruders und der Stimme seiner Verlobten. Ihre Augen wurden groß, und sie versuchte sich aufzusetzen.

»Noch nicht.« Blake legte ihr die Hand auf die Schulter. »Bleib noch ein paar Minuten liegen.«

Der Waschlappen rutschte von ihrer Stirn auf die Couch. »Es gibt zwei von euch?«

»Ich hab dir doch gesagt, dass ich einen eineiigen Zwillingsbruder habe.« Er hob den feuchten Waschlappen auf und warf ihn auf den Beistelltisch.

Sie schüttelte den Kopf und sah wieder ihn an. »Du hast mir gesagt, dass du einen Bruder hast. Ich wüsste es noch, wenn du einen Zwillingsbruder erwähnt hättest. Erst recht einen Zwilling, der *genauso* aussieht wie du.« Röte stieg ihr in die Wangen. »Ich muss gehen.« Sie stieß seine Hand weg und rappelte sich mühsam hoch.

Er half ihr, sich aufzusetzen, hielt sie aber noch vom Aufstehen ab. Das Letzte, was er wollte, war, dass sie wieder stürzte. »In ein paar Minuten bringe ich dich nach Hause.« Er warf seinem Bruder einen Blick zu. »Was hast du gemacht?«

»*Gemacht* hab ich gar nichts.« Er räusperte sich und versuchte, sein schadenfrohes Grinsen zu verbergen. »Sie dachte, ich wäre du, und hat eventuell ein paar Dinge gesagt, die bei näherer Betrachtung nur sie und dich etwas angehen.«

Es musste etwas Unanständiges gewesen sein. Etwas, das so peinlich war, dass sie in Ohnmacht gefallen war. »Was für Dinge?«

»Unwichtig.«

Er wandte sich wieder an Natalie. Sie war puterrot angelaufen. Viel besser als blass. Er strich ihr die Haare hinters Ohr und berührte ihre erhitzte Wange. »Das kannst du mir später erzählen«, sagte er so leise, dass sein Bruder es nicht hörte.

»Nein.« Sie schüttelte den Kopf, wobei ihr Kinn seine Handfläche streifte. »Das sage ich nie wieder.«

Er würde sie dazu bringen, es ihm zu verraten, wenn sie

allein waren. Vielleicht während er ihr dieses Kleid über den Kopf zog. »Wie fühlst du dich?« Er ließ die Hand zu ihrer Schulter gleiten.

»Ich hab leichte Kopfschmerzen, aber mir geht's gut. Ich kann nicht glauben, dass ich ohnmächtig geworden bin.«

»Ich habe Ihnen Saft und einen Energieriegel organisiert.« Stella trat vor und reichte ihr eine kalte Flasche und ein PowerBar.

»Danke.« Natalie riss die Verpackung auf. »Ich sterbe vor Hunger. Carla hat das Thanksgiving-Essen verbrannt.«

Blake drehte ihr den Flaschenverschluss auf. »Danke, Stella.« Er reichte Natalie den Saft und machte die Frauen miteinander bekannt. Dann stand er auf und wandte sich an seinen Bruder. Schon ihr ganzes Leben lang waren sie verwechselt worden. Meist lachten sie darüber. Heute fand er es gar nicht komisch. »Natalie, meinen Bruder Beau kennst du ja schon. Er kann ein richtiges Arschloch sein.«

»Karma ist schon Scheiße«, sagte Beau mit einem breiten Grinsen. Er trat vor und reichte Natalie die Hand.

Normalerweise hätte Blake ihm zugestimmt. Bei seiner ersten Begegnung mit Stella hatte er sie in dem Glauben gelassen, dass er Beau war, aber sie war deshalb nicht in Ohnmacht gefallen.

»Hallo.« Natalie schüttelte Beau die Hand und schwang ihre Beine von der Couch. »Tut mir leid, dass ich ohnmächtig geworden bin.« Sie sah an ihren Beinen herab. »Und offensichtlich eine Schweinerei angerichtet habe.«

»Tut mir leid, dass Sie wegen mir ohnmächtig geworden sind. Das ist mir noch nie passiert.«

»Ich glaube, es lag daran, dass ich Sie und Ihren Bruder gleichzeitig gesehen habe. Mein Gehirn konnte einfach nicht akzeptieren, dass es zwei Blakes gibt, ohne vorgewarnt zu werden.« Sie biss in den Energieriegel, während ihr Blick von einem Bruder zum anderen schweifte und versuchte, die Unterschiede festzustellen.

Stella verschränkte lachend die Arme über ihrem Sweatshirt. »Als ich Blake zum ersten Mal traf, hielt ich ihn für Beaus Klon.«

Blake kannte Stella nicht gut. Er hatte sie erst wenige Male getroffen. Das, was er kannte, mochte er, und er hoffte, sie in Zukunft noch besser kennenzulernen. Wie zum Beispiel morgen. Für heute Abend hatte er andere Pläne.

»Ich dachte, du wolltest Thanksgiving in San Diego verbringen.«

Blake warf Beau einen vielsagenden Blick zu und setzte sich neben Natalie auf die Couch. »So lautete der Plan, bis Beau unserem Dad einen Faustschlag verpasst hat. Das hat der Festtagsstimmung natürlich einen Dämpfer versetzt.« Und da der Feiertag ruiniert war, hatten die drei einen frühen Flug nach Idaho genommen.

Beau verschränkte die Arme vor der Brust und schaukelte auf seinen Absätzen. »Ich werde mich nicht dafür entschuldigen. Er hat Stella angemacht.«

Stella errötete und hakte sich bei Beau unter. »Ich hätte das selbst regeln können. Ich hab im Leben schon eine Menge Betrunkener in ihre Schranken gewiesen.«

»Das brauchst du jetzt nicht mehr. Das ist meine Aufgabe.«

Blake wusste nicht, wie er mit seinem alten Herrn umgesprungen wäre, wenn es sich um Natalie gehandelt hätte. Er wäre zwar stinksauer gewesen, aber geschlagen hätte er ihn nicht. Darin unterschied er sich von seinem Bruder. Er wusste, wie es war, Alkoholiker zu sein, und Beau nicht. »Er macht alle Frauen an.«

»Dann hätte ihm das schon vor Jahren jemand austreiben sollen.«

Beau war auch weniger versöhnlich als Blake. »Trink deinen Orangensaft aus«, wandte er sich an Natalie. »Und dann müssen wir dich saubermachen. Du riechst wie eine Weinkellerei und hast bestimmt Glassplitter in deinen Strümpfen.«

»Wie oft trinken Sie mit meinem Bruder?« Beau hatte seine Flasche Johnnie Walker entdeckt und angenommen, dass Blake rückfällig geworden war.

»Sie trinkt nicht mit mir, Beau.« Er stand auf und wartete, bis Natalie die Saftflasche absetzte, bevor er nach ihrer Hand griff. »Nimm sie nicht in die Mangel. Sie hat heute schon genug durchgemacht.«

Beau drehte sich zu ihm um und brauchte keinen Ton zu sagen. Seine Miene verriet Blake, dass er es dabei bewenden lassen würde – vorerst –, aber dass sie später noch darüber reden würden.

Natalie stellte die halb leere Saftflasche auf den Beistelltisch und stand auf. »Es war nett, Sie kennenzulernen, Stella und Beau.«

»Du hast Glassplitter und Wein in den Schuhen.« Blake blickte hinab in ihr Gesicht und auf ihren roten Mund, den er geküsst hatte, bevor er die Stadt verlassen hatte. Ihm fehlte ihr Mund und auch der Rest von ihr. Dass er sie vermisst hatte, überraschte ihn nicht. Immer, wenn er in Dritte-Welt-Länder reiste, vermisste er Menschen mehr als Dinge, die er zurückgelassen hatte. Was ihn überraschte, war, wie sehr er sie vermisst hatte. Wie intensiv er an sie gedacht hatte. »Bevor wir irgendwo hingehen, musst du die Strumpfhose ausziehen.«

»Gleich hier?«

»Wir gehen«, bot Beau sich an und legte seine Hand auf Stellas Rücken. »Wir wollten uns sowieso zur Halbzeit den See ansehen.«

Blake wartete, bis die Hintertür ins Schloss fiel, bevor er sagte: »Zieh dein Kleid hoch.«

Natalies Blick huschte nach links, wo sein Bruder und Stella verschwunden waren, bevor sie die Hände an ihre Hüften senkte. Ihre Finger erfassten den Pulloverstoff und zogen ihn einen qualvollen Zentimeter nach dem anderen über ihre Schenkel nach oben. Sie blickte in sein Gesicht und versuchte zu lächeln, und er steigerte sich von halb erigiert zu einem ausgewachsenen Steifen. »Tut mir leid wegen der Scherben auf deiner Veranda.« Ihre Finger hielten inne. Offenbar konnte sie nicht gleichzeitig reden und ihr Kleid hochziehen. »Ich mach das wieder sauber.«

»Das geht mir am Arsch vorbei.« Er griff unter ihr Kleid und hakte die Daumen in den Bund ihrer Strumpfhose. Gott, er hasste die Dinger. Sie kamen ihm immer in die Quere und bremsten ihn. Er zog sie herunter und ihren rosa Slip gleich mit und steigerte sich von einem ausgewachsenen zu einem schmerzhaften Steifen.

»Blake!« Hastig griff sie nach ihrer Unterhose und zog sie wieder hoch.

»Verschwende keine Zeit«, sagte er, während er sich auf ein Knie niederließ. »Ich zieh sie dir sowieso gleich wieder aus.« Er half ihr aus der Strumpfhose, knüllte das lästige Teil zusammen und ließ es auf ihre Schuhe fallen. Dann fuhr er mit den Händen über ihre glatten Beine und Waden und suchte nach kleinen Schnittverletzungen. »Spürst du irgendwelche Splitter?« Als sie nicht antwortete, blickte er zu ihr auf. Er ließ den Blick über ihre nackten Schenkel und das rosafarbene Dreieck ihres Slips gleiten. Über ihr hochgezogenes Kleid an ihrer Hüfte bis zu ihrem Gesicht. Ihre Lippen waren geöffnet, ihre blauen Augen warm und voller Verlangen. Genau wie er. Er hockte sich hin und ließ die Hände zu den Rückseiten ihrer Schenkel gleiten. »Hast du dich benommen, während ich weg war?«, fragte er.

Sie nickte. »Ich habe gewartet, dass du zurückkommst und dein Versprechen einlöst.«

»Ich weiß das zu schätzen.« Er beugte sich vor und küsste sie knapp über ihrem Slip auf den flachen Bauch.

»Wir können das nicht hier machen. Dein Bruder könnte zurückkommen.«

Aber sie trat nicht von ihm weg und zog auch ihr Kleid nicht wieder herunter, und sein Kuss ging in ein zufriedenes Lächeln über. Er fuhr mit dem Gesicht etwas weiter nach unten und drückte seinen offenen Mund in die Mitte des rosafarbenen Dreiecks.

»Blake, wir können das nicht hier machen. Bring mich nach Hause.« Sie strich mit den Fingern durch seine Haare und nahm sein Gesicht in die Hände. »Bring mich ins Bett.«

Das hatte er vor, aber vorher wollte er dafür sorgen, dass sie es sich nicht anders überlegte. Er zog ihren Slip herunter und schob die Hand zwischen ihre Beine. Sie hatte ihre Schambehaarung zu einer Landebahn rasiert, die ihm neulich Nacht nicht aufgefallen war, aber da war er ihrer hübschen kleinen Schatztruhe auch nicht so nahe gekommen. Sie war schon feucht an seiner Hand. Er strich mit den Fingerspitzen nach oben und küsste sie neben dem schmalen Streifen.

»Ich werde wieder ohnmächtig«, flüsterte sie.

Das durfte er nicht zulassen. Er zog ihr den Slip wieder über die Schenkel und stand auf. Wenn er nicht aufhörte, würde er noch vergessen, dass er oben ein Schlafzimmer hatte. »Was hast du zu meinem Bruder gesagt, als du ihn für mich gehalten hast?«

Sie zog ihr Kleid wieder nach unten, und er dachte, sie würde erneut zurückschrecken. »Ich hab gesagt, ich will heiße Affenliebe.« Sie schlang die Arme um seinen Hals und raunte ihm ins Ohr: »Ich hab gesagt, dass ich dich ausziehen und von deiner Speisekarte bestellen will.«

»Gütiger Himmel.« Ihm blieb die Luft weg, als hätte er einen Schlag gegen die Brust bekommen.

»Gehen wir, Riesenkerl.«

Das musste man Blake nur selten zweimal sagen, und dies war keine dieser seltenen Gelegenheiten. Er nahm ihre Hand und lief hinter ihr, während sie sich zum vorderen Teil des Hauses begaben. Er hatte nicht nur ein Schlafzimmer mit einem großen, federnden Bett, sondern auch einen Whirlpool für vier Personen.

»Ich hab keine Schuhe.«

»Du brauchst keine Schuhe.« Er legte die Hände auf ihre Taille und bugsierte sie zur Treppe und die ersten Stufen hinauf.

»Wohin gehen wir?«

»Nach oben. Ich werde dich in meine Wanne stecken und dich saubermachen. Dann werde ich deine Nacktheit ausnutzen.« Er würde auf keinen Fall warten, bis sie zu ihr gingen, bevor er Natalie vernaschte. Er wollte ihr nicht die Gelegenheit geben, es sich anders zu überlegen oder zu beschließen, dass sie lieber noch einen Quickie wollte.

DREIZEHN

Natalie stand auf einem großen weißen Badvorleger und streichelte Blakes Arme und Schultern. Ihre nackten Brüste und ihr Bauch klebten förmlich an ihm, und seine harten Muskeln und seine straffe Haut strahlten eine Hitze aus, als köchelte er auf kleiner Flamme. Seine Zunge erkundete ihren Mund, während seine Erektion durch den dünnen Stoff ihrer beider Unterwäsche gegen sie drückte. Das Wasser lief auf vollen Touren in den Whirlpool, und überall im Bad und nebenan in Blakes Schlafzimmer lagen ihre Klamotten verstreut.

Bisher hatte sie nur kurze Blicke auf Blakes Körper erhascht. An dem Abend, als sie ihm Sparky zurückgebracht hatte, hatte sie sich bemüht, möglichst nicht hinzusehen, und neulich Abend war sie zu vertieft in ihre eigene Lust gewesen. Damals hatte sie keine Gelegenheit gehabt, seinen wunderschönen Körper voll zu würdigen. In ihrer Fantasie hatte sie zwar ein paar Leerstellen ausgefüllt, doch ihre Vorstellungskraft war der Realität nicht gerecht geworden, und sie unterbrach den Kuss, um bewundernd mit den Händen über die harten, definierten Muskeln seiner Brust und seines Bauches zu streichen. Als Blake sie wieder an sich ziehen wollte, wich sie zurück. Er ließ die Hände sinken und sah mit seinem Schlafzimmerblick auf sie herab.

»Komm her, Natalie.«

Sie schüttelte den Kopf und legte die Hand auf sein Herz, das heftig schlug. Sie verfolgte mit dem Blick, wie ihre Fingerspitzen an seiner Brust hinabglitten. Seine Brustmuskeln zogen sich zusammen, und er schnappte nach Luft.

»Ich fasse dich gern an«, sagte sie. »Ich will dich überall anfassen.«

»Gott, ja.« Er sog den Atem ein. »Bitte.«

Sie berührte seine harte Brust und die gewellten Bauchmuskeln. Sie liebte ihn. Liebte ihn mit Leib und Seele. Sie verliebte sich nicht in ihn, es war schon längst passiert. Ein Gefühl hatte sie ergriffen, das so stark war, dass ihre Hände davon zitterten, ihre Brust sich zusammenzog und es ihr vor Glück die Kehle zuschnürte. Ihre Finger folgten seinem dunkelblonden Glückspfad an seinem Nabel vorbei bis zu seinem Unterleib.

»Was ist Hosea 8:7?«

»›Denn sie säen Wind‹«, antwortete er mit gepresster Stimme, »›und werden Sturm ernten‹.«

Sie fasste in den Eingriff von Blakes Unterhose. »Bist du der Sturm?«

»So was in der Art.«

Blake schnappte nach Luft, als sie seinen Penis herauszog, der riesig, hart und heiß in ihrer Hand lag. Neulich Abend hatte sie ihn nicht gesehen, ihn nur tief in sich gespürt, doch das war der Unterschied zwischen einem Quickie und Liebe machen. Bei einem Quickie ging es um die reine Befriedigung. Beim Liebemachen ging es um mehr. Es ging ums Geben und Nehmen und darum, mehr als nur eine körperliche Verbindung zu einem Mann herzustellen. »Vielleicht bin ich der Sturm.«

»Du wirst den Sturm in etwa fünf Minuten ernten«, prophezeite er gequält, während sie mit dem Daumen über die Ader knapp unter der prallen Spitze rieb. Es war lange her, seit sie vor einem Mann gestanden und seinen Penis in der Hand gehalten hatte. Lange her, seit sie die Macht gespürt hatte, die ihre Berührung ihr über ihn verlieh.

Sie ließ die Hand an seinem Schaft auf und ab gleiten und presste ihre Schenkel zusammen. Es war lange her, seit sie einem Mann Lust bereitet hatte. Lange her, seit sie es genossen hatte, dem Mann, den sie liebte, Lust zu bereiten.

Sie küsste ihn auf die Brust und auf den Bauch und kniete sich hin, um sein Tattoo zu küssen. Dann saugte sie knapp über der Linie seiner blonden Schambehaarung seine Haut in ihren Mund.

»Mein Gott, Natalie.« Er fuhr mit den Fingern in ihr Haar und strich es ihr aus dem Gesicht. »Was hast du da unten vor?«

»Eine eingehende Lektion in Oralsex.« Sie drehte den Mund und leckte den klaren Tropfen fort, der sich in der weichen Spalte seiner Erektion gebildet hatte. Als sie mit den Lippen über ihn strich, sog er den Atem durch die Zähne ein. Nur weil es ewig her war, seit sie vor einem nackten Mann gekniet hatte, hieß das noch lange nicht, dass sie nicht wusste, wie sie ihn in die Knie zwingen und sich gefügig machen konnte. Alle Macht lag in ihren Händen. »Sag, dass ich der Sturm bin.«

»*Ich* bin der Sturm.«

Sie kitzelte mit der Zunge die empfindliche Stelle an seinem Schaft. Dann zog sie sich zurück und blickte zu ihm auf. »Natalie 11:28«, sagte sie mit Bezug auf das Datum. »Die, die den Wind bläst, soll Sturm genannt werden.«

Seine rauchgrauen Augen blickten vor Lust glänzend auf

sie herab. »Du kannst dich nennen, wie du willst. Schnitter, Sturm oder scheiß Königin von England.«

»Sturm ist gut.« Sie lächelte und nahm ihn so tief wie möglich in den Mund. Seine Finger krallten sich in ihre Haare, während sie ihn abwechselnd heftig saugte und die empfindliche Ader unter seiner Eichel mit der Zunge liebkoste. Derweil fuhr sie mit der Hand an seinem langen Schaft auf und ab und massierte mit der anderen Hand sanft seine Hoden.

»Das fühlt sich gut an, Natalie.« Er legte den Kopf in den Nacken. »So verdammt gut.«

Sie bearbeitete ihn nach allen Regeln der Kunst, genoss den Geschmack und die Beschaffenheit seines Penis in ihrem Mund und verlor sich in der Lust seines Körpers. Sie genoss ihre Macht über ihn und wie sehr sie das anmachte. Sie nahm ihn noch tiefer in sich auf und hörte, wie sich sein tiefes Stöhnen mit dem Rauschen des Wassers vermischte, das in die Wanne lief. Sie genoss es, wie sie ihn mit ihrem Mund und ihrer Hand antörnte.

»Stopp.«

Sie saugte heftiger an ihm und drückte mit dem Daumen in das Fleisch unter seiner Penisspitze. »Stopp«, wiederholte er, schob sie jedoch nicht weg. Stattdessen stieß er ein tiefes Stöhnen aus und gab wieder diesen Laut von sich, den er beim Orgasmus machte. Ein sexy, kehliges »Uhhh«. Sie blieb bei ihm, während er die Knie zusammendrückte und sich in ihren Haaren festkrallte. Als er gekommen war, hob sie das Gesicht und sah zu ihm auf. Seine Lippen waren geöffnet, während er keuchend ein- und ausatmete. Ohne ein Wort hob sie ihren Daumen, und sein warmer Samen spritzte über ihre Brüste.

»Gütiger Himmel.« Er sank vor ihr auf die Knie. »Das nenne ich wirklich eine eingehende Lektion.«

Sie schlang die Arme um seinen Hals und flüsterte ihm ins Ohr: »Ich bin eben dein Sturm.«

»Du hast mir den Sturm gründlich ausgesaugt.«

»Wenn du wieder zu Kräften kommst, kannst du mich saubermachen und die Situation ausnutzen.« Sie rechnete damit, dass es ein paar Minuten dauern würde, wenn nicht gar eine halbe Stunde, aber Blake verfügte über stille Reserven. Massenhaft angestaute Energie.

Er hob sie hoch und setzte sie in die Wanne. Das Wasser plätscherte und strudelte um die Unterseite ihrer Brüste, während er sie wusch. Er seifte ihre Brustwarzen ein und machte sie mit den aufreizenden Berührungen seiner Hände und seines Mundes ganz verrückt. Sie lehnte sich zurück, während er ihre Beine und Waden einseifte und an ihren Schenkeln hinauffuhr. Er presste seine Daumen in ihren feuchten Schritt und berührte sie, bis sie mehr als bereit war, ihn tief in sich aufzunehmen.

Blakes Energiereserven reichten aus, während sie sich rittlings auf ihn setzte und sein Gesicht in die Hände nahm. Er hielt sie an den Hüften fest, und sie sah ihm in die Augen, während er sie auf seine mächtige Erektion herabsenkte. Ihre Brustspitzen streiften seine Brust, und sie sah, wie sein Verlangen nach ihr in seinen Augen aufflackerte und leuchtete. Während er sie heiß und tief ausfüllte, war es mehr als nur Sex. Sie bewegte sich, wiegte sich in den Hüften und küsste ihn auf den Hals, während sie mit den Händen über ihn fuhr. Sie liebte ihn mit ihrem Körper und jedem pulsierenden Schlag ihres Herzens. Sein Atem streifte ihre Wange, während er gleichmäßig in sie hineinstieß und ihre Innenwände stimulierte. Sie zog sich zurück, um ihm in die Augen zu sehen, die vor Lust und Verlangen tiefgrau waren. Sie nahm sein Gesicht in die Hände und sog seinen Atem ein, so wie er ihren einsog, während sie bis tief in seine Seele blickte. Sie gab sich ihm mit Leib und Seele hin. Sie erschauderte bis ins Innerste und umarmte ihn fest, während der heftige Orgasmus sich in ihr ausbreitete, sich ihres Herzens bemächtigte und ihr Bauch sich zusammenzog. Sie drückte ihn fest an ihr Herz. Wo das Gefühl saß, gegen das sie nicht ankam. Und die Liebe, die ihr Leben veränderte und ihre Welt aus den Angeln hob.

Blake konnte sich nicht erinnern, wann er das letzte Mal die Nacht im Bett einer Frau verbracht hatte. Vollkommen nüchtern. Ob es ein paar Bier oder ein paar Flaschen Johnnie waren, er hatte immer Alternativen zu einer Frau gehabt.

Natalies weiches blondes Haar kitzelte ihn am Hals. Sie lag mit dem Hintern an seinem Schritt, oder wie sie es auszudrücken beliebte, in der Löffelchenstellung, in ihrem mädchenhaften Bett mit Bergen von Kissen mit Rüschen und Spitze. Ihr leiser, regelmäßiger Atem strich über seinen Bizeps und hob sanft ihre Brüste. Sie waren beide abgekämpft von einem sexuellen Hattrick, der in seinem Bad seinen Anfang genommen hatte, seine Fortsetzung in ihrer Küche gefunden hatte, während sie eine Mahlzeit aus Steaks mit Salat und Aufback-Croissants zubereitete, und in Natalies Bett zum Abschluss gekommen war. Die regelmäßige Atmung einer Frau war sonst immer Anlass für ihn, aus dem Bett zu schlüpfen, sich seine Klamotten zu schnappen und sich aus dem Staub zu machen. Es war gegen Mitternacht, und das einzige Licht, das in den Raum fiel, kam durch einen Spalt in der Badezimmertür. Er könnte sich problemlos abseilen. Ohne dass sie etwas merkte. Er war verdammt leise, in einer Rauchwolke verschwunden.

Er vergrub die Nase in ihren blonden Haaren. Sie rochen sauber und nach Sonnenschein, und er zog Natalie fester an seine Brust. Er wusste nicht, ob es daran lag, dass er nüchtern war, oder an der Tatsache, dass er seit Monaten keinen Sex mehr gehabt hatte, aber der Sex mit Natalie war besser gewesen, als er es seit langem erlebt hatte, wenn überhaupt. Sie war umwerfend und heiß, und er hatte seit Wochen versucht, sie ins Bett zu kriegen. Nach dem Quickie in ihrem Wohnzimmer hatte er unbedingt mehr gewollt, doch er hätte nie gedacht, dass die Frau mit dem wunderschönen Gesicht und der korrekten Fassade so überirdisch gute Blowjobs gab. Von denen alle Männer träumten, ohne sie jemals zu bekommen. Bei denen die Frau lustvoll stöhnte und lutschte und sich aufführte, als könnte sie nicht genug von ihm bekommen.

»Ich bin dein Sturm«, hatte sie gesagt. Dessen war er sich nicht so sicher, aber er wusste, dass sie ihm den Kopf verdreht hatte. Er sprach mit ihr über Dinge, die er Beau gegenüber nicht einmal erwähnt hatte.

»Warum wollte dein Bruder wissen, ob ich mit dir trinke?«, hatte sie ihn gefragt, während sie am Küchentisch saßen und futterten, als wären sie nach einer heißen Nummer am Kühlschrank völlig ausgehungert.

Das war kein Geheimnis. Er hatte ein Problem gehabt und war damit fertig geworden. »Weil ich letzten Sommer zwei Monate in einer Entzugsklinik war.«

Sie kaute langsam und schluckte. »Weshalb warst du dort?«

»Alkohol. Ich hab zu viel getrunken.« Aber nur weil es kein Geheimnis war, hieß das noch lange nicht, dass er darüber reden wollte. Er hatte ein paar anstrengende Stunden im Haus seines Vaters verbracht, was, wie Blake vermutete, dazu beigetragen hatte, dass Beau ihrem Dad eine reingehauen hatte.

»Wie viel ist zu viel?« Sie sah ihn mit diesen dunkelblauen Augen an. Verdammt, sie war ganz schön neugierig.

»Mehr als gut für mich war und weniger als mein Dad. Mein alter Herr trinkt von mittags bis um fünf Bier und steigt dann auf Whiskey um, bis er ins Bett fällt.« Das war schon seit Jahren seine Gewohnheit, und er hatte kein Interesse daran, diese Routine durcheinanderzubringen. Er behauptete, er wäre zu alt, um aufzuhören, hatte Beau aber versprochen, nüchtern zu bleiben, wenn »seine Jungs« Thanksgiving bei ihm verbrachten. Er hatte sogar seine harten Sachen im Waffenschrank weggeschlossen. Er hatte es zwei Stunden ausgehalten, bis er anfing, sich nach draußen in die Garage zu schleichen. Als der alte Herr sich an Stella herangemacht hatte, war er volltrunken gewesen, und Beau hatte ihn niedergeschlagen.

»Es ist schade, dass euer Vater nicht mal euch zuliebe nüchtern bleiben konnte.« Sie griff nach einem Glas Wasser. »Meine Mom ist süchtig nach ihrem Wohnauflieger und hat es nicht einmal zu Thanksgiving bis hierhergeschafft. Weihnachten wird sie wahrscheinlich auch verpassen.« Sie hob ihr Glas. »Zugegeben, das lässt sich nicht vergleichen, aber beide Elternteile versäumen etwas.« Sie nippte daran und schluckte. »Wie viele Tage bist du schon nüchtern?«

»Einhundertneunzehn«, antwortete er wie aus der Pistole geschossen.

Zwischen ihren Augenbrauen bildete sich eine Falte, während sie sich ein Tröpfchen Wasser von der Oberlippe leckte. »Warum steht dann eine Flasche Johnnie Walker in deinem Weinkeller?«

Dieselbe Frage hatte Beau ihm gestellt. »Um mich daran zu erinnern, dass ich es kontrollieren kann. Aus demselben Grund mache ich Fotos davon.«

Sie sah ihn mehrere Herzschläge lang an. »Du gehst nicht zu AA-Meetings?«

»Ich brauche keine Meetings. Ich brauche auch keinen Seelenklempner vom Amt für Veteranenversorgung.« Er sah von seinem Salat auf. »Ich hab alles unter Kontrolle.«

Sie erwiderte seinen Blick, und er hätte wissen müssen, dass sie es nicht dabei bewenden lassen würde. »Was meinst du mit alles?«

Er hatte echt Spaß. Er mochte Natalie. Über seine Sucht und seine Flashbacks zu sprechen machte ihm keinen Spaß. »Lass gut sein.«

Sie legte ihre Gabel weg, beugte sich zu ihm und sah ihn durchdringend an. »Blake, mein Leben liegt offen vor dir. Ich habe keine Geheimnisse. Alle Welt weiß über jede Peinlichkeit Bescheid, die mir je widerfahren ist. Dein Leben kann nicht schlimmer sein, als mit einem Mann verheiratet zu sein, der die halbe Stadt um ihr Geld betrogen hat. Es gibt Leute, die immer noch glauben, dass ich was damit zu tun hatte. Manchmal passieren Dinge, für die wir nichts können.« Sie nahm ihre Gabel wieder in die Hand und spießte ein Stückchen Möhre aus ihrem Salat auf. »Aber manchmal können wir etwas dafür, wie damals, als ich mit dem Chrysler meiner Mutter in Howdys Laden gebrettert bin. Die Jesus-Wackelkopf-Figuren im Schaufenster sind in alle Himmelsrichtungen geflogen.«

Er versuchte, nicht zu lachen. »Mit dem Fuß abgerutscht?«

»Eine Wespe. Sie schwirrte um meinen Kopf herum, und ich hab schreiend nach ihr geschlagen und die Wegbiegung auf der Shore Lane verpasst und bin in Howdys Laden gerast. Zum Glück hat Howdy nie viel Kundschaft, sonst hätte ich mir mehr einbrocken können als einen Strafzettel, fünftausend Dollar Entschädigung und eine ›Buddy Christ‹-Wackelkopf-Figur im Kühlergrill.« Sie hob die Gabel und fragte noch einmal, bevor sie einen Happen aß: »Was meinst du mit allem?«

»Ich hab gelegentlich Flashbacks«, gestand er, weil es ihm leichter fiel, darüber zu reden, als über das Trinken.

Sie kaute. »Wie gelegentlich?«

»Es ist erst viermal passiert und keine große Sache. Durch ein Geräusch oder einen Geruch verliere ich sekundenlang die Orientierung und habe das Gefühl, auf einem Dach in Ramadi zu stehen oder hinter einem Felsen im Hindukusch zu kauern.« Das hatte er bisher noch niemandem erzählt. Weder dem Seelenklempner in der Entzugsklinik noch seinem Bruder. Auch wenn Beau es sich vermutlich denken konnte. »Ein paar Sekunden lang weiß ich nicht, was real ist und was nicht.«

»Und du fühlst dich hilflos.« Das war eine Feststellung. Keine Frage.

Er war nicht hilflos. »Ich hab es unter Kontrolle.« Genau wie seine Sucht.

»Was tust du, wenn du einen Flashback hast?«

»Was ich tue?« Er wurde langsam ungehalten und wünschte, er hätte nichts gesagt. Jetzt dachte sie bestimmt, dass er unter PTBS litt und alles zusammenballern würde. »Du brauchst dir keine Sorgen zu machen, dass ich mich nackt ausziehe, geifernd durch die Straßen laufe und auf irgendwelche Phantomziele schieße.«

»Ich war nicht besorgt. Du solltest mir ein bisschen mehr zutrauen.« Sie sah ihn stirnrunzelnd an. »Was du beschreibst, klingt ein bisschen wie die Angstzustände, die ich hatte, kurz nachdem Michael verhaftet wurde. Irgendetwas löste es aus. Mein größter Trigger war die Anfangsmelodie der CBS News. Sobald ich den Jingle hörte, fing mein Herz an zu hämmern. Mein Gesicht wurde knallheiß, und ich lief unruhig auf und ab und dachte, ich hätte einen Herzanfall. Ich hatte wirklich Todesangst.« Sie nahm ihr Messer und schnitt sich ein kleines Stückchen Steak ab. »Die Diagnose lautete: schwere stressbedingte Angstzustände, aber ich war schwanger und durfte keine Medikamente nehmen. Deshalb ging ich zu einem Therapeuten, der mir beibrachte, wie ich mich bei einem Anfall verhalten sollte.«

»Kognitive Verhaltenstherapie.« Erleichtert darüber, dass sie ihn nicht schief ansah, als würde er gleich den Mond anheulen, nahm er sich ein Croissant.

»Du hast davon gehört.«

»Natürlich. Das predigen sie in der Entzugsklinik.« Er rechnete damit, dass sie weiterbohren, nörgeln oder ihn bedrängen würde, aber das tat sie nicht. Während sie fertig aßen, sprachen sie über ihre Familien, und er erzählte ihr, dass er mit Roy Baldridge über das leer stehende Haus weiter unten an der Straße gesprochen hatte.

Sie stutzte, während sie ihren leeren Teller beiseiteschob. »Du renovierst und verkaufst Häuser?«

»Ja. Mein Cousin und ich haben damit angefangen, damit ich etwas zu tun hatte, wenn ich nicht im Einsatz war oder mich nicht zu Ausbildungszwecken irgendwo anders aufhielt. Es war nur als Hobby gedacht, aber ich habe festgestellt, dass es mir wirklich Spaß macht, ein Haus zu entkernen und wieder aufzubauen.«

»Entspannst du dich nie einfach nur?«

»Darin bin ich nicht gut. Wir Jungers sind überehrgeizig.« Was wahrscheinlich noch untertrieben war.

Während er Natalie beim Abwasch half, rief Charlotte an. Er spülte das Geschirr vor, sie stellte Sachen weg und räumte die Spülmaschine ein.

»Wenn ich dich holen soll, ruf mich an. Auch wenn es spät ist«, sagte Natalie ins Telefon, während sie einen Teller in die Spüle legte. »Ja. Auch wenn es dreimal zu spät ist.« Sie unterhielten sich noch ein paar Minuten über irgendeinen Märchenfilm, bevor sie das Gespräch beendete und das Telefon auf die Theke legte. »Ich bin froh, wenn Charlotte wieder daheim bei mir ist.«

»Wie war Thanksgiving bei den Coopers?« Es hatte ihn überrascht, als sie erwähnte, wo sie vor ihrem Ohnmachtsanfall auf seiner Veranda gewesen war, und es hatte ihm gar nicht gefallen. Er wollte nicht, dass sie ihren Exmann sah, wenn er nicht dabei war. Nur weil er wusste, wie sehr es ihr gegen den Strich ging, redete er sich ein. Aber ob ihm das gefiel, spielte keine Rolle. Es ging ihn nichts an.

»Eine Katastrophe. Ich hab alle zum Weinen gebracht außer Ron, und das liegt vermutlich nur daran, dass er alles um sich herum ausblendet. Carla war so aufgebracht, dass sie in ihr Schlafzimmer gerannt ist und den Truthahn hat anbrennen lassen.«

»Bist du gemein.« Er trat hinter sie und massierte ihre Schultern. »Was hast du mit den armen Coopers gemacht?«

»Ich hab ihnen die Wahrheit gesagt. Ich habe Carla gesagt, dass ich nicht die Absicht habe, wieder mit Michael zusammenzukommen.« Sie reckte den Kopf vor, um ihm einen besseren Zugang zu der empfindlichen Stelle an ihrem Halsansatz zu ermöglichen. »Charlotte hat geweint, weil sie sich bei Tisch unmöglich aufgeführt hat und ihre Milch überallhin verschüttet hat. Ich musste sie mit in die Küche nehmen und sie mir ordentlich vorknöpfen.«

Er lachte. *Ordentlich vorknöpfen.* »Und Michael?«

»Ich bin mir nicht sicher, ob er wirklich geweint hat, aber seine Augen wurden irgendwie feucht, als ich ihm sagte, dass ich ihn nicht liebe.« Sie drehte den Kopf und blickte zu Blake auf. »Ich hab mich echt mies gefühlt, Blake.« Sie machte ein Gesicht, als würde *sie* gleich weinen. »Ich liebe ihn nicht, und ich halte es für das Beste, von vornherein offen und ehrlich zu sein. Ich finde das fairer, als falsche Hoffnungen in ihm zu wecken und ihm etwas vorzumachen. Aber es war schwer, und ich fühle mich schrecklich und gemein.«

Er lächelte. »Ich hab etwas, wovon du dich gleich besser fühlst.« Er schlang die Arme um ihre Taille. »Zeig mir dein Schlafzimmer.«

»Bist du nicht müde?«

»Ich kann morgen schlafen, wenn Charlotte wieder da ist. Im Moment will ich mit Charlottes Mom spielen.«

Sie hatte ihn in ihr Schlafzimmer geführt, das voll mit weißen Korbmöbeln und rüschigem Zeugs war, das ausgereicht hätte, um die Eier eines schwächeren Mannes zum Schrumpfen zu bringen. Blake hatte kein Problem damit gehabt, und sie hatten es noch einmal getrieben, bevor Natalie eingeschlafen war.

Der Deckenventilator über seinem Kopf wirbelte die kühle Nachtluft auf, während Blake sich auf den Rücken drehte und Natalie mit sich nahm. Sie schmiegte sich an ihn, und wieder fragte er sich, ob er sich nicht einfach seine Hose schnappen und verschwinden sollte. Nach Hause, in sein eigenes Bett, in dem keine warme Frau lag. Stattdessen schlief er mit ihrem Knie gefährlich nah an seinem Schritt ein. Mit ihr an sich gekuschelt wachte er mehrmals in der Nacht auf. Sie war eine wunderschöne Frau mit einem wunderschönen Körper, und als die aufgehende Sonne durch die Lamellen der Jalousien strömte, wachte er zum letzten Mal auf. Ihr Rücken lag an seiner Brust, eine seiner Hände umfasste ihren Busen, und seine Erektion lag an ihrer Pofalte.

»Natalie«, flüsterte er und drückte seinen harten Penis an ihren weichen Po. »Bist du wach?« Als sie weiter gleichmäßig atmete, hob er eines ihrer Beine auf seins. Seine Hand fand ihren Schritt, und innerhalb kürzester Zeit war sie feucht an seinen Fingern. Er berührte sie, bis sie den Rücken wölbte und ein langes, schläfriges Stöhnen ihren Lippen entwich. So sexy, dass es ihm unter die Haut ging und seine Brust zusammenzog.

»Bist du jetzt wach?«

Sie drückte ihren Hintern an seine Erektion. »Ist das eine Banane, oder freust du dich, mich zu sehen?«

»Das ist keine Banane.« Er schob seine Erektion zwischen ihre Beine. Sie war feucht und scharf, und er glitt hinein. »Aber ich freue mich, dich zu sehen.« Er schlang die Arme um sie und hielt sie fest. Drückte sie an seine Brust und schloss die Augen. Ihre Haare kitzelten ihn an der Wange, und er legte die Stirn an ihren Hinterkopf. Das gefiel ihm. Sie gefiel ihm. Es könnte ihm gefallen, jeden Morgen so aufzuwachen. Mit seinem Schwanz in Natalie Cooper.

»Du hältst mich zu fest. Ich krieg keine Luft, Blake.«

»Entschuldige.« Er merkte gar nicht, dass er sie so fest umschlang, und lockerte seinen Griff. Er fuhr mit der Hand an ihrem Bauch herab und umfasste ihren Schritt. Dann rückte er ihren Hintern und ihre Beine zurecht und positionierte sich weiter unter ihr.

»Ich liebe es, in dir zu sein.« Er küsste sie auf den Nacken, biss sie in die Schulter und stieß in sie, bis er die erste Kontraktion ihres Orgasmus spürte. Sie hatte recht. Sie war der Sturm, und er schloss sich ihr an in einem unkontrollierbaren Höhepunkt. Er drückte sie an seine Brust, als wollte er sie in sich aufnehmen. Sie rief seinen Namen, ein Rausch aus Lust, der mit einem Röcheln endete.

»Blake, ich krieg keine Luft.«

»Entschuldige«, sagte er noch einmal, und als es vorbei war, lag er auf dem Rücken und sah zum rotierenden Deckenventilator hinauf. Er hatte noch nie eine Frau von hinten in den Würgegriff genommen. Nicht ein einziges Mal, von zweimal ganz zu schweigen.

Während er sich anzog und sie sich einen seidigen rosa Morgenmantel um die Taille zuband, dachte er darüber nach. Es beschäftigte ihn noch, während er sich die Schuhe zuband und Natalie aus dem Zimmer ging, um Sparky rauszulassen. Es gab ihm immer noch zu denken, als er sich einen Apfel von der Küchentheke schnappte und sie ihm im Flur entgegenkam.

»Ich muss noch schnell duschen, bevor Charlotte in etwa einer Stunde hier ist«, rief sie ihm zu. »Wir sehen uns später.«

Blake biss in den Apfel und lief zur Tür an der Seite des Hauses. Er verdrängte das Rätsel von Natalie und seinem Ringergriff und griff nach der Klinke. Beau und Stella blieben noch einen Tag in Truly. Vielleicht hätten sie Lust, in dem Schnellrestaurant in der Stadt zu frühstücken. Er schloss die Tür hinter sich und blieb auf der obersten Stufe stehen, als Charlotte mit einem dunkelhaarigen Mann ums Haus gelaufen kam, während Sparky im Kreis um sie herumsprang. Er erkannte den Mann, der neue Sneakers, Jeans und einen dunkelblauen Skianorak trug. Er hatte ihn in Natalies Fotoladen gesehen, bevor er die Stadt verlassen hatte.

»Hallo, Blake«, begrüßte Charlotte ihn. Sie trug ihren violetten Mantel über einem bauschigen Tüllkleid, nackten Beinen und feinen Schuhen. »Hast du Spa-ky zu uns gebracht?«

Er biss ein großes Stück Apfel ab und musterte den Mann, während er kaute, taxierte ihn in Sekundenschnelle. Gutaussehender Typ. Ein bisschen blass. Das machte der Knast mit einem. »Ja.« Er wischte sich mit dem Ärmel über den Mund. »Er hat dich vermisst.«

»Ahhh.« Sie packte den Hund am Hals, bis er aufjaulte. »Ich hab dich lieb, Spa-ky.«

»Blake?« Der Mann hielt ihm die Hand hin. »Ich bin Charlottes Vater, Michael Cooper.«

Blake schüttelte ihm die Hand und musste dem Typ

Pluspunkte geben, weil er ihm fest in die Augen sah und offenbar kein Weichei war. Aber sein Händedruck hätte einen Tick kräftiger sein können. Blake ließ die Hand des Typen los und stieg die Stufen hinab, während Charlotte nach oben kam.

»Weißt du was, Blake?«

»Was denn?«

»Ich hab mir den Mä-chenfilm viermal angesehen. Ich hab Popcorn gegessen und mir an dem Zahn hier wehgetan.« Sie riss den Mund auf und deutete hinein.

Er gab vor nachzusehen. »Das sieht ganz harmlos aus. Ich glaube nicht, dass du eine OP brauchst.«

»Auf keinen Fall.« Sie stieg weiter die Stufen hinauf und drehte sich mit der Hand an der Tür zu ihm um. »Wiedersehen, Blake.«

»Bis dann, Kleine.«

Dann sah sie Michael an, und Blake fragte sich, ob sie sich immer noch Sorgen machte, dass sie ihn nicht mögen könnte. »Wiedersehen, Dad.«

»Wiedersehen, Charlotte.«

Sie winkte zaghaft und rannte mit Sparky ins Haus, während Blake und Michael ihr nachsahen.

»Charlotte spricht über Sie«, informierte Michael ihn.

»Ach ja?« Blake, der keinen Mantel trug, lief über den Fußweg zum Vorgarten. Er hätte auch die Abkürzung durch die Bäume nehmen können, wollte jedoch sichergehen, dass Michael Cooper wieder ging.

»Sie sagt, Sie zwei sind befreundet.«

»Stimmt.« Es war gut, dass Michael neben Blake lief. So brauchte Blake ihn nicht an einem Bein hinter sich herzuschleifen. »Sie ist ein liebes Mädchen.« Er biss noch ein

Stück Apfel ab und kaute. Charlotte war lustig und clever und melodramatisch veranlagt, aber Michael sollte ganz allein herausfinden, was für ein tolles Kind sie war. Er verspürte keinerlei Bedürfnis, dem Typ zu helfen.

»Was bedeutet Ihnen Natalie?«

Michael kam gleich auf den Punkt. Kein nettes, freundliches Geplänkel, was Blake ganz recht war. Er mochte kein nettes, freundliches Geplänkel. »Das geht Sie nichts an.«

»Vielleicht nicht.« Michael blieb vor einem roten Jeep stehen. »Als ich im Gefängnis war, hatte ich viel Zeit, über meine Familie nachzudenken. Ich habe das Leben vieler Menschen zerstört. Natalie wird lange brauchen, um mir zu verzeihen, aber damit kann ich leben, solange ich weiß, dass es ihr gut geht.«

»Ihr geht es gut.« Blake biss das letzte Stück vom Apfel ab und warf das Gehäuse in die Bäume. Er hatte kein Problem mit Natalies Ex. Es sei denn, der Ex machte Probleme. »Um Natalie brauchen Sie sich nicht zu sorgen.«

»Natalie ist die erste Frau, die ich je geliebt habe. Ich weiß noch, was sie anhatte, als ich sie zu Beginn der sechsten Klasse zum ersten Mal sah. Ich erinnere mich an das erste Mal, als ich sie geküsst habe, und wie sie in ihrem Hochzeitskleid ausgesehen hat.«

Blake verschränkte in der frischen Morgenluft fröstelnd die Arme und überlegte, ob er dem Typ sagen sollte, dass er fünf verschiedene Methoden kannte, einen Mann mit bloßen Händen zu töten. »Wollen Sie mir damit etwas sagen, oder ist das ein Wettkampf im Weitpissen?« Er sah seinem Rivalen fest in die Augen. »Ich pisse nicht um die Wette.«

»Kein Pisswettkampf.« Michael hob abwehrend die Hand, während sich einer seiner Mundwinkel nach oben verzog, als sei er amüsiert. »Ich würde mich nie auf einen Weitpisswettkampf mit einem Navy SEAL einlassen.«

»Wissen Sie das von Natalie?«

»Nein. Ich hab in öffentlich zugänglichen Behördendaten recherchiert. Dann hab ich fünfzig Mäuse für eine Strafregisterprüfung bezahlt. Ich vertraue Natalie, aber ich wollte mich vergewissern, dass Sie für meine Tochter keine Gefahr sind.«

Darüber konnte Blake nicht wütend sein. Vielleicht respektierte er ihn sogar dafür. »Und für Natalie.«

»Ja. Es fällt mir schwer, sie nicht als meine Frau anzusehen. Ich werde sie immer lieben.«

»Aber sie liebt Sie nicht.«

»Ich weiß.« Er senkte den Blick auf seine Schuhspitzen und sah Blake wieder in die Augen. »Natalie hat mir gesagt, dass sie Sie liebt.«

VIERZEHN

»Mom, da ist er.«

Natalie blickte von ihrer Einkaufsliste auf. »Wer?«

»Mason«, wisperte Charlotte verschwörerisch und deutete auf einen kleinen Jungen mit einem Spiderman-Mantel und Stiefeln. »Er geht in meine Klasse.«

Natalie wusste von Mason Hennessy. Charlotte hatte seine Sommersprossen schon mehrfach erwähnt. »Ist das der kleine Junge, den du magst?« Sie griff nach ein paar Käsemakkaroni-Schachteln und legte sie in ihren Einkaufswagen.

»Jetzt nicht mehr. Ich musste ihn mir aus dem Kopf schlagen.«

Natalie lachte. »Warum?«

»Amy ist in der Pause hinter ihm hergerannt und hat ihn auf die Wange geküsst.« Sie kletterte seitlich auf den Wagen. »Jetzt will ich ihn nicht mehr.«

Der arme Mason, gebrauchte Ware noch vor Abschluss der Vorschule. Sie schnappte sich eine Tüte Spaghetti und Dosengemüse und steuerte auf die Obst- und Gemüseabteilung zu. Sie dachte an die letzte Nacht mit Blake. Sie hatte noch nie im Leben in einer Nacht so viel Sex gehabt. Nicht einmal, als sie noch jünger war und sie und Michael die Schule schwänzten, um zu ihr nach Hause zu gehen, während ihre Mutter bei der Arbeit war.

»Darf ich Fruchtgummis haben?«

»Geh und hol sie dir, aber komm gleich wieder zurück.«

Charlotte hüpfte vom Wagen und flitzte um die Ecke.

Natalie erinnerte sich auch nicht, dass der Sex je so gut gewesen wäre. In dem Fall wäre es ihr noch schwerer gefallen, so lange darauf zu verzichten. Jedes Mal, wenn sie letzte Nacht aufgewacht war, hatte sie förmlich an Blake geklebt. Entweder hatte sie mit seinem Arm über ihr auf dem Rücken gelegen oder auf der Seite mit seiner Hand auf ihrer Brust, während die andere ihren Schritt umfasste, als befürchtete er, ihre Geschlechtsteile könnten sich zu weit von ihm entfernen.

Beim letzten Mal war sie aus einem erotischen Traum erwacht, nur um festzustellen, dass sie gar nicht geträumt hatte. »Ich liebe es, in dir zu sein«, hatte er gesagt. Zu dem Zeitpunkt war sie von seinem geflüsterten Geständnis hingerissen gewesen, doch inzwischen glaubte sie, zu viel hineingedeutet zu haben. Sie hatte geglaubt, dass es etwas bedeutete, doch es bedeutete nur, dass er den Sex mit ihr liebte. Und nicht sie.

Nachdem sie jahrelang ohne ihre Angstattacken gelebt hatte, spürte sie jetzt wieder, wie sich ihre Kehle zuschnürte und sich ihr Puls beschleunigte. Was, wenn er sie niemals lieben würde? Sie liebte ihn so sehr, dass sie ihn in ihr Leben gelassen hatte. Sie liebte ihn so sehr, dass sie für ihn ihre Regeln gebrochen hatte. Ihre Liebe zu ihm war neu und beängstigend und löste schmerzhafte und wunderbare Gefühle zugleich in ihrem Herzen aus.

Natalie wählte ein Bündel Bananen aus und legte es in ihren Einkaufswagen. Aber irgendetwas musste er für sie empfinden. Bis letzte Nacht war er sehr zugeknöpft gewesen, was sein Leben betraf. Er hatte sich stets bedeckt gehalten, aber gestern Abend hatte er ihr von seinen Flashbacks erzählt. Das überraschte sie nicht. Kein Mensch konnte die Dinge erleben, die er gesehen und getan haben musste, ohne dass es in seinem Unterbewusstsein Spuren hinterließ. Sie dankte Gott für die Männer und Frauen, die so mutig und engagiert waren, ihrem Land zu dienen, aber es musste seinen Tribut fordern. Selbst Superhelden hatten Schwachstellen. Bei Superman war es Kryptonit, und Batman war ohne seinen Utensiliengürtel auch nur ein Mensch.

Sie lud auch Orangen in ihren Wagen. Blake war Alkoholiker. Das hatte sie schon eher überrascht, aber es machte ihr nichts aus. Sie liebte ihn. Alles an ihm. Ob er trank oder nicht, war kein Problem für sie. Sie selbst trank nur mit Lilah, was nicht oft vorkam. Der einzige andere Alkoholiker, den sie kannte, war Mabel Vaughn, und sie wusste nur davon, weil sich Mabel früher immer mit Natalies Großmutter darüber unterhalten hatte. Mabel war eine große Befürworterin der Anonymen Alkoholiker, und die Leute, die zu diesen Meetings gingen, waren die Einzigen, über die sie nicht tratschte.

Nach dem Einkauf hielten sie und Charlotte noch kurz bei der Reinigung, bevor sie zurück nach Hause fuhren. Am Tag nach Thanksgiving hatte Glamour Snaps and Prints immer geschlossen, und es war einer der seltenen Tage, an denen sie beide frei hatten. Sie hatten vor, Kekse zu backen und Weihnachtskarten zu basteln. Später, wenn Charlotte im Bett war, hatte Natalie andere Pläne. Erwachsenenpläne mit dem Nachbarjungen.

Charlotte saß auf dem Rücksitz und sang ihr ABC immer und immer ... und immer wieder, bis Natalie verzweifelt das Lenkrad umklammerte.

»Da ist Spa-ky!« Charlotte unterbrach bei L-M-N-O-P.

Immer noch mehrere Blocks von zu Hause entfernt fuhr Natalie langsamer und hielt auf der Straße an. Wenn sie jetzt auch noch den Hund wieder einfangen müsste, wäre sie stinksauer.

Charlotte deutete auf das ehemalige Haus der Looseys, in dessen Einfahrt Blakes roter Ford parkte. Sparky war an der vorderen Veranda angeleint, und Natalie stellte ihren Subaru hinter Blakes Truck ab. Kaum hatte sie das Automatik-Getriebe auf Parken geschaltet, schnallte Charlotte sich ab und riss die Tür auf.

»Blake«, rief sie, als sie heraussprang. »Wo bist du?«

Auch Natalie stieg aus und blieb stehen, um das verlassene Haus genauer in Augenschein zu nehmen. Der Garten bestand nur noch aus gefrorenem Unkraut und Dreck, die blaue Hausverkleidung war an mehreren Stellen verzogen, und ein paar Fensterscheiben hatten Risse. Unwillkürlich musste sie an den gepflegten Garten und die üppig blühenden Blumenkästen der Looseys denken.

Blake hatte von seinen Plänen gesprochen, dieses Haus zu kaufen, aber in ihren Augen würde es eine Wahnsinnsarbeit werden. Gott allein wusste, wie viele wilde Tiere sich in den letzten Jahren darin eingenistet hatten.

Die Haustür schwang auf. »Wer macht hier so einen Krawall?« Blake trat in Jeans und seiner braunen Jacke heraus und schritt mit seinem selbstsicheren, lässigen Gang über die große Veranda. Natalies Haut kribbelte vor Glück, und sie vergrub die Nase im Kragen ihres Mantels, um ihr Lächeln zu verbergen.

»Ich bin's, Blake!« Charlotte rannte die Stufen hinauf. »Was machst du hier?«

»Ich seh mich nur um.« Er legte seine große Hand auf Charlottes Kopf und verwuschelte ihre Haare. Dann hob er den Blick zu Natalie, die den Rasen überquerte und die Treppe hinaufstieg. Um seine grauen Augen bildeten sich Lachfältchen, und er begrüßte sie mit einem tiefen, sexy »Hallo«.

Nur ein Wort. Ein einziges Wort, das ihr mit einem freudigen Kribbeln das Herz aufgehen ließ. »Mr. Junger.«

»Was hältst du von meinem neuen Haus?«

»Willst du hier einziehen?«

Blake sah auf Charlotte herab, die zwischen ihnen stand. »Nein. Ich will es nur kaufen und wieder herrichten.«

Das bedeutete wohl, dass er noch ein Weilchen in Truly blieb. Diesmal versteckte sie ihr Lächeln nicht. »Hast du schon ein Gebot abgegeben?«

»Heute Morgen.« Er sah sie an, als erinnerte er sich an letzte Nacht. Ganz heiß und glühend, als wäre er versucht, sie zu Boden zu werfen und das Ganze zu wiederholen.

Die Tür zum Haus öffnete sich, und Beau kam heraus. Beau anzusehen war wie Blake anzusehen, nur dass es einen winzigen Unterschied gab, der so geringfügig war, dass sie ihn nicht genau ausmachen konnte.

»Hallo, Natalie. Schön, Sie wiederzusehen.«

»Heute hab ich keinen Wein dabei und falle auch nicht in Ohnmacht.«

Charlotte linste um Blake herum und blickte verwundert zu Beau auf. Ausnahmsweise einmal war sie sprachlos.

»Du musst Charlotte sein«, sagte Beau. »Ich hab schon viel von dir gehört.«

Charlotte war zwar sprachlos, aber ihre Stimmbänder funktionierten noch. Sie machte den Mund auf und schrie, wie Natalie ihr Kind noch nie hatte schreien hören. Der Schrei war hoch, schrill und schreckerfüllt.

»Schon gut, Charlotte«, beruhigte Blake sie.

Sie sah von Beau zu Blake und schrie erneut. Diesmal machte sie auf dem Absatz kehrt und rannte die Stufen hinab und weiter ins Auto. Nur ein Wort kam aus ihrem Mund: »Roboter.«

Entgeistert sahen die drei Erwachsenen zu, wie sie die Autotür aufriss und hineinhechtete.

»Mannomann.« Beau sprach als Erster. »Tut mir leid, wenn ich Ihrer Kleinen Angst gemacht habe.«

»Ich muss gehen«, sagte Natalie und stieg eilig die Treppe hinab. »Verzeihen Sie, dass sie bei Ihrem Anblick geschrien hat.« Sie durchquerte den Garten und streckte den Kopf durch die offene Tür zum Rücksitz. »Charlotte. Hab keine Angst, Schätzchen. Der Mann ist kein Roboter. Er ist Blakes Bruder.«

»Ich will weg hier, Mama«, weinte sie.

»Okay.«

»Soll ich mal mit ihr reden?«, fragte Blake, der auf den Wagen zukam.

»Vielleicht später.«

Er zog den Kopf ein, um zu Charlotte in den Wagen zu spähen, und schaute wieder Natalie an. »Hat sie noch nie Zwillinge gesehen?«

»Nicht so welche wie dich und deinen Bruder. Die Olsen-Drillinge sind nicht eineiig.« Sie durchwühlte ihre Manteltasche nach ihren Schlüsseln. »Seit sie *I, Robot* mit Will Smith gesehen hat, graut ihr vor Robotern.«

»Ich komme später vorbei, um zu sehen, wie es ihr geht.«

»Wenn ich es ihr erkläre, wird es schon wieder. Wir googeln ›Zwillinge‹, und ich zeige ihr, dass Beau kein Roboter ist.« Sie senkte die Stimme. »Komm doch so gegen neun vorbei. Ich hab eine Überraschung für dich.«

Sein Lächeln begann in einem Mundwinkel und breitete sich aus. »Was denn?«

Sie zuckte mit den Achseln und stieg eilig in den Wagen, bevor er sie bedrängte und sie es ihm verriet. »Das siehst du dann um neun.«

Blake legte eine Hand aufs Autodach und die andere auf den Türrahmen und sah in Natalies blaue Augen. »Ich werde da sein, Sturm«, versprach er, schloss die Tür und trat einen Schritt zurück. Als er Charlottes verweintes Gesichtchen sah, kam er sich vor wie der letzte Scheißkerl. Wer hätte gedacht, dass Beaus Anblick sie derart in Angst und Schrecken versetzen könnte?

Er sah zu, wie der Subaru rückwärts aus der Einfahrt setzte, und wandte sich wieder zum Haus. Er hatte heute Morgen mit dem Immobilienmakler einen Rundgang gemacht, und obwohl das Haus so lange leer gestanden hatte, gab es keine größeren Probleme damit. Es war entkernt, und der Großteil des festen Inventars war gestohlen worden, was sich jedoch leicht ersetzen ließ. Der Makler hatte ihm die Schlüssel überlassen, und er hatte Beau mitgebracht, um ihm das Haus zu zeigen, während Stella ein Nickerchen machte. Er fragte sich, ob die Verlobte seines Bruders schwanger war oder ob die Höhenlage sie so müde machte. Blake hätte nichts dagegen, Onkel zu werden, und auch seine Mom würde ihn endlich in Ruhe lassen, wenn sie ein Enkelkind bekäme.

»Du hast eine interessante Wirkung auf die Cooper-Frauen«, scherzte er, als er die Treppe wieder hinaufstieg. Er schnappte sich Sparkys Leine, die am vorderen Pfosten der Veranda befestigt war, und band ihn los.

Beau sah genauso verdutzt aus wie Blake, als er die zwei kennengelernt hatte. »Wenigstens ist die Kleine nicht in Ohnmacht gefallen.«

Sie gingen ins Haus, wo Sparky wie verrückt herumschnüffelte. Der Teppich war verdreckt, aber die Hartholzböden mussten nur ein bisschen abgeschliffen und versiegelt werden. »Das größte Problem, das ich sehe, besteht darin, lizenzierte Subunternehmer zu finden, die die Arbeiten erledigen, die ich nicht selbst machen will. Wie die Klempnerarbeiten.«

Beau sah hinauf zum Deckenventilator, der an ein paar Drähten herabhing. »Du willst zwischen zwei Jobs daran arbeiten?« Er richtete den Blick wieder auf Blake. »Wann ist dein nächster Sicherheitseinsatz?«

Blake zuckte mit den Achseln. »Vorgestern hat man mir einen Haufen Kohle geboten, wenn ich auf einer Ölbohrplattform im Golf von Oman arbeite.«

»Scheißjob.«

»Deshalb hab ich auch abgelehnt.« Er musterte den Treppenaufgang zu seiner Linken und das Eisengeländer. Das Haus war solide gebaut. In einem Klima mit solchen Temperaturen war das wichtig.

Beau bückte sich und kraulte Sparky den Kopf. »Was ist mit Natalie Cooper?«

Das Haus hatte hübsche Erkerfenster und einen großen Kamin. Blake konzentrierte sich wieder auf seinen Bruder. »Was soll mit ihr sein?«

»Sie hat ein Kind.«

»Ja. Ich weiß. Worauf willst du hinaus?«, fragte er, obwohl er die Antwort schon kannte.

»Du machst nicht nur mit der Mama rum. Wenn du mit Natalie Schluss machst, wird es auch das Kind treffen.«

Das wusste er, und aus dem Grund hatte er in der Vergangenheit Frauen mit Kindern gemieden. »Wer sagt, dass ich Schluss mache?«

Beau verschränkte die Arme über seinem dicken Sweatshirt. »Hat sich deine Einstellung zur Ehe und dazu, mit einer Frau sesshaft zu werden, geändert?« Als Blake nicht antwortete, schüttelte Beau den Kopf. »Das dachte ich mir. Du kannst nicht mit der Mutter vögeln, ohne der Kleinen das Leben schwer zu machen.«

Manchmal hasste er es, einen Zwillingsbruder zu haben. Jemanden, der ihn so gut kannte wie er sich selbst. Jemanden, der ihn wütender machte als jeder andere auf dem Planeten. »Pass auf, was du sagst«, warnte er ihn.

Beau zog eine Augenbraue hoch. »So ist das also.«

Wieder wusste er genau, was sein Bruder meinte. Liebte er Natalie? Er mochte sie. Er war gern mit ihr zusammen, im Bett und außerhalb. Er entwickelte einen Beschützerinstinkt für sie und fühlte sich wohl mit ihr, aber das war keine Liebe. »Seit du beschlossen hast, dass deine Orgasmen mehr bedeuten sollen, als nur zu kommen, bist du ein selbstgerechter Kotzbrocken. Seit dein Schwanz eine wundersame Verwandlung zu ›bedeutsamem Sex‹ durchgemacht hat, findest du, dass ich mich auch wandeln sollte.« Seine Augenbrauen senkten sich vor Wut, während er seinem Bruder mit dem Finger drohte. »Natalie Cooper geht dich einen Scheißdreck an!«

»Du bist bloß sauer, weil ich recht habe«, erwiderte Beau ruhig und beherrscht. »Du spielst im Leben der Kleinen längst eine Rolle. Was glaubst du, was passiert, wenn du dich aus dem Staub machst?«

»Was bist du? Ein Scheiß-Hellseher?« Blake ließ die Hand sinken. »Wer sagt, dass ich mich aus dem Staub mache?«

»Weil du das immer tust. Bis vor einem Jahr war ich genauso. Weil du immer noch gern jagst. Ob es nun böse Buben oder Frauen sind. Weil du nicht weißt, dass nur eine Frau zu lieben keine Schwäche ist. Du weißt nicht, dass Wurzeln zu schlagen dich nicht deiner Superheldenkräfte beraubt und dich zum Durchschnitt macht. Das ist normal, Blake, aber dass die Junger-Männer normal sind, da sei Gott vor.«

Was sein Bruder sagte, stimmte zum Teil, was ihn nur noch wütender machte. Sie waren dazu erzogen worden, in allem besser zu sein. Sogar besser als der eigene Bruder.

Beau ließ die Hände sinken. »Nach allem, was du mir erzählt hast, lässt Natalie nicht viele Männer an sich ran. Sie wird stärkere Gefühle für dich entwickeln, als du für sie hast. Wenn sie es nicht schon getan hat.«

Blake machte den Mund auf und klappte ihn wieder zu. Er wollte entgegnen, dass Natalie nichts für ihn empfand und dass Beau sich seinen scheinheiligen Bockmist sonst wohin schieben sollte, aber das konnte er jetzt nicht mehr. »Natalie hat mir gesagt, dass sie Sie liebt«, hatte Michael Cooper ihm erst am Morgen erzählt. Seitdem hatte er nicht viel darüber nachgedacht, da er sich nicht über die Motive des Typen im Klaren war. Wenn er es gesagt hatte, um eine Reaktion zu provozieren, hatte Blake ihm den

Gefallen nicht getan. Es war zu früh, um von Liebe zu sprechen. Sie hatten nur viermal Sex gehabt, den fantastischen Blowjob nicht mitgezählt. Sie waren Nachbarn und teilten sich einen Hund. Er mochte Charlotte und Natalie sehr. Seit er nach Südamerika aufgebrochen war, hatte er gewusst, wenn er mehr von Natalie wollte als nur einen Quickie, und das wollte er unbedingt, würde sie mehr von ihm wollen als sexuelle Avancen. Er war bereit, ihr mehr zu geben. Er war bereit, eine »Freunde mit exklusivem Vorrecht auf den nackten Körper des anderen«-Beziehung mit ihr zu führen. Das war der nächste logische Schritt, aber noch einen Riesensprung vom L-Wort entfernt. Natalie konnte ihn genauso wenig lieben wie er sie.

»Natalie scheint eine nette Frau zu sein. Clever. Wunderschön.«

Sie hasste Lügen und war der einzige Mensch, den er je getroffen hatte, der sein Leben wirklich für alle offen lebte. Wenn Natalie Michael tatsächlich gesagt hatte, dass sie Blake liebte, kannte Blake sie gut genug, um zu wissen, dass sie es selbst glaubte.

»Du kannst sie nicht behandeln wie all die anderen Frauen in deiner Vergangenheit«, warf ihm Beau im Weggehen über die Schulter zu. »Scheiß endlich, oder geh runter vom Topf, Froschmann.«

Natalie sah noch ein letztes Mal nach Charlotte. Es war fast neun Uhr, und ihre Tochter lag zusammengerollt in ihrem Bett und schlief. Sie schloss Charlottes Tür und ging ins Bad. Eilig legte sie den Morgenrock ab und stieg in ihren alten blau-goldenen Cheerleader-Rock. Er reichte ihr knapp bis zur Mitte des Oberschenkels, und der Reißverschluss an der Seite ließ sich immer noch zuziehen. Da der Rock um die Taille ein bisschen eng war, ließ sie den Knopf offen. Auf der linken Brust des Pullovers war ein Megaphon mit ihrem Namen darin aufgestickt, während auf der rechten ihre Cheerleading-Schleifen befestigt waren. Sie zog sich den Pulli über den Kopf bis zur Taille. Auch er war über der Brust etwas zu eng und rutschte hoch, als sie den Arm hob, um sich die Haare zu einem hohen Pferdeschwanz zu frisieren.

Als sie fertig war, lief sie vom Bad in die Küche und durchwühlte ihre Tasche, die auf dem Tisch stand. Nach der Begegnung mit Blake am Haus der Looseys war sie nach Hause gekommen und hatte die Kiste mit ihren Highschool-Jahrbüchern und ihrer alten Cheerleader-Uniform hervorgekramt. Sie schnappte sich eine Tube Lipgloss aus ihrer Handtasche und musste sich eingestehen, dass sie sich ein wenig lächerlich vorkam. Sie überzog ihre Lippen mit einer dünnen Schicht Rosa und nahm sich einen Augenblick Zeit, die geplante Überraschung noch einmal zu überdenken. Wenn Blake es nun blöd fand? Was, wenn ... Sie stieß einen verächtlichen Laut aus und ließ den Lipgloss wieder in die Tasche fallen. Blake war ein Mann mit Cheerleader-Fantasien. Es würde ihm gefallen, insbesondere die Tatsache, dass sie keine Unterwäsche trug.

Ein leises Klopfen lenkte ihre Aufmerksamkeit auf die Seitentür, und sie sah auf die Uhr. Blake war pünktlich. Natalie durchquerte den Raum, holte tief Luft und öffnete die Tür. Mit ausgebreiteten Armen rief sie: »Überraschung!«

Er stand halb in Dunkelheit gehüllt auf der Veranda. Das Licht aus dem Haus fiel über seinen Hals und seine Brust, ließ jedoch sein Gesicht im Schatten. Ihr Herz pochte heftig, doch er sagte nichts. Es hatte ihm offenbar die Sprache verschlagen.

»Komm rein, dann zeig ich dir meine schönsten Figuren und Schritte.« Sie trat zurück, und in dem Moment, als er eintrat, wusste sie, dass er nicht vor Erstaunen stumm war. Statt mit Verlangen oder auch nur einem Lächeln sah er sie an wie an dem Tag, als sie sich kennengelernt hatten. Kalt. Wie versteinert. Als könnte er es nicht erwarten, von ihr wegzukommen.

»Was ist los?« Ein panisches kleines Flattern ließ sich in ihrem Bauch nieder. »Was ist passiert?«

Er zog seinen Mantel nicht aus und lehnte sich mit dem Rücken an die geschlossene Tür. »Ich fahre morgen früh weg.«

»Oh.« Wenn sein verschlossenes Gesicht nicht gewesen wäre, hätte sie ein gewisses Maß an Erleichterung verspürt.

»Ich weiß nicht, wann ich wiederkomme.«

Sie wusste, was er beruflich machte. Wusste, dass er keinen geregelten Bürojob hatte. »Okay.«

»Ich weiß nicht, ob ich wiederkomme.«

Ob? Ihr Herz zog sich schmerzhaft zusammen. Sie musste ihn falsch verstanden haben. Hatte er nicht gerade ein Gebot für das Haus der Looseys abgegeben? »Ich bin durcheinander, Blake.«

»Es funktioniert nicht«, sagte er und machte eine Handbewegung, die sie beide einbezog. »Durch meine Arbeit bin ich manchmal Wochen, vielleicht sogar Monate weg. Du willst eine Beziehung, aber das geht nicht, wenn einer von beiden die meiste Zeit weg ist.«

Sie sah in sein attraktives Gesicht und seine Augen, die nichts als kühles Desinteresse widerspiegelten. »Aber ich weiß das jetzt schon länger. Wir können das hinkriegen.« Gott, klang sie so verzweifelt, wie sie sich fühlte? »Deine Arbeit ist mir egal.«

»Das wird sich ändern.«

Sie holte tief Luft und stieß trotz des stärker werdenden Schmerzes in ihrer Brust und des Stolzes, der ihr die Kehle zuschnürte, hervor: »Ich liebe dich, Blake. Alles andere ist mir egal.«

»Ich bin kein Typ für eine Beziehung. Das hab ich dir von Anfang an gesagt.« Er stieß sich von der Tür ab und griff nach der Klinke, als hätte er nicht gehört, dass sie ihm ihre Liebe gestanden hatte. Als könnte er nicht schnell genug von ihr wegkommen.

»Ich habe dir gerade meine Liebe gestanden, und deine Reaktion darauf ist weglaufen?«

»Du liebst mich nicht. Sex ist keine Liebe.«

»Glaubst du, ich kenne den Unterschied nicht?«

»Ich glaube, du bist durcheinander.«

Sie verschränkte die Arme vor dem Schmerz in ihrer Brust. »Dann klär mich auf.«

Er runzelte die Stirn, wie er es immer tat, wenn sie ihn zwang, etwas auszusprechen, worüber er nicht reden wollte. »Der Sex mit dir war super. Ich hatte meinen Spaß. Du hattest deinen Spaß, aber jetzt ist es an der Zeit weiterzuziehen.«

Oh Gott. Sie senkte den Kopf und schaute auf ihre Fußnägel, die sie nur für ihn rot lackiert hatte. Sie wollte seinen kalten, verschlossenen Blick nicht sehen.

»Tut mir leid, wenn ich dir wehgetan habe. Du bist der ehrlichste Mensch, den ich kenne, und du verdienst es, dass ich ehrlich zu dir bin. Und das Letzte, was ich will, ist, dir etwas vorzumachen und dich in dem Glauben zu lassen, dass die Chance besteht, dass ich deine Gefühle eines Tages erwidere.« Er öffnete die Tür, doch sie sah nicht auf. »Bitte sag Charlotte Auf Wiedersehen von mir«, sagte er und schloss die Tür hinter sich.

Erst jetzt hob sie den Blick und starrte auf die Tür, unfähig, sich zu rühren. War das gerade wirklich passiert? Hatte er gesagt, er würde weggehen und wüsste nicht, ob er wiederkäme? Hatte sie Blake ihre Liebe gestanden, und er hatte gesagt, dass keine Chance bestünde, dass er ihre Gefühle erwiderte? Er hatte sie verlassen? Hatte er gerade dasselbe zu ihr gesagt, was sie zu Michael gesagt hatte?

Ihre Augen brannten, und ihre Brust schmerzte, als würde ihr Brustkorb einsinken und ihr das Herz abdrücken. Sie liebte einen Mann, der sie nicht liebte. Einen Mann, in den sie sich tunlichst nicht hätte verlieben sollen. Sie hatte gewusst, dass sie ihm ihr Herz nicht anvertrauen konnte, und doch war sie hergegangen und hatte es ihm geschenkt.

Und jetzt? Natalie zog sich einen Küchenstuhl heran und setzte sich. Sie war eine Närrin. Eine Träne rollte über ihre Wange, und der Schmerz, Blake zu lieben, fühlte sich an wie eine schwere Last, die sie niederdrückte. Er hatte von Anfang an gesagt, dass er keine Beziehung wollte, sich aber nicht so verhalten. Er hatte sich immer verhalten, als wollte er sie. Er war ihr nachgelaufen, und als sie ihren Gefühlen für ihn nachgegeben hatte, hatte er sie einfach abserviert und ihr das Herz gebrochen.

Vielleicht war das der Grund, warum sie Beziehungen aus dem Weg gegangen war. Vielleicht hatte es gar nichts mit einem moralischen Dilemma zu tun und dafür alles mit dem Schmerz, den die Liebe zu einem Mann mit sich brachte. Der körperliche Schmerz, der sich in ihrer Brust und in ihrem Bauch ausbreitete.

Ihr feuchter Blick fiel auf die Weihnachtskarten, die sie und Charlotte gebastelt hatten. Was war mit ihrer Tochter? Er wollte einfach auf und davon gehen und aus Charlottes Leben verschwinden? Er wollte es Natalie überlassen, ihr von ihm Auf Wiedersehen zu sagen?

Wut brodelte in ihren Adern wie Lava und drohte zu explodieren, doch diesmal konnte sie nicht einfach zu ihm rübermarschieren wie an dem Tag, als er ihr den Hund aufgehalst hatte.

Der Hund! Was war mit Sparky? Er wollte sie, Charlotte *und* seinen Hund im Stich lassen? Er könnte damit leben, sie mit gebrochenem Herzen, Charlotte traurig und verwirrt und Sparky ohne Herrchen zurückzulassen?

Natalie wischte sich mit dem Ärmel ihres Pullovers über Nase und Wange. Sie war wütend, todunglücklich und eine Närrin. Eine Riesennärrin. Wieder einmal hatte sie sich eingebildet, einen Mann zu kennen. Sich eingebildet, dass sich hinter Blakes harter, kühler Fassade ein Mann verbarg, der sanft und herzlich war. Wieder einmal hatte sie keine Ahnung gehabt, was im Inneren des Mannes, den sie liebte, wirklich vor sich ging.

Eine ahnungslose Närrin im bescheuerten Cheerleader-Kostüm.

FÜNFZEHN

Blake entspannte sich auf einem Sitz zwischen der Absprungausrüstung im Heck des Knighthawk-Helikopters, der über den Indischen Ozean flog. Dieselben drei privaten Sicherheitskräfte, mit denen er im Jemen zusammengearbeitet hatte, besetzten die anderen Plätze, während der Pilot die zwei grünen leuchtenden Punkte auf dem Radarschirm im Auge behielt, die vor dem nordöstlichen Zipfel von Somalia lagen.

Die vier Männer trugen schwarze Ganzkörperanzüge und warteten auf das Signal zum Absprung. Es kam in 3,2 Kilometern Entfernung von einem Frachtschiff namens *Fatima*, das von somalischen Piraten geentert worden war und sich in ihrer Gewalt befand. Die aktuellste Meldung lautete, dass die Besatzung nicht mehr gesehen worden war. Entweder war die gesamte Crew tot, oder sie hatte sich in den Schutzräumen eingeschlossen.

Die *Fatima* fuhr unter panamaischer Flagge und führte in ihrem Ladungsverzeichnis Schüttgut auf. Obwohl sie mit Getreide, Erz und Beilen aus Hongkong beladen war, hatte die U.S.-Regierung erfahren, dass tief im Frachtraum ein Dutzend Fünfzig-Gallonen-Fässer mit Yellowcake-Uran verstaut waren. Etwa hundert Meter vor der *Fatima* hielt ein vierundzwanzig Meter langes Patrouillenboot Wache und wartete auf den Schutz der Dunkelheit, um das Nuklearmaterial zu löschen. Das Boot hatte keine Markierungen, keinen Namen und war mit auf dem Schiffsdeck montierten .50-Kaliber-Waffen bestückt. Nicht gerade das herkömmliche verrostete Boot verarmter somalischer Piraten.

Ihr Helikopter schwebte jetzt hundertsiebenunddreißig Meter über dem Meeresspiegel, und der Pilot legte einen Schalter um. Das Licht an der Steuerbordtür sprang von Rot auf Grün um, und Fast Eddy gab das verabredete Zeichen. Die Männer stießen ein Zodiac-Boot in die Wellen und seilten sich in das schlingernde Schlauchboot ab. Der Kopilot ließ ihre Ausrüstung herab, und innerhalb von drei Minuten hatten sie alles verstaut und montiert und hielten Kurs auf die *Fatima*.

Blake war vor einer Woche von Boise nach Houston geflogen, wo ein neuer Auftrag der privaten Sicherheitsfirma auf ihn wartete, für die er schon im letzten Jahr gearbeitet hatte. Dabei ging es um mehr Geld und mehr Zeit außer Landes. Mehr Zeit weg von Truly, Idaho, und dem großen Haus, in dem er ein anderes Leben geführt hatte. Ein Leben, das nicht zu ihm passte. Ein Leben, in dem seine besten Freunde eine Fünfjährige und ihre wunderschöne Mutter waren.

Sosehr er es auch hasste, wenn Beau recht hatte, Blake musste Truly verlassen, bevor sein Weggehen Charlotte und Natalie verletzte.

Natalies Gesichtsausdruck, als er sie über sein Fortgehen informiert hatte, steckte in seiner Erinnerung fest wie eine Axt in seinem Schädel. Er hatte ihr wehgetan. Das hatte er nicht gewollt. Sie und Charlotte waren die letzten Menschen auf der Welt, denen er Kummer bereiten wollte. Sie bedeuteten ihm etwas. Sie bedeuteten ihm so viel, dass das Bedauern über ihre verletzten Gefühle in ihm arbeitete und den Weg in sein unbeteiligtes Herz und seine abgeklärte Seele fand.

Sie liebte ihn.

Die Erinnerung an den Schmerz in Natalies blauen Augen erfüllte ihn mit Schuldgefühlen und dem übermächtigen Verlangen, sie in die Arme zu nehmen und vor dem Schmerz zu bewahren. Sie an seine Brust zu drücken und zu lieben, doch das war nicht das Richtige für sie. Er war ein Mann mit einer Menge Fehlern, doch er versuchte immer, ein Mann zu sein, der das Richtige tat, und das Richtige war, sich aus ihrem Leben herauszuhalten.

Doch momentan musste er diese Erinnerungen und Schuldgefühle verdrängen. Es war unerlässlich, sich auf die bevorstehende Mission zu konzentrieren. Seine drei Teamkameraden verließen sich darauf, dass er seinen Job machte, sich ausschließlich auf die Mission fokussierte. Jahrelanges Training befähigte ihn, die Erinnerung an Natalie und Charlotte problemlos in seinem Hirn ganz nach hinten zu schieben, während er im vorderen Teil völlig klar und konzentriert blieb.

Je näher das Zodiac-Boot der afrikanischen Küste kam, desto stärker wurde der Wellengang. Das Gummiboot erreichte den Scheitelpunkt einer Welle und sackte dann nach unten. Blakes Magen hob und senkte sich, und durch die Feuchtigkeit beschlug seine Nachtsichtbrille. Jedes Land besaß seinen eigenen unverwechselbaren Geruch, der sich ins Gedächtnis einbrannte. Somalia roch nach jahrzehntelanger Fäulnis und Verwesung vermischt mit dem süßen Duft tropischer Blumen. Umgeben von Blumen und Verfall waren die Straßen, auf denen sich mit Panzerfäusten bewaffnete Gangs herumtrieben, vom kontinuierlichen Lärm der Sturmgewehrsalven erfüllt.

Hundert Meter von der *Fatima* entfernt gab Fast Eddy das Zeichen, die Motoren auszuschalten, und die Männer legten Masken und Tauchgeräte an und befestigten ihre in wasserdichten Beuteln verstaute Ausrüstung an einer Metallstrickleiter. Jeder Mann schnappte sich seinen Abschnitt der Leiter und ließ sich in den Indischen Ozean gleiten.

Die schlechten Sichtverhältnisse machten es schwierig, die Anzeigen und Skalen auf ihren Tauchuhren zu erkennen, während sie sechs Meter unter der Oberfläche im gleichen Tempo schwammen. Alle Männer wussten, wie viele Beinschläge es brauchte, um neunzig Meter zurückzulegen, und tauchten auf der Steuerbordseite in der Nähe der Frachträume auf.

Geräuschlos befestigte Farkus die Leiter an der Seite des Schiffes, und sie legten ihre Tauchausrüstung ab und hängten sie an die Sprossen. Dann schnappten sie sich ihre Waffen und Munition aus den wasserdichten Beuteln und enterten die *Fatima*. Ihre Gesichter waren schwarz bemalt wie bei superheimlichen Ninjas. Nachdem sie ihre Tauchuhren aufeinander abgestimmt hatten, tippte Fast Eddy zweimal an seinen Helm, und alle nahmen geräuschlos ihre Position ein. Blake hatte in seiner Karriere schon Dutzende von Durchsuchungs- und Beschlagnahme-Missionen absolviert und steuerte zielstrebig auf den Vormast und die Windenplattform des Schiffes zu. Mit seiner MP5 Maschinenpistole auf dem Rücken und einer .9 mm an der Hüfte bestieg er die Plattform, kniete sich geräuschlos auf den feuchten Stahl und ließ das speziell angefertigte Dreibein an der MP5 einrasten. Er legte sich auf den Bauch und stellte das Nachtzielfernrohr scharf. Mit Hilfe der Umrechnungstabelle in seinem Kopf berechnete er in Sekundenschnelle Entfernung und Geschwindigkeit und kalkulierte dann die Luftfeuchtigkeit, den Höhenunterschied und den starken Wind mit ein.

Die Piraten auf dem kleineren Boot unten wippten auf und ab, sodass er sie manchmal im Visier hatte und manchmal nicht; er schätzte, dass sich drei von ihnen im Bug und weitere zwei in der Kajüte befanden. Er nahm das Auge vom Sucher und sah auf die Uhr. In zwei Minuten wären alle Einsatzkräfte in Position. Fast Eddy würde ein Signal auf seine Uhr senden, und die Spiele würden beginnen.

Doch schon nach dreißig Sekunden drangen Schüsse aus dem Frachtraum hinter Blake. »Scheiße«, flüsterte er, hielt das Auge wieder an den Sucher und legte den Finger auf den Abzug. Kurze Sturmgewehrsalven krachten gegen Stahl, während das kleinere Boot wippend aus seinem Fadenkreuz verschwand. Die schaumgekrönten Wellen vor dem Bug flimmerten, flackerten einen Sekundenbruchteil und verwandelten sich im grünen Licht des Zielfernrohrs zu weißem Schnee. Der Wind, der ihm ins Gesicht blies, nahm die schneidende Kälte und den unverwechselbaren Geruch des Winters im Hindukusch an. Während sein Herz in seinen Ohren hämmerte, nahm Blake das Auge vom Sucher und den Finger vom Abzug. Seine Wahrnehmung schwankte zwischen Wirklichkeit und Illusion. Er wusste, dass er sich 3,2 Kilometer vor der somalischen Küste auf der *Fatima* befand. Nicht in den Höhlen und Felsen des afghanischen Hochgebirges. Er hatte das unter

Kontrolle. Das durfte nicht sein. Das Leben dreier Männer hing von ihm ab. Er legte die Stirn an die kalte Stahlplattform und atmete tief durch, versuchte, seine Atmung und das Bild, das nicht real war, unter Kontrolle zu bekommen. Doch je stärker er sich darum bemühte, desto weniger Kontrolle hatte er und umso panischer wurde er. Er atmete zittrig aus und ergab sich der Vision, konfrontierte sich mit dem Granitfelsen und den verschneiten Gipfeln, und genauso schnell, wie das Bild gekommen war, flackerte es, flimmerte und zerrann. Er hob den Kopf und sah wieder durch den Sucher. Sein Herzschlag hämmerte in seiner Brust und pochte dumpf in seiner Halsgrube. Ihm war speiübel, doch er hatte keine Zeit, sich zu übergeben. Das kleinere Boot stieg in sein Fadenkreuz empor, doch die Piraten standen nicht mehr am Bug.

Verdammte Scheiße. Verfluchte Wichser. Er schwang den Gewehrlauf nach links und erblickte einen Piraten, der auf eine der auf Deck montierten .50-Kaliber-Waffen zurannte. Sein Körpergedächtnis übernahm, und er drückte den Abzug und versenkte drei Schuss im Massenschwerpunkt. Der Mann fiel, und Blake schwenkte den Lauf zu der anderen Waffe, die auf dem Vordeck montiert war. Dicht aufeinanderfolgend trafen Kugeln das Deck um Blake herum, *rattatat-rattatat*. Heiße Metallsplitter flogen durch die Luft, während er einen zweiten Mann mit einer schwarz-weißen Kufiya ins Visier nahm. Das kleinere Boot hüpfte außer Sicht und stieg wieder empor. Der Typ feuerte mehrere Schüsse ab, doch Blake war der bessere Schütze und schaltete ihn aus. Er entdeckte drei Piraten, die links von ihm das Schiff enterten. Kugeln zerfurchten und verbeulten den Stahl um ihn herum, während er Blei durch seine Visierung sandte und auch sie ausschaltete.

Innerhalb von Minuten war es vorbei, und Blake inhalierte die salzige Luft und stieß sie wieder aus. Er rappelte sich auf die Knie hoch und sah sich nach seinen Teamkameraden um. Als er sie unversehrt in dem erleuchteten Frachtraum entdeckte, wischte er sich einen Schweißtropfen weg, der ihm an der Schläfe hinabrann. Er hatte schon an Missionen teilgenommen, die wie nach dem Lehrbuch verliefen, und an Missionen, die im Handumdrehen hässlich wurden. Er hatte gesehen, wie seine Freunde und Kameraden von Bomben am Straßenrand und von Panzerbüchsen in Stücke gerissen wurden. Er hatte neben Männern gestanden, die von Sturmgewehrladungen in zwei Hälften geteilt worden waren, doch er war noch nie auf einer Mission gewesen, auf der er nicht in der Lage war, seinen Job zu erledigen. Keiner der Männer, die er hatte sterben sehen, hatte sein Leben verloren, weil er, Blake, den Abzug nicht drücken konnte.

»Alles okay, Junger?«, rief Fast Eddy zu ihm herauf.

»Mir geht's gut.« Aber das stimmte nicht. Seine Hände zitterten, und der Schweiß strömte ihm übers Gesicht und sammelte sich auf seiner Brust. Er brauchte einen Drink, und zwar dringend. Die Übelkeit drehte ihm den Magen um und schnürte ihm die Kehle zu. Die Art von Übelkeit, die rein gar nichts mit dem Schaukeln des Ozeans zu tun hatte, dafür alles mit seiner Sucht.

Warum tat er sich das an? Auf Alkohol zu verzichten war Schwachsinn. Wohin hatte es ihn gebracht? Vor der Entziehungskur war es ihm viel besser gegangen. Ein Glas Johnnie Walker würde seine Flashbacks, sein Händezittern und seine tagtägliche Quälerei heilen. Es würde ihn von seinen Schuldgefühlen und von seinem Verlangen kurieren, Natalie Cooper zu finden und sein Gesicht an ihrem Hals zu vergraben.

Blake stand auf und schloss sich seinem Team an. Er erfuhr, dass drei Mitglieder der *Fatima*-Crew von den Piraten getötet worden waren und sich die anderen in die Schutzräume hatten retten können. Zwanzig Minuten, nachdem das letzte Besatzungsmitglied in den Rettungshubschrauber verladen worden war, und als die U. S. Navy bereit war, an Bord zu gehen und zu übernehmen, ließen sich Blake und die anderen Einsatzkräfte wieder in den Indischen Ozean gleiten.

Er brauchte etwas zu trinken, und sobald er ans Ufer käme, würde er dieser Trockenperiode ein Ende setzen. Er würde mit einem Glas Johnnie Walker auf Eis ausspannen. Er konnte praktisch schon das Klirren der Eiswürfel hören und den ersten Spritzer in seinem Mund schmecken.

Er konnte seine Flashbacks nicht kontrollieren. Er konnte seine Alkohollüste nicht kontrollieren. Er konnte nicht kontrollieren, dass Natalie Cooper ihm nicht aus dem Kopf ging. Alkohol würde das Problem für ihn lösen. Er würde alle Probleme lösen. Er würde alle Schmerzen lindern und ihm das Gefühl geben, wieder die Kontrolle zu haben.

Blake und die anderen vier landeten auf dem Militärflugplatz in Durban und bestiegen einen Flieger, der sie aus Afrika ausflog. Wenn er wieder zu trinken anfing, würde er nicht mehr aufhören – das wusste er. Er freute sich darauf, doch zuerst hatte er in Houston noch etwas Wichtiges zu erledigen, und er respektierte seine Arbeitgeber viel zu sehr, um besoffen bei ihnen aufzulaufen. Er schlief viel und quälte sich durch die nächsten zweiundzwanzig Stunden, bis das Flugzeug in Houston landete. Er nahm ein Taxi zu dem Wolkenkratzer aus Stahl und Glas im Stadtzentrum. Die texanische Sonne spiegelte sich in dem blauen Glas, und er fuhr mit dem Lift in die zwanzigste Etage. Er nahm in einem weißen Sessel gegenüber von James Crocker Platz, dem derzeitigen Präsidenten und Geschäftsführer von Trident Security Worldwide. James Crocker war früher Nationaler Sicherheitsberater gewesen und jetzt Chef der mächtigsten privaten Militärfirma der Welt. Obwohl Blake den Mann sehr respektierte, wäre es für ihn ein Leichtes gewesen, über die Gründe zu lügen, warum er kündigen musste, kurz nachdem er einen neuen Vertrag unterschrieben hatte. So viel einfacher, als einzugestehen, dass er seine Flashbacks nicht unter Kontrolle hatte und für seine Kameraden eine Gefahr darstellte.

James bot ihm einen Job im firmeneigenen Schulungszentrum in North Carolina an, aber Blake lehnte ab. Er wusste noch nicht, was er machen wollte. Außer nach Hause zu fahren und sich ins Koma zu saufen. Und dann aufzustehen und wieder von vorn anzufangen. Er wollte nicht in einer Bar trinken. Er wollte nicht Auto fahren. Er wollte niemanden sehen. Nur ganz allein trinken, so wie George Thorogood in seinem Song.

Von Houston flog er nach Denver und von dort weiter nach Boise. Es war erst Nachmittag, als er landete, und er sprang in seinen Truck auf dem Langzeitparkplatz. Die Sonne schien strahlend auf das Tal herab, doch je näher er Truly kam, umso kälter und verschneiter wurde es.

Es war ihm egal. Er würde sich ein großes prasselndes Kaminfeuer anzünden und sich eine Flasche Whiskey hinter die Binde kippen. Bevor Beau abgereist war, hatte er Blakes Dreihundert-Dollar-Flasche Johnnie Walker durch eine Broschüre der Anonymen Alkoholiker ersetzt. Als würde das Blake vom Trinken abhalten. Er war noch nie im Spirituosenladen in Truly gewesen, wusste aber, dass er sich an der Ecke Third und Pine befand, nur ein paar Häuser von Hennessy's Saloon entfernt.

Fast zu Hause, flüsterte ihm seine Sucht ins Ohr, als er am »Willkommen in Truly«-Schild vorbeifuhr. Es war zwei Uhr nachmittags. Früh genug, um ein paar Flaschen Johnnie und vielleicht ein paar Kästen Bier zu erstehen.

Danach fühlst du dich gut, flüsterte seine Sucht, falls er es beim ersten Mal nicht gehört hatte. *Niemand erfährt davon.* Er hielt an der einzigen Ampel. Er war müde. Müde von dem Versuch, sein Leben zu kontrollieren. Während er dort an der roten Ampel wartete, dachte er an Natalie und ihr Gesicht, wenn sie ihn anlächelte. An den Sonnenschein in ihren Haaren und das tiefe, wunderschöne Blau ihrer Augen. Er dachte an die Berührung ihrer Hände, ihres Mundes und ihres Atems an seinem Hals.

Wie seine Sucht war sie eine permanente Versuchung, und er dachte daran, dass er sich aus ihrem Leben ausgeklinkt hatte, weil es das Richtige war, weil ein früherer Abschied ihr und Charlotte weniger Schmerz bereiten würde als ein späterer. Er hatte seinen Hut genommen, weil sie ihn liebte. Sie liebte ihn, doch sie verdiente einen Mann, der ihre Liebe erwidern konnte. Beau hatte recht, eine einzige Frau zu lieben fühlte sich an wie eine Schwäche. Und Schwäche war keine Option.

Hinter ihm hupte es, und als er aufsah, war die Ampel grün. Er bog nach rechts auf die Pine ab und hielt vor dem

Spirituosenladen, in dessen Schaufenster die Weihnachtsangebote angepriesen wurden. Pfefferminz-Wodka und Rum-Eggnogg interessierten ihn nicht. Er stieg aus dem Truck und zog im pfeifenden Wind den Reißverschluss seines Mantels zu. Er stand am Straßenrand und sah durch die Fenster auf die Regale aus Alkohol. Wände gesäumt von klaren und bernsteinfarbenen Flaschen, eine Reihe verlockender als die andere. Bunte Neonröhren warben für die unterschiedlichsten Alkoholsorten, und an der Tür hing ein grünes Plakat mit der Ankündigung des Winterfestivals.

Er trat einen Schritt vor und blieb stehen. *Bumm-bumm-bumm* hämmerte sein Herz, und ihm brach der Schweiß aus.

Nimm mich. Schnapp mich. Sei nicht schwach.

Blakes Hände zitterten, doch er zog den Kopf ein und wandte sich nach rechts. Er lief über den Gehsteig, weg vom Spirituosenladen und an Annies Dachboden-Antiquitäten vorbei. Er lief immer weiter, vorbei an Hennessy's Saloon und Helens *Hair Hut*. Seine Sucht versprach ihm abwechselnd Erlösung und nannte ihn einen Schwächling. Tausendmal kämpfte er gegen das starke Verlangen, sich umzudrehen, zurückzugehen und sich seinen Freund und Liebsten zu schnappen. Die Fäuste tief in den Taschen vergraben, lief er an der Seite der Grace Episcopal Church vorbei und stieg die Stufen zum Kellergeschoss hinab. Mit der Hand am Griff hielt er inne. *Ich bin nicht dein Feind. Ich bin nicht deine Schwäche. Ich bin das Einzige, was du je geliebt hast.*

Seine Sucht war eine gewandte Lügnerin. Er hatte sich eingeredet, dass er Natalie verlassen hatte, weil es das

Richtige war. Dass es ihr und Charlotte weniger Schmerz verursachte, wenn er ginge, als wenn er bliebe. Aber das stimmte nicht. Er war gegangen, weil er die Kontrolle verloren hatte. Kontrollverlust war eine Schwäche. Er war ein Junger. Ein Mann. Er trat Terroristen in den Arsch. Er war der Sturm, und er hatte die Kontrolle über seine Gefühle für eine Frau verloren.

Er zog die alte Holztür auf und betrat das Steingebäude. Zu seiner Linken stand Mabel Vaughn an einem Pult. Sie schlug mit einem Auktionshammer auf den Holzstand, und Blake stahl sich an der Wand entlang in den hinteren Teil des Raumes. Er fand einen freien Stuhl und ließ sich darauf sinken, während alle um ihn herum das Gelassenheitsgebet sprachen. Vorher dazu bestimmte Mitglieder lasen aus dem Blauen Buch, und alles in ihm, jede Faser seines Körpers, sagte ihm, dass er aufstehen und gehen sollte. Einfach den Arsch vom Stuhl schwingen und die Fliege machen. Das hatte er nicht nötig. Er konnte sein Leben kontrollieren. Das war Schwäche.

»Haben wir heute irgendwelche neuen Mitglieder?«, fragte Mabel.

Blake blickte auf und sah, dass Mabel ihn fixierte. Er war ganzen Taliban-Banden gegenübergetreten. Städten voller Terroristen. Momentan wäre er lieber einer Armee islamistischer Gotteskrieger entgegengetreten, als aufzustehen.

Er sah sich um, ob sonst irgendjemand aufsprang. Es war keine Vorschrift. Er musste nicht aufstehen. Es wäre einfach, nur dort zu sitzen und den anderen zuzuhören, aber wenn er sein Leben zurückwollte, musste er den schweren Weg gehen. Das Richtige tun. Er musste bekennen, dass er machtlos war. Gegenüber Alkohol und Flashbacks. Gegenüber seiner Liebe zu Natalie Cooper. Sie war seine Schwäche. Es gab keine andere Option.

Er stand auf. »Mein Name ist Blake Junger, und ich bin Alkoholiker.«

»Ich hab deinen Freund beim AA-Meeting gesehen.«

Natalie blickte von der verbogenen Spitze ihres Weihnachtsbaums zu Michaels Beinen mit den schwarzen Wanderschuhen, die aus dem unteren Teil herausragten. *Ihren Freund?* »Wen?«

»Den Navy SEAL«, antwortete Michael, während er die Schrauben des Baumständers am Baumstamm festdrehte.

»Blake?« Ihr sackte das Herz in die Hose. Blake war zurück?

»Ja.« Michael rutschte rückwärts unter dem Baum hervor und rappelte sich auf die Knie hoch. »Wusstest du nicht, dass er Alkoholiker ist?«

»Doch.« Aber sie hatte Michael nicht gesagt, dass er ihr Freund war. Es war einfacher, wenn er es nicht wusste.

»Du klingst überrascht.«

»Nein.« Sie hatte Michael erlaubt, ihr den Baum ins Haus zu tragen, weil auch das einfacher war. »Ich dachte bloß, das erste A in AA steht für anonym.«

Michael stand auf und zuckte mit den Achseln. »Wenn du schon weißt, dass er zu den Treffen geht, ist es ja keine große Sache.«

Wenn Blake zurück war, war das sehr wohl eine große Sache. Und wenn er zu AA-Meetings ging, war das eine Riesensache. Ein Teil ihres Herzens sorgte sich um ihn. War etwas Schlimmes passiert? Ein anderer Teil, der nicht restlos verletzt und wütend war, ging bei dem Gedanken, dass er nebenan war, ein wenig auf. Derselbe kleine Teil hätte Michael am liebsten gefragt, wann er Blake bei den Anonymen Alkoholikern gesehen hatte. Heute? Gestern? Es war jetzt eine Woche her, seit er die Stadt verlassen hatte. Wann war er zurückgekommen? Nicht, dass es eine Rolle spielte. Nicht, nachdem sie sich für ihn mit ihrem dämlichen Cheerleader-Kostüm herausgeputzt und er ihr gesagt hatte, dass es für ihn nicht funktionierte und er ihre Gefühle niemals erwidern könnte. Dass er nur hatte *ehrlich* sein wollen. Schön für ihn. Ehrlich, er war ein Riesenarschloch.

»Was machst du und Charlotte morgen?«

»Ich schließe den Laden, und wir gehen zum Festival.« Jedes Jahr am ersten Samstag im Dezember begann das Winterfestival von Truly.

»Wir sollten alle gemeinsam hingehen.« Er strich sich ein paar Kiefernnadeln von seiner Jeans. »Es sei denn, du gehst mit deinem Freund.«

Charlotte betrat das Wohnzimmer mit einem Stück Baumschmuck, das sie aus Bastelpapier und Glitzer angefertigt hatte. »Oooh! Der Baum ist toll!« Sie hielt die Glitzerschneeflocke Michael hin. »Hab ich für dich gemacht.« Bevor er sie ihr abnehmen konnte, versuchte Sparky, sie ihr aus der Hand zu reißen. »Nein, Spa-ky.« Sie hielt sie über den Kopf. »Das ist für meinen Dad. Nicht für dich.«

»Danke, Charlotte.« Er nahm ihr die Schneeflocke aus der Hand, als wäre sie zerbrechlich.

»Wo ist der ganze Weihnachtsschmuck, Mama? Ich will einen Engel herausholen.«

Natalie hatte ganze Schubladen voll mit Charlottes gemalten Bildern und Bastelarbeiten. Für Michael war es die erste Bastelei, und trotz ihrer Vorbehalte gegen ihn tat er ihr leid. »Ich habe die Kartons bis in die Küche getragen.« Sie bewahrte die Sachen auf dem Dachboden auf, und in diesem Jahr war sie damit noch nicht weiter als bis in die Küche gekommen.

»Darf ich nach ihm suchen?«

»Wenn du vorsichtig bist. Ich glaube, die Engel sind in einer blauen Tragetasche.«

Charlotte klatschte aufgeregt in die Hände und rannte durch den Flur. Sparky stürmte ihr nach. Wenigstens freute sich einer von ihnen auf Weihnachten.

»Ist das ein Ja, oder gehst du mit Blake hin?«

Sie sah wieder ihren Exmann an. »Ich hab noch nicht mit Blake darüber gesprochen.« Was ja auch stimmte.

»Dann komm mit mir. Wir werden Spaß haben. Wie in alten Zeiten.«

Sie setzte sich auf die Couch und schüttelte den Kopf. »Nicht wie in alten Zeiten. Wir sind keine Kinder mehr und auch nicht verheiratet.«

»Ich weiß.« Er setzte sich neben sie und legte die Schneeflocke auf den Tisch. »Aber wir haben ein Kind, und ich würde lieber mit euch beiden gehen als mit meinen Eltern.« Er sah sie über die Schulter an. »Meine Mom macht mich wahnsinnig.«

Natalie verkniff sich ein Lachen. »Bügelt sie wieder deine Jeans?«

»Sie versucht es.« Er schaute sich in ihrem Wohnzimmer um, bevor er ihr wieder in die Augen sah. »Ich muss mir einen Job suchen und da raus. Ich hab ein paar Bewerbungen laufen und kriege hoffentlich bald eine Stelle.« Er betrachtete wieder die Schneeflocke. »Dann kann Charlotte zu mir kommen und ihre Bilder an meinen Kühlschrank hängen.«

»Das wird nicht passieren, Michael.« Bei dem Gedanken wurde sie leicht panisch. Und wenn er sich nun mit Charlotte aus dem Staub machte?

»Wir müssen eine Vereinbarung treffen, Nat. Ich weiß, dass du mich nicht mehr liebst, aber ich will, dass wir ein gutes Verhältnis haben.«

»Ein gutes Verhältnis?« Dafür war es ein bisschen zu früh. Er war erst seit zwei Wochen auf freiem Fuß. »Ich traue dir nicht, Michael. Ich vertraue nicht darauf, dass du dich nicht irgendwann langweilst und wieder abhaust. Und diesmal werde nicht ich diejenige sein, der du wehtust. Sondern Charlotte.«

»Ich hab dir doch gesagt, dass ich bleibe.«

»Gesagt hast du das, aber ich glaube dir nicht. Ich hab dir schon einmal geglaubt und es teuer bezahlt.«

Er stand auf, trat an den Kaminsims und nahm dasselbe Foto von Charlotte in die Hand wie Blake erst vor wenigen Wochen. »Ich bin nicht mehr der, der ich mal war«, entgegnete er und stellte das Foto wieder zurück. »Dieser Michael bin ich nicht mehr. Dieser Michael war mit seinem Leben unzufrieden. Ich bin jetzt ein anderer Mensch.« Er drehte sich um und sah sie an. »Als Kind und Jugendlicher war ich in Truly ein Star. Ich fand es toll, wie die Leute mich behandelten. Wie sie uns behandelten. Erinnerst du dich?«

»Ja.«

»Hier war ich eine große Nummer, und als wir weggezogen sind, hat mir das gefehlt, so armselig das auch klingt.« Er lachte ironisch. »Eine Zeit lang war das arme

Studentenleben irgendwie cool, aber nach meinem Abschluss war ich es leid, mich wie ein Niemand zu fühlen. Als ich die Stelle bei Langtree Capital bekam, musste ich in der dritten Reihe anfangen. Ich hatte noch nie im Leben in der dritten Reihe gestanden, und ich habe es gehasst.« Er hielt mehrere Herzschläge lang inne, als durchlebte er die schmerzliche Erinnerung noch einmal. »Ich wollte wieder ein Star sein, Nat. Ich wollte es so sehr. Ich hab hart gearbeitet, aber mir ging das alles nicht schnell genug. Also beschloss ich, die Sache etwas zu beschleunigen. Ich beschloss, mit den Klienten, Brokern und anderen Investoren auszugehen und einen zu trinken. Ich fühlte mich langsam wieder wie eine große Nummer. Und je wichtiger ich mich fühlte, umso mehr wollte ich. Umso mehr glaubte ich, ich hätte es verdient. Durch die Drogen habe ich mir alles schöngefärbt. So hat es angefangen.« Er schluckte und räusperte sich. »Wie es geendet hat, wissen wir ja.«

Ja. Sie kannte Michaels Drang, der Beste zu sein. Aber das mit den Drogen war ihr neu. Sie hätte es wissen müssen. Im Rückblick ergab es Sinn.

»Ein Verbrecher und Drogensüchtiger, der alles verloren hat.« Er lächelte sie müde an. »Charlotte ist das einzig Gute, das aus dieser Zeit hervorgegangen ist. Ich bin froh, dass ich geschnappt wurde. Ich danke Gott, dass ich nicht entkommen bin. Jetzt habe ich die Chance, Vater zu sein. In meinem Leben hat es einmal eine Zeit gegeben, in der ich es mir so sehr gewünscht habe wie du.«

Er sah so sehr wie der Mann aus, den sie von früher kannte, dass sie ihm glaubte. Oder vielmehr glaubte, dass er im Moment glaubte, es zu glauben.

»Ich will, dass wir Freunde sind, weil ich so viel Anteil an ihrem Leben nehmen will wie möglich. Ich will bei Weihnachtsfeiern und Geburtstagspartys dabei sein. Ich will Strichmännchen-Zeichnungen, auf denen *ich* zu sehen bin. Ich will Glitzerschneeflocken.« Er hob hilflos die Hand und ließ sie wieder sinken. »Glaubst du, wir können Freunde sein?«

»Ja«, sagte sie, weil es das Beste für Charlotte wäre.

Er lächelte. Das charmante Michael-Cooper-Lächeln, das früher ihren Verstand umnebelt hatte. »Heißt das, dass du bereit bist, mir zu verzeihen?«

Ihr Verstand blieb glasklar. »Übertreib's nicht.«

SECHZEHN

Wie jedes Jahr stimmte das Winterfestival die Bewohner von Truly auf die Weihnachtszeit ein. Es begann mit einem Festzug über die Hauptstraße, und jeder, der ein Geschäft hatte, einen Verein leitete oder genug Geld für die Teilnahmegebühr aufbringen konnte, durfte sich an der Parade beteiligen. Alkohol war streng verboten, seit Marty Wheeler im Jahr 1990 von Santas Schlitten gestürzt und mit dem Kopf auf der Straße aufgeschlagen war. Als wäre das nicht schockierend genug gewesen, hatte das rosa Korsett, das er unter seinem Weihnachtsmannkostüm getragen hatte, einen Riesenskandal ausgelöst und das strikte Alkoholverbot nach sich gezogen. Auch wenn sich kein Mensch daran hielt.

Natalie und Charlotte standen in der Menschenmenge, während sich drei Polizeiwagen samt Polizei-Maskottchen McGruff über die Hauptstraße schoben. Die zwei hatten sich gegen die Kälte eingemummelt und trugen Wärmesohlen in ihren Schneestiefeln. Letztes Jahr hatte Natalie an der Parade teilgenommen. Sie hatte ihren Subaru mit lustigen Fotos und Wimpeln dekoriert, und Charlotte hatte während des Umzugs aus dem Fenster gewinkt. Es war ein Haufen Arbeit gewesen, und dieses Jahr wollte sie einfach nur entspannt das Festival genießen.

Irgendwo im Gewühl waren Michael und seine Eltern, die sie eigentlich anrufen sollte, um einen Treffpunkt mit ihnen zu vereinbaren. Da sie ihr Handy versehentlich im Auto gelassen hatte, musste sie die Menschenmenge nach ihnen absuchen, doch es war nicht Michaels dunkles Haar, wonach Natalie Ausschau hielt, während sie sich verstohlen im Getümmel umsah. Wenn Blake wieder im Lande war, wäre es das Beste, wenn sie ihn zuerst sah. Gefahr erkannt, Gefahr gebannt; wenigstens redete sie sich das ein. Sie glaubte, an der Ecke der Hauptstraße seinen Hinterkopf ausgemacht zu haben, und dann wieder gegenüber von Mort's, und noch einmal an Bernard's Deli, doch jedes Mal, wenn der Mann sich umdrehte, war es jemand anders. Jedes Mal, für einen kurzen Moment, hämmerte ihr Herz gegen ihre Rippen. Und jedes Mal kam sie sich blöd vor, weil allein der Anblick eines blonden Haarschopfs in der Menge sie nervös machte. Eine alberne Kleinstadtparade war wahrscheinlich sowieso nicht das, was einen Mann wie ihn anlockte.

Nach dem Festzug gönnten sie und Charlotte sich einen heißen Kakao und schlenderten zum Larkspur Park, um sich die Eisskulpturen anzusehen. Sie kamen an der Skulptur von Paul's Market vorbei, einem Riesenfisch mit Weihnachtsmannmütze, an dessen glasigem Schwanz Frankie stand, der dick eingemummelt Gutscheine für Weihnachtsschinken verteilte. Die Feuerwehr hatte eine lebensgroße Nachbildung eines Löschfahrzeugs ins Eis gemeißelt, und die Mitglieder von Buy Idaho hatten sich an einem Eisschlitten versucht, der mit Kartoffeln gefüllt war. Aber der Schlitten war zu klein und die Kartoffeln zu groß, und ohne das Hinweisschild hätte Natalie nicht gewusst, dass die großen Brocken Idahos berühmtestes Gemüse waren.

Im Park drängten sich Einheimische und Touristen, und sie hatte Michael oder die Coopers nicht entdecken können. Genauso wenig wie einen gewissen Blondschopf, weshalb sie langsam glaubte, dass Michael sich geirrt hatte und Blake gar nicht zurück war.

Die spektakulärste Skulptur jedes Jahr stammte von *Allegrezza Construction*. Dieses Jahr hatten sie ein Lebkuchenhaus kreiert, das so groß war, dass man hindurchgehen konnte, und sogar über einen großen Tisch mit sieben Stühlen verfügte. Am Eingang standen Nick Allegrezza und seine Frau Delaney und unterhielten sich mit Freunden. Nick stand hinter seiner Frau und hatte die Arme um ihre Taille gelegt, während sie sich an seine Brust lehnte. Als er ihr etwas ins Ohr flüsterte, senkte sie lächelnd den Kopf, als teilten sie ein privates, intimes Geheimnis. Ein winziger Stich aus Eifersucht durchfuhr Natalie. Das wollte sie auch. Sie wollte einen Mann, der ihr etwas ins Ohr flüsterte, das nur sie beide etwas anging. Etwas, das man erlebte, wenn man einen Menschen jahrelang kannte und liebte. Die Allegrezzas waren jahrelang ihre Nachbarn gewesen. Ihr war schon immer aufgefallen, wie zärtlich sie sich ansahen und berührten, doch es hatte ihr nie etwas ausgemacht.

Sie gab Blake die Schuld. Bis er in ihr Leben gekracht war wie eine Abbruchbirne, hatte sie nicht darüber nachgedacht, wie geborgen sie sich in den Armen eines Mannes fühlen würde. Bis Blake kam, hatte sie vergessen, wie das war.

Natalie hörte Charlotte lachen und sah zu ihrer Tochter und den sechs Allegrezza-Kindern, die als Weihnachtswichtel verkleidet waren und Zuckerstangen austeilten. Die fünf dunkelhaarigen Mädchen lächelten und kicherten, während ihr einziger Bruder unter seiner Wichtelmütze finster dreinblickte. Sie schätzte ihn auf etwa drei, und sie stimmte in Charlottes Lachen ein, als er den Olsen-Drillingen die Zunge herausstreckte. Sie wollte gerade Shanna, Nick und Delaney begrüßen, als eine Hand auf ihrem Arm sie davon abhielt.

»Natalie.« Ihr Rücken versteifte sich. Sie kannte die Stimme. Wusste, wie sie klang, wenn sie ihren Namen flüsterte. Als sie sich umdrehte, stand sie dem Mann gegenüber, der ihr das Herz gebrochen hatte und sie dazu brachte, voller Neid glückliche Paare zu betrachten.

»Blake!«, rief Charlotte freudig und schlang die Arme um seine Taille, was Natalie kostbare Sekunden schenkte, um ein falsches Lächeln aufzusetzen. »Ich hab dich vermisst, Blake.«

Er sah sie mit einem offenen Ausdruck in den Augen an, ganz anders als bei ihrer letzten Begegnung, und für den Bruchteil einer Sekunde dachte sie, dass das etwas bedeuten könnte, aber das war Blake. Der Mann, der hinter ihr her gewesen war, bis sie zusammen ins Bett gegangen waren, und sie dann einfach abserviert hatte.

Er hielt ihren Blick noch eine Sekunde, bevor er sich auf ein Knie niederließ, damit Charlotte die Arme um seinen Hals schlingen konnte. »Ich hab dich auch vermisst.«

Lügner. Er hatte geplant, für immer wegzugehen, ohne sich auch nur von ihr zu verabschieden. Sie hatte vorgehabt zu warten, bis Charlotte seine Abwesenheit bemerkte, bevor sie ihr erzählte, dass er wegzog, aber er war nur eine Woche weg gewesen. Natalie blickte auf sein vertrautes blondes Haar und die breiten Schultern in seinem vertrauten braunen Mantel herab. Sie wusste, wie es sich anfühlte, wenn seine Haare zwischen ihren Fingern hindurchglitten, und ballte ihre Hände in den Handschuhen zu Fäusten. Sie wandte das Gesicht ab, bevor sie noch etwas tat, das sie bereuen würde. Wie über ihn herzufallen wie ein hungriger Bonobo oder ihn gegen das Schienbein zu treten, als wären sie auf dem Schulhof.

»Weißt du was, Blake?«

»Was?«

»Mom hat mir im Internet Zwillinge wie dich und deinen Bruder gezeigt. Ich glaube jetzt nicht mehr, dass du ein Roboter bist.«

Sein tiefes Lachen sprudelte aus ihm heraus und fühlte sich an, als würde es sich in ihrem Bauch niederlassen.

»Und weißt du noch was?«

»Deine Mom hat ein Einhorn für dich aufgetrieben.«

»Nein! Ich hab einen Weihnachtsbaum.«

»Ist er groß?«

»Ja. Wö-klich groß. Du kannst kommen und ihn dir ansehen.«

Natalie senkte den Blick wieder auf seinen Scheitel und auf Charlottes Mütze. »Ich bin überzeugt, Mr. Junger hat etwas Besseres zu tun, als sich unseren Weihnachtsbaum anzusehen.«

Er blickte zu ihr auf und fixierte sie wieder mit seinen vertrauten grauen Augen, während er sich erhob. »Es gibt nichts, was Mr. Junger lieber täte, als Charlottes Weihnachtsbaum zu sehen.«

Zwei Schritte. Zwei kleine Schritte, und sie könnte ihr

Gesicht an seinem Hals vergraben und seinen Duft einatmen. Den Duft seiner Haut tief in ihre Lungen inhalieren und für immer dort speichern.

»Ich muss mit dir reden«, sagte er.

»Da gibt es nichts mehr zu sagen.« Und was sollte es bringen, seinen Duft zu inhalieren? Er liebte sie nicht. Er würde sie nie lieben. Das hatte er ihr klar und deutlich gesagt. So klar, dass ihr immer noch das Herz blutete.

»Du irrst dich, Süße. Es gibt eine Menge zu sagen.«

Ihre Augen brannten. Direkt dort im Larkspur Park. Inmitten von Menschen, die die Lebkuchenhaus-Skulptur bewunderten. Sie wollte nicht weinen. Nicht hier. Nicht jetzt. Nicht vor der ganzen Stadt. Nicht vor ihm. Er hatte ihr schon genug wehgetan. Sie würde seinetwegen nicht in der Öffentlichkeit weinen. »Lass es mich anders formulieren«, sagte sie und überließ ihrer Wut das Szepter, weil es besser war, als mitten auf dem Winterfestival in Tränen auszubrechen. »Du hast nichts zu sagen, das ich hören will.«

»Ich verstehe, dass du stinksauer auf mich bist, aber wir müssen reden. Gleich hier, sofort, oder später bei dir. Wie du willst.«

Es war so typisch für ihn zu glauben, sie herumkommandieren zu können. So typisch, dass seine Befehle klangen, als hätte sie eine Wahl. Sie hielt Charlotte die Ohren zu, um ihn übel zu beschimpfen, als Michaels Eltern zu ihnen stießen. Noch nie im Leben war sie so froh gewesen, Carla und Ron zu sehen. Sie machte sie mit Blake bekannt, weil alles andere noch peinlicher gewesen wäre.

»Michael wartet beim Schneemobil-Springen auf uns«, erklärte Carla. »Wollen wir alle zusammen hingehen?«

Sie hatte Blake mit eingeschlossen. Als ob sie ein Paar wären. »Charlotte und ich kommen mit«, antwortete sie. »Blake wollte gerade gehen.«

Blakes Blick fokussierte sich auf sie, als würde er eines seiner Zielfernrohre scharf stellen. Als wollte er ihr sagen, dass das Gespräch noch nicht beendet war. Aber er hatte unrecht. Er konnte nicht so einfach wieder in ihr Leben treten und sie gängeln. Während sie wegging, verschloss sie ihr Herz, indem sie noch einmal den Abend durchlebte, an dem sie sich in ihre alte Uniform geworfen hatte und bereit gewesen war, ihn mit einem B und einem J gefolgt von einem gesprungenen Spagat auf seinen Schoß zu beglücken.

Sie befahl sich, sich nicht umzudrehen, doch natürlich tat sie es. Er stand noch an derselben Stelle, nur dass er jetzt von diversen Frauen umringt war, die sie nicht kannte.

Arsch.

Nach dem Parkbesuch fuhren sie und Charlotte nach Hause, statt zu den Schneemobil-Springrampen zu gehen. Ihr war kalt, und Charlotte wollte den Weihnachtsbaum fertig schmücken. Als sie mit dem Wagen in die Einfahrt bog, blickte sie etwas länger als nötig zum Nachbargrundstück, um zu sehen, ob Blakes roter Truck in seiner Auffahrt stand. Er war nicht da, und sie kam sich albern vor.

Sie und Charlotte schälten sich aus Mänteln und Stiefeln und widmeten sich dem Baum. Charlotte brachte den Schmuck unten herum an, Natalie den Rest. Sie zog die Leiter an den Baum heran und steckte den Engel auf die Spitze. Bei jedem Geräusch, das sie hörte, jedem Streifen eines Astes am Haus, beschleunigte sich ihr Puls. Blake hatte gesagt, er käme heute Abend vorbei, ob sie nun wollte oder nicht.

Nach dem Abendessen setzten sie und Charlotte sich an den Küchentisch, um Schneeflocken zu basteln, die sie an den Kaminsims hängen wollten. Es war jetzt sechs Stunden her, seit sie in Blakes graue Augen gesehen hatte, und sie war nervös und kam sich neurotisch vor. Ein Teil von ihr hoffte, dass er nicht aufkreuzen würde, während ein anderer Teil sich sehnlichst wünschte, sein Gesicht zu sehen. Ein Teil von ihr hoffte, dass er möglichst bald wegziehen würde, während ein anderer Teil sich bei dem Gedanken elend fühlte. Der heutige Tag hatte sie völlig durcheinandergebracht. Sie war verwirrt und wütend darüber, dass er sich einbildete, er bräuchte nur aufzukreuzen, und sie würde selbstverständlich mit ihm reden wollen.

Sie wollte ihn nicht sehen. Der Schmerz, ihn zu lieben, war immer noch zu frisch und real und hatte noch nicht zu heilen begonnen. Ihre heutige Begegnung hatte ihr gezeigt, dass sie Zeit und Abstand brauchte.

»Mom, essen wir Fleisch?«, fragte Charlotte, während sie Silberglitzer auf eine Papierschneeflocke klebte.

»Ja.« Natalie war dabei, die komplizierten Muster auszuschneiden, und stach sich vor Schreck fast die Schere durch die Hand, als sie auf der Straße eine Autotür zuschlagen hörte.

»Kommt Fleisch von Tieren?«

»Ja.« Sie bohrte vorsichtig ein Loch ins Papier und versuchte, einen Faden hindurchzufädeln. »Die Hotdogs, die du so gern isst, sind aus Schweinefleisch.«

»Was ist Schweinefleisch?«

»Fleisch von Schweinen.« Sie steckte sich das Ende des Fadens in den Mund, um es zu befeuchten.

»Wir essen Schweine?« Charlotte schnappte entsetzt nach Luft.

»Ja.« Natalie zwirbelte das ausgefranste Ende und schob es durchs Papier.

»Ja, aber ich will kein Schwein essen. Ich will keine Tiere essen. Tiere sind lieb.«

Natalie legte die Schneeflocke weg. Wenn sie besser zugehört hätte und nicht von ihren Gedanken an Blake abgelenkt gewesen wäre, hätte sie vorsichtiger geantwortet.

Charlottes Augen wurden vor echtem Kummer feucht. »Tiere sind meine Freunde, Mama.«

Natalie wollte die Ernährung ihres Kindes nicht umstellen, aber Charlotte sollte auch nicht glauben, sie würde ihre »Freunde« essen. »Wir essen nur die bösen Tiere.« Charlotte runzelte die Stirn und wischte sich die Augen. Natalie sah förmlich, wie es im Gehirn ihres Kindes arbeitete, und beeilte sich, weitere Einwände abzuwenden. »Böse und alte Tiere. Uralte.« Das war vielleicht ein wenig gelogen, aber wenn sich Charlotte dadurch besser fühlte, wenn sie ihre tierischen Freunde aß, war es Natalie nur recht. Vor allem heute Abend, wo ihre Nerven schneller ausfransten als der Faden, den sie in den Fingern hielt.

»So wie Oma?«

»Älter.«

»Oh.« Charlotte nickte und spritzte einen Klecks Kleber aus der Tube.

Als es an der Tür klingelte, fiel Natalie der Faden aus der Hand. Sie rutschte von ihrem Stuhl. »Bin gleich wieder da. Lass den Kleber auf der Zeitung liegen.« Das Herz pochte ihr in den Ohren, während sie zum vorderen Teil des Hauses ging. Obwohl sie Blake erwartete, sah sie durch den Türspion, und obwohl sie mit ihm gerechnet hatte, hämmerte ihr Herz gegen ihre Rippen. Blakes Wangen waren vor Kälte gerötet, und seine Augen erwiderten ihren Blick. Er lächelte, ganz charmant und gutaussehend, und die Wut brodelte noch genauso heiß in ihren Adern wie an dem Abend, als er sie verlassen hatte. Als er noch einmal klingelte, riss sie die Tür auf.

»Hallo, Natalie. Hast du kurz Zeit?«

»Für dich nicht.« Sie knallte ihm die Tür vor der Nase zu und befahl sich, nicht durch den Spion zu sehen. Natürlich hörte sie nicht darauf, reckte sich auf die Zehenspitzen und spähte zu ihm hinaus. Guckte zu ihm, wie er immer noch dort stand und mit dem verblüfften Gesichtsausdruck auf die geschlossene Tür starrte, den sie schon an ihm kannte. Sie erwartete, dass er wütend die Stirn runzeln würde. Stattdessen lächelte er und winkte ihr zum Abschied zu.

Am nächsten Abend klingelte er wieder und fragte, ob er Sparky zu sich holen könnte.

Natalie verschränkte die Arme vor der Brust, als könnte das ihr Herz schützen. *Jetzt* fiel ihm auf einmal ein, dass er Besitzer eines halben Hundes war? Er hatte Sparky im Stich gelassen. Und anders als Charlotte glaubte Natalie nicht, dass es in Sparkys Interesse wäre, seinen »Vater« zu sehen. Sie war diejenige, die den Hund fütterte und mit ihm Gassi ging und ihn zum Kastrieren zum Tierarzt gebracht hatte. Blake konnte im Leben des Hundes nicht einfach kommen und gehen, wie es ihm passte.

»Er ist nicht mehr dein Hund.«

»Er ist mein halber Hund.«

»Du kannst nicht einfach kommen und ihn besuchen, wann es dir gefällt. Du darfst ihn nicht so verwirren.«

»Er ist ein Hund, Natalie.« Er schaukelte auf seine Stiefelabsätze zurück. »Man kann ihn nicht verwirren.«

Er hatte recht. Sparky war zu dämlich, um wegen irgendwas verwirrt zu sein. »Er hat die Eier abgehackt bekommen. Solltest du auch mal versuchen«, sagte sie und schlug ihm wieder die Tür vor der Nase zu. Diesmal runzelte er nun doch die Stirn und musste das Winken vergessen haben, als er ging.

In den nächsten Tagen rechnete sie halb damit, dass er bei ihr im Laden auftauchen und neuen Klatsch verursachen würde, wie letztes Mal, als er ihn betreten hatte. Sie war froh, dass er alle Gesprächsversuche mit ihr aufgegeben hatte. Es war besser so. Er war ein seelisch verkrüppelter Arsch mit Bindungsproblemen, und ihre einzige Bestätigung, dass er immer noch in der Stadt war, bestand darin, dass er am Mittwoch, als sie von der Arbeit nach Hause kam, mit Charlotte und Tilda in ihrem Vorgarten einen Schneemann baute. Sie fuhr in die Garage und schloss das Tor hinter sich. Es wäre nett von ihr gewesen, Kakao zu kochen und den dreien eine Tasse nach draußen zu bringen. Stattdessen beobachtete sie hinter ihren Schlafzimmergardinen, wie Blake zwei große Schneekugeln hochhievte und aufeinanderstapelte. Dann hob er etwas Schnee auf, pappte ihn mit seinen behandschuhten Händen leicht zusammen, ließ ihn auf Charlottes Kopf fallen, und die Schneeballschlacht begann.

Natalie spürte, wie ihr eine Träne über die Wange lief,

und wandte sich ab. Ihn mit Charlotte zu sehen war wie in einer offenen Wunde zu stochern. Sie weigerte sich zuzusehen, aber sie konnte Charlottes vergnügtes Kreischen vermischt mit Blakes tiefem Lachen hören, das von draußen zu ihr ins Haus drang.

Bis Donnerstag sah und hörte sie nichts von ihm, doch am Freitagnachmittag schickte er eine Fotobestellung zum Ausdrucken bei ihr ein.

Es waren nur zwei Fotos, und Natalie, die am Kundentresen von Glamour Snaps and Prints saß, während Brandy andere Bestellungen in Fotoumschläge verpackte, betrachtete sie ungläubig. Die erste von Blakes Aufnahmen war ein Erpresserbrief, in dem stand:

Das ist kein Witz. Ihr Hund Sparky wird in der Red Fox Road Nummer 315 festgehalten. Bringen Sie ein Schweinekotelett in einer nicht gekennzeichneten Tüte zur obigen Adresse, um seine Freilassung sicherzustellen.
Der Entführer

Auf dem zweiten Foto war der arme Sparky zu sehen, dessen Beine mit einem weißen Strick gefesselt und dessen Augen mit einem roten Halstuch zugebunden waren.

»Lächerlich.« Sie runzelte die Stirn, um nicht zu lachen. Sie sah auf die Uhr. Es war drei Stunden vor Ladenschluss, und sie überlegte zehn Minuten – okay, vielleicht auch nur fünf – hin und her, bevor sie Brandy die Schlüssel überließ. Sie war sich zwar ziemlich sicher, vor Geschäftsschluss wieder zurück zu sein, übertrug jedoch für alle Fälle ihrer Angestellten die Verantwortung. Sie hielt bei Paul's Market, um das »Lösegeld« zu besorgen, und fuhr dann nach Hause.

Sie war zittrig und nervös und verschränkte die Arme vor der Brust, während sie die Stufen zu seiner Veranda hinaufstieg. Dieselbe Veranda, auf der sie verlangt hatte, dass er seinen Hund zurücknahm. Dieselbe Veranda, auf der sie in Ohnmacht gefallen war und er sie ins Haus getragen hatte.

Sie klingelte an der Tür und wartete. Als er nicht schnell genug erschien, klingelte sie noch einmal.

Kurz bevor die Tür aufschwang, sah sie seine große unscharfe Silhouette. Er grinste zufrieden, als er sagte: »Hallo, Ms. Cooper.« Er war so groß und gutaussehend, und ihr Herz schmerzte so sehr, dass sie ihm am liebsten eine gelangt hätte, obwohl sie sich ihm an die Brust werfen wollte.

»Wo ist Sparky?«

»Hast du das Schweinekotelett dabei?«

Sie reichte ihm die Einkaufstüte mit einem Kauknochen darin. »Von Schweinekotelett bekommt er Dünnschiss.«

Blake öffnete die Tür weiter, und sie folgte ihm durch den Eingangsbereich, wobei sie sein braunes T-Shirt und seine breiten Schultern registrierte. Obwohl sie ihm nicht auf den Hintern sehen wollte, tat sie es unwillkürlich.

Sie folgte ihm ins Wohnzimmer, wo Sparky vor dem Kamin auf einem gemütlichen Hundebett lag. Er war nicht mehr gefesselt, hatte die Augen nicht mehr verbunden und hob kaum den Kopf, um sie anzusehen, bevor er weiterschlief.

Verräter. »Er wirkt echt verängstigt.«

»Darf ich dir den Mantel abnehmen?«

»Ich bleibe nicht lange.« Sparky war ein Verräter. Ihr

Herz war ein Verräter. Das kleine Flattern in ihrem Bauch war ein Verräter.

Blake sah sie nur an und streckte die Hand aus.

»Na schön.« Sie schlüpfte aus den Ärmeln und reichte ihm den Mantel, den er entgegennahm und zum Sofa warf. Er ging total daneben und fiel auf den Boden. Als sie ihn aufheben wollte, hielten seine Hände auf ihren Armen sie davon ab. »Blake, was soll das?« Sie sah auf seine Hände und blickte auf in sein Gesicht. »Du kannst nicht einfach ...«, stieß sie hervor, bevor er die Arme um ihre Taille schlang und sie so fest an seine Brust drückte, dass sie keine Luft mehr bekam. »Hör auf«, keuchte sie. »Ich kann nicht mehr atmen.«

»Atmen kannst du später. Lass mich dich nur kurz halten«, bat er und vergrub das Gesicht an ihrem Hals. »Ich hab dich vermisst.«

Sie ihn auch. So sehr, dass es ihr das Herz zerriss. So sehr, dass ihre Augen brannten. »Das ist nicht fair.«

»Scheiß auf fair«, murmelte er an ihrem Hals. »Du hast mir die Tür vor der Nase zugeknallt.«

»Du hast darüber gelächelt.«

»Ich wusste, dass du mich beobachtest.« Er lachte leise, und sein Atem kitzelte sie knapp unter dem Ohr. »Und ich wusste, wenn du nichts für mich empfinden würdest, wärst du nicht so verdammt fies.«

»Fies?« Sie stieß ihn weg, und er ließ die Arme sinken. »Ich bin hier nicht der Fiesling.«

»Du hast zugelassen, dass ich mir die Eier abfriere, während ich am Mittwoch darauf gewartet habe, dass du endlich rauskommst.« Er schüttelte den Kopf. »Sie sind brutal, Ms. Cooper.«

»Ich?« Sie zeigte auf sich und trat einen Schritt zurück. »Ich hab dir gesagt, dass ich dich liebe, und du konntest nicht schnell genug von mir wegkommen!« Ihre Unterlippe drohte zu zittern, und sie atmete tief durch. »Ich hab mich in meine dämliche Cheerleader-Uniform mit nichts drunter geworfen. Während du gesagt hast, dass ich Sex mit Liebe verwechsle, war ich unten ohne!«

»Moment.« Er hob die Hand wie ein Verkehrspolizist. »Du warst unter dem Rock nackt?«

Sie ignorierte seine Frage. »Du hast gesagt, du würdest mich niemals lieben.«

Er griff nach ihr, doch sie wich noch einen Schritt zurück. »Dass ich dich niemals lieben würde, hab ich nicht gesagt.«

»Vielleicht nicht mit diesen Worten, aber du hast gesagt, du könntest meine Gefühle nicht erwidern.« Sie schluckte heftig. »Ich denke, das war deine Art *zu versuchen*, es mir schonend beizubringen.«

Er schüttelte den Kopf. »Nein, Süße. Ich hab gelogen. Ich hab versucht, das Richtige zu tun.«

»Du bist weggelaufen.« Sie verschränkte die Arme vor ihrem Herzen.

»Aber jetzt nicht mehr. Jetzt stehe ich hier.« Er deutete auf den Boden. »Ich stehe hier, ein Mann, der in eine Frau verliebt ist. Eine Frau, die ich bis an mein Lebensende lieben will.«

Sie ließ die Arme sinken.

»Und glaub mir, ich hab nie für möglich gehalten, dass ich dieser Mann sein könnte. Ich hab nie gedacht, dass ich stark genug sein könnte, meine Schwäche für eine einzige Frau anzunehmen.« Er räusperte sich und schluckte. »Ein kluger Mann hat mir einmal gesagt: ›Scheiß endlich, oder steig runter vom Topf‹.«

»Igitt!«

Er lachte und kam auf sie zu. »Und das tue ich jetzt. Ich liebe dich, Natalie. Ich liebe Charlotte und Sparky und will mich deiner und Charlottes als würdig erweisen. Ich gehe sogar zu AA-Meetings. Ich hab aufgegeben und es einer höheren Macht überlassen.« Lachfältchen erschienen in seinen Augenwinkeln. »Mabel Vaughn will meine Patin sein.« Er nahm ihre Hand, und sein Lächeln schwand. »Ich liebe dich und hoffe irgendwie, dass du mich auch noch liebst.«

Sie nickte, während seine Berührung und das Gefühl in seinen Augen den Schmerz ihres gebrochenen Herzens linderten. »Ich liebe dich wirklich, Blake. Ich habe versucht, es nicht zu tun, doch ich konnte einfach nicht anders.« Sie schlang die Arme um seinen Hals. »Aber ich bin immer noch sauer auf dich. Du hast mir das Herz gebrochen.«

»Ich bin wirklich nützlich, wenn du was zu reparieren hast. Kaputte Türen, Elektroinstallationen und vor allem gebrochene Herzen.« Er legte die Hand auf ihre Taille und drückte seine Stirn an ihre. »Ich liebe dich, Natalie. Ich liebe alles an dir.« Er küsste sie auf die Lippen, weich und süß und mit demselben Verlangen, das auch ihr Herz erfüllte. »Ich liebe es, wenn du mich so ansiehst wie jetzt«, sagte er. »Ich liebe es, dass du in mir den Wunsch weckst, in die Zukunft zu sehen und nicht in die Vergangenheit.« Seine sanften, rauchgrauen Augen sahen in ihre. »Du bist mein Hier und Jetzt und meine Zukunft. Du bist mein Leben, meine Liebe und meine Geliebte.«

Sie grinste. »Ich bin dein Sturm.«

»Ja, und ich darf deinen Sturm ernten.« Sein Lächeln war so strahlend wie ihres. »Für immer. Das liebe ich an dir.«

Rachel Gibson

Seit sie sechzehn Jahre alt ist, erfindet Rachel Gibson mit Begeisterung Geschichten. Mittlerweile hat sie nicht nur die Herzen zahlloser Leserinnen erobert, sie wurde auch mit dem »Golden Heart Award« der Romance Writers of America und dem »National Readers Choice Award« ausgezeichnet. Rachel Gibson lebt mit ihrem Ehemann, drei Kindern, zwei Katzen und einem Hund in Boise, Idaho.

Von Rachel Gibson bei Goldmann lieferbar:

Die Seattle-Chinooks-Reihe:
Liebe, fertig, los! Roman · Sie kam, sah und liebte. Roman · Ein Rezept für die Liebe. Roman · Küsse auf Eis. Roman · Was sich liebt, das küsst sich. Roman · Küssen hat noch nie geschadet. Roman

Die Lovett-Texas-Reihe:
Er liebt mich, er liebt mich nicht. Roman · Verrückt nach Liebe. E-Book-Only-Kurzroman · Wer zuletzt lacht, küsst am besten. Roman · Küssen gut, alles gut. Roman

Die Girlfriend-Reihe:
Gut geküsst ist halb gewonnen. Roman · Frisch getraut. Roman · Darf's ein Küsschen mehr sein. · Roman · Küss weiter, Liebling! Roman

Die Truly-Idaho-Reihe:
Küssen will gelernt sein. Roman · Nur Küssen ist schöner. Roman

Außerdem:
Das muss Liebe sein. Roman · Traumfrau ahoi! Roman

(Alle Titel auch als E-Book erhältlich.)

Finden Sie in Lovett die Liebe mit Rachel Gibsons exklusivem Valentinstag- E-Book-Special!

Exklusiv als E-Book:
Lily Darlington hat schon einige verrückte Dinge in ihrem Leben getan. Doch nun ist Lily wunschlos glückliche, alleinstehende Mutter und erfolgreiche Geschäftsfrau. Bis Tucker Matthews, der neue unwiderstehliche Hilfssheriff, in ihr Nachbarhaus zieht. Womöglich ist es Zeit für eine letzte kleine Verücktheit.

E-Book Only Kurzgeschichte
ISBN 978-3-641-12137-2

www.goldmann-verlag.de
www.facebook.com/goldmannverlag

Rachel Gibson
Frisch getraut / Darf's ein Küsschen mehr sein?

640 Seiten
ISBN 978-3-442-48228-3
auch als E-Book erhältlich

Frisch getraut: am Tag nach der Hochzeit ihrer besten Freundin erwacht Clare mit einem mörderischen Kater in einem fremden Hotelzimmer. Sie hat keine Ahnung, wie sie dort hingekommen ist, aber sie weiß, wer unter der Dusche steht: Sebastian, der Albtraum ihrer Kindheit und nun ein Traum von einem Mann ...

Darf's ein Küsschen mehr sein: als Maddy nach Jahren zurück in ihren Heimatort Truly kommt, hätte sie mit allem gerechnet, aber nicht mit dem unwiderstehlichen Charme von Mick Hennessy, dessen Vater schon das Herz ihrer Mutter gebrochen hat ...

www.goldmann-verlag.de
www.facebook.com/goldmannverlag